没落令嬢の悪党賛歌

下

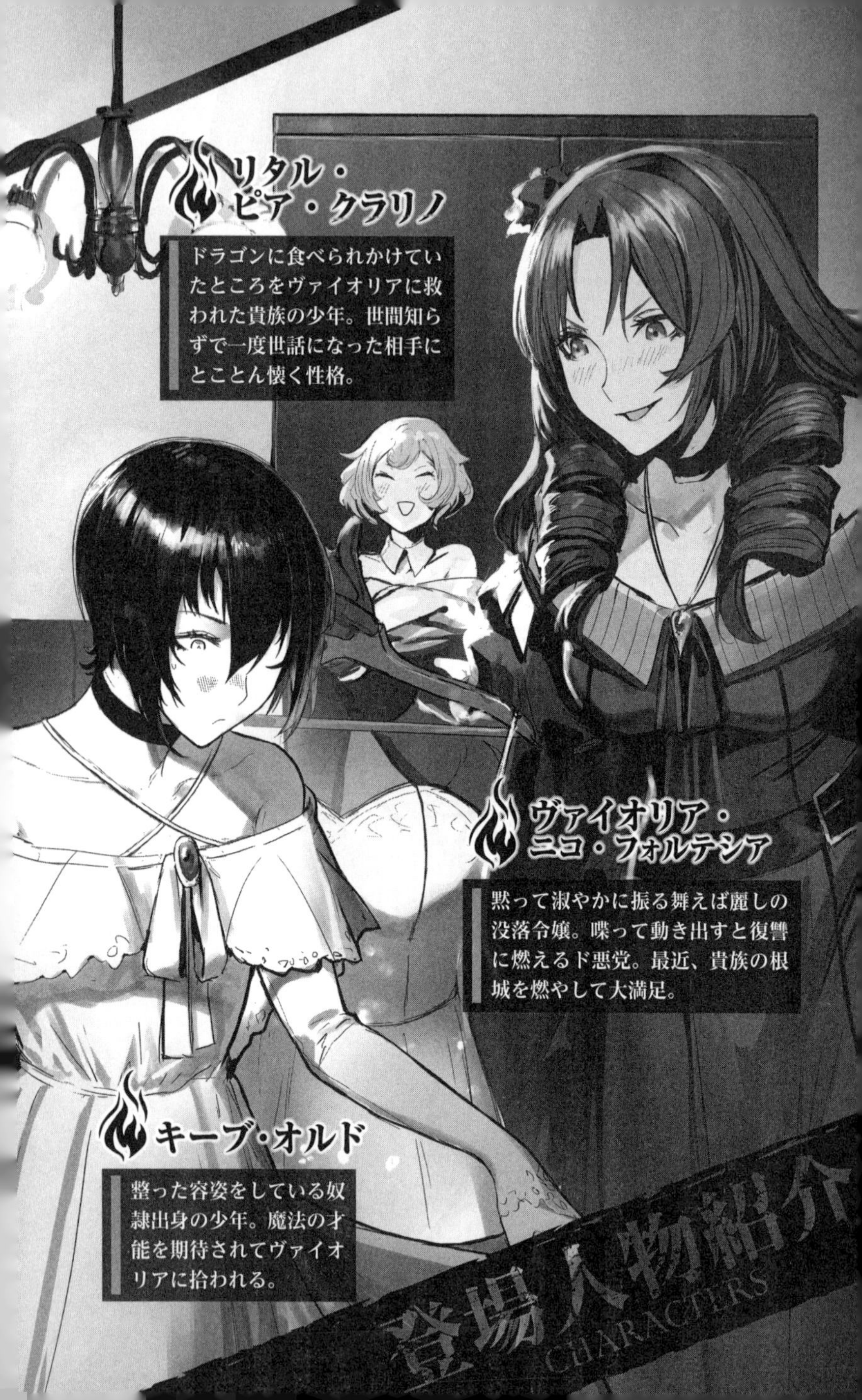

登場人物紹介
CHARACTERS
リタル・ピア・クラリノ
ドラゴンに食べられかけていたところをヴァイオリアに救われた貴族の少年。世間知らずで一度世話になった相手にとことん懐く性格。
ヴァイオリア・ニコ・フォルテシア
黙って淑やかに振る舞えば麗しの没落令嬢。喋って動き出すと復讐に燃えるド悪党。最近、貴族の根城を燃やして大満足。
キーブ・オルド
整った容姿をしている奴隷出身の少年。魔法の才能を期待されてヴァイオリアに拾われる。

クリス・ベイ・クラリノ
合理的で冷徹な貴族院総裁。国への復讐に燃えるヴァイオリアを追い続けている。
ダクター・フィーラ・オーケスタ
ヴァイオリアへ婚約破棄を叩きつけた第七王子。物腰は柔らかいが、周りの意見に流されやすい。
ジョヴァン・バストーリン
闇市の商店の店主。意味深な言い回しが多い。キワモノ揃いの仲間たちに振り回される苦労人でもある。
チェスタ・トラペッタ
右腕が金属製の義手になっているチンピラ。大抵酒かお薬でトリップしている。
ドラン・パルク
ヴァイオリアとともに脱獄した後、行動を共にする罪人。普段は人間と見た目は変わらないが、ある条件が揃うと……？

没落令嬢の悪党賛歌 下

目次

プロローグ　貴族と王子による前奏

その日、クラリノ邸ではクリス・ベイ・クラリノが一人、考え事に沈んでいた。というのも、クリスのもとにも大聖堂から報せが届いたからである。

それは、『聖女選挙』についての報せであった。

……白薔薇館がヴァイオリア・ニコ・フォルテシアによって爆破されてから捜索が続いているが、聖女は未だ、発見されていない。そうして一週間が経とうとしている今日、生死不明の聖女の代わりとなる新たな聖女を選ぶべく、聖女選挙を開くことが大聖堂で決定されたのだ。

聖女は大聖堂の頂点に立つ者だ。歴代聖女のほとんどが名目だけの存在であったとはいえ、中には大聖堂の運営を自ら取り仕切り、この国の執政に口を出してきた聖女が居ないわけではない。そしてそもそも、やはり、聖女とはこの国の民衆達の希望。そんな存在をこれから選ぶのであれば、確実に、貴族出身の者を当選させるべきだろう。

白薔薇館爆破事件以来、この国の貴族から民衆の心が離れているのをクリスは感じている。貴族を軽んじる発言をする者は秘密裏に処理して黙らせてはいるが、内心で『ざまあみろ』と思っている者は多いだろう。そんな国民を統制するためにも、貴族出身の聖女を据えることが必要不可欠なのだ。

だが……クリスは、どうにも気になることが一つ、あるのだ。

「本当に、聖女は死んだのか？」

まだ、聖女は生きているのではないだろうか。そう考えてしまうのは、爆破された白薔薇館跡地から、聖女の遺体が見つからないからである。

クリスはあそこで、聖女に契約書へのサインを求めていた。それは、大聖堂が貴族院と協力する、という内容の契約書。この国の地盤をより強固にするための方策であったが、結局それも、あの爆破事件によって有耶無耶《うやむや》となり、契約書は勿論、聖女すらも消え失せてしまった。

……だからこそ、できすぎている、とも考えられる。

あの時、クリスに襲い掛かってきたあの人狼。あれの目的は本当に、クリス自身だったのだろうか。もしや、狙いは聖女だったのでは。

あり得る。クリスはすぐさま、思索を巡らせる。

あの人狼と、ヴァイオリア・ニコ・フォルテシアはどうも、手を組んでいるようだった。なら、彼らの目的は何だったのだろう。勿論、貴族の歴史を象徴する白薔薇館の爆破や、それに伴う貴族の大量殺害が目的だったのだろうが……その過程で、聖女と接触した可能性は、大いにある。

或いは、聖女が死んだと見て、動き出す可能性も。

「……なら、聖女選挙には注意しなければな」

これから先、ヴァイオリア・ニコ・フォルテシアの悪行を許し続けることはできない。必ずや、次で捕えて、終わりにする。

「お前の好きにはさせないぞ、ヴァイオリア・ニコ・フォルテシア！」

クリスは一人、決意を新たにする。全ては国の安寧のため。そしてそれらは、貴族達のために。

そうしてクリスが計画を立て始めていたところに、来客の報せが入った。概ね誰が来たかを予想しながら出迎えに行けば、案の定、そこには第七王子の姿があった。

「ようこそおいでくださいました、ダクター・フィーラ・オーケスタ殿下」

「忙しい時にすまないな、クリス」

第七王子、ダクター・フィーラ・オーケスタはクリスに歩み寄り、友好の握手を交わす。クリスとしてはこの忙しい時に訪れてきたことに多少の反感を覚えなくもなかったが、相手は第七王子といえども王家の人間だ。無下に扱うことはできない。

それに加え、ダクターはまず間違いなく王にはなれない王族であることもあり、クリス達上級貴族の者達に友好的な態度を取っている。相手が友好的にやってきているのだから、クリスとしても、わざわざ敵対する気は無い。……それに、ダクターは『ヴァイオリア・ニコ・フォルテシア』とのつながりが多少なりともあった人物だ。彼が何かの鍵になることも、今後あり得るだろう。

ひとまず中で話を、ということだったので、二人は人払いを済ませた応接間で話すことになった。

「聖女選挙の報せがこちらにも届いた。ならば君にはきっとこういうリストが必要だろうと思って」

早速、ダクターが机の上に出したのは、なんと、年頃の淑女の名と家柄を連ねたリストであった。どの淑女も皆、美しさに評判があり、歌や踊り、詩作や刺繍、そして勉学や研究などに才能を発揮している者ばかり。そして皆、未婚であり、婚約もしていない。

「これは……」

「元々は、僕の新しい婚約者を探すために、と作られたリストなんだけれどね。ならば聖女候補のリストとしても流用できるかと思ったんだ」

クリスは一通り、リストに目を通し……頷く。

「成程。確かにここに名を連ねる淑女であれば、聖女にも相応《ふさわ》しいでしょう」

これから適当な淑女を見つけなければ、と考えていたクリスにとっては、ダクターの贈り物は中々悪くなかった。これで仕事が一つ片付いたのだから、クリスの表情も綻ぶ。

「感謝します、ダクター殿下」

「いや、いいんだ。君は父上やこの国のためによくやってくれているし、僕だってそうした者達の力になれるなら嬉しいよ。それに、ここへ来たのは息抜きでもあるんだ」

ダクターは笑ってそう答え、それから少しばかり疲れたようにため息を吐《つ》いた。

「……新しい婚約者探しは難航しているようですね」

ダクターの気疲れの原因は婚約者探しであろう。その話は、ちら、と聞いている。

「ああ。どうにも、皆、パッとしなくてね。下賤なフォルテシアの娘なんかと結婚しなくてよくなったのは助かったけれど、次の婚約者は当然、ちゃんとした娘を選んでもらわないと」

「しかし、あまり急ぎすぎるわけにもいかないでしょう」

表向き、ダクターは元婚約者に裏切られ、殺されかけたのだ。傷心の王子がさっさと次の婚約者を決めてしまうのもいささか外聞が悪い。

「そうだね。実際、急いで決めなくてよかった、とも思っているよ。候補として挙がっていた家がいくつかあったのだけれど、この間の海賊騒ぎや何かで没落寸前まで落ちぶれてしまってね」

「ああ……海賊被害とスライムの食害でいくつかの家が傾いた、という話がありましたね」

そう。最近の情勢は不安定だ。貴族達が次々に没落寸前まで追い込まれている。

海賊被害に、スライムによるワイナリーの被害。それに加えて白薔薇館の爆破事件。数々の災害や事件が、いくつかの家を襲っているのだ。

「それに、ホーンボーン家も。丁度いい家柄だし、実際、あそこの三女か四女との話が進んでいたんだよ。でも、この間の爆破事件でダメになってしまった！」

ホーンボーン家の三女と四女は、それぞれに勉学にも才覚を発揮する淑女として有名であったが、白薔薇館爆破事件からずっと行方知れずである。遺体も遺品も出てこないのだが、大方、爆発に巻き込まれて死んでしまったのだろう、とホーンボーン家もダクター自身も諦めている。

「まったく……あの爆破はヴァイオリアがやったものなんだろう？　まるで、婚約破棄した僕への当てつけのようじゃないか」

少しばかり苛立った様子で、ダクターはそう言う。婚約破棄した後もこのように被害を被るのだから、その苛立ちも尤もなものだろう、とクリスは深く頷いた。

「殿下。婚約者候補について、一つ、ご提案が」

同じくヴァイオリア・ニコ・フォルテシアに頭を悩ませる者同士、クリスは一つ、ダクターへ進言する。

「聖女には、間違いなく貴族出身の娘を当選させるつもりです。そして聖女は、早ければ二年でその任を終えます。ですから……」

「成程。確かに聖女なら、申し分ない。二年後に退任させれば、時期も悪くないだろう」

……クリスとダクターの密談は、楽し気に続いた。利害が一致する二人は、手を取り合うことになる。

これから行われる聖女選挙に勝利することで上級貴族の権威を取り戻し……ヴァイオリア・ニコ・フォルテシアによって傾きつつある国を、立て直すのだ。

一話　聖女様にしますわ！

　ごきげんよう！　ヴァイオリア・ニコ・フォルテシアよ！　私はつい一昨日《おととい》爆破した白薔薇館と貴族達のことを思い出してとってもご機嫌ですの！　けれど、のんびりしても居られませんわ。爆破事件の時、ドサクサに紛れて攫ってきた聖女様と、お話ししなくてはね！

　そしてちゃんと、私達の望みを聖女様に叶えて頂かなくては！　じゃなきゃ、爆破した甲斐がありませんもの！

　ということで、聖女様とお話しすることにしましたわ。場所は例のお薬サロン。お薬を嗜む貴族御用達のそこの貴賓室を使わせてもらいますの。こういう時にこういう場所、便利ですわねえ。

　しっとりとした艶の黒檀のテーブルの上には、オレンジのケーキとお紅茶が三人前と、紙とペンが一式。こちら側には私とキーブが座り、向かい側には聖女様が座って縮こまっていますわねえ。

　……ええ。仮面舞踏会で攫ってきた例の聖女様ですけれど、元が小心者なものだから、ガタイの良いドランだとか、明らかに裏社会で生きてる見た目のジョヴァンだとか、チンピラ以外の何者でもないチェスタとかに囲まれていたらビビッてお話しができませんのよ。ですからしょうがなく、私と可愛いキーブとでお話ししているところですわ。

「じゃあ、聖女様。あなた、私達に協力してくださいますのね？」

「は、はい、勿論！　勿論です！　ですからどうか、命だけは！」

……ええ。まあ、このビビりな聖女様を、ちょいとばかり脅させていただきましたわよ。『あなたが私達の邪魔をしなければ、命は取らない』とね。でも、ここまでビビられると、ねえ……。

「あの、別にあなたが下手なことをしなければ殺すつもりはありませんけれど……」

当然ですけれど、これ、殺しておいた方が安全なのは確かですわ。けれど、こんなビビりを殺していたらなんか、こう、ケチが付きますわぁ……。ま、そういうこともあって、私達は『殺さない代わりに』ということで、一筆したためて頂きますのよ。

「はい、これ。さっきの書いて」

「は、はいっ！」

キープが持ってきた紙に、聖女様は早速、文章を書いていきますわ。

内容は簡単。『これから貴族院主催の舞踏会のため、白薔薇館へ行ってきます。もし私が死んだら、それはきっと貴族院の陰謀です。後任には貴族院とは関係の無い方をお願いします』という具合のものですわ。

聖女はションボリしながらそういう文章を書いていって……それから、ふと、何か思ったようにペンを止めましたわ。

「あの……」

「ええ、何かしら？　他に書きたいことがあるなら仰いなさいな」

大方そんなところだろうと思ってそう言ってみると、聖女はビックリしましたわね。

「え、あの、どうして」

「あなたが聖女業に疲れているっていう話は聞いたことがありましたもの。言いたいことの一つや二つはあるんじゃなくって？」

　聖女に不向きな聖女様は、まあ、本人の能力と性質も相まって、大層胃を痛めていたようですのよ。まあ、平民出身の聖女なんて能力もたかが知れていますし、そんなもんですわね。ただ、面の皮が厚ければのほほんと過ごせるところを、この聖女様はそれができなかった、というだけですわ。まあ、そう考えれば、面の皮の厚い無能よりはずっと善良な聖女、だったかしらね。

「あなたが書いたものは大聖堂に届けることになりますわ。言いたいことがあるなら今の内に書いておきなさいな。折角ですもの、あなたがどんな気持ちで居たのか、言ってやってもいいんじゃなくって？」

「……なら」

　聖女は意を決したようにペンを執ると、次々に神殿や貴族に向けたあれこれを書き始めましたわ。要は、『聖女なのだからしっかりしろ』とも『所詮平民出身のお飾りなのだからじっとしていろ』とも言われ続けた聖女生活への鬱憤がたまっていたのでしょうね。ええ、それって、ビビりで優柔不断な聖女様とは相性最悪な日々、ですわねえ……。

……そうしてしまいには、こう、表に出すと色々とマズいであろうあれこれまで、書いてくれましたわ。ええと、これは流石《さすが》に予想外、でしてよ……？

「あなた……大変でしたわね。お疲れ様」

　文章を向かいから眺めつつそう言ってやれば、聖女は小さく頷いて、涙をハンカチで拭きつつ、一生懸命、気合のこもった文章を書いてくれましたわ。もう、それはそれは気合が入っていましてよ。ま、まあ、少々気合が入りすぎではありますけれど、これなら文章の偽造を疑う奴はいないでしょうね！　中々よくってよ！

さて。ここまでできたら、もう聖女はお役御免ですわ。どこへなりとも行くといいですわ。万一誰かに見つかってしまったら『貴族院のクリス様に言い寄られてとても嫌だったので、爆破事件のどさくさに紛れて逃げ出すことにした』と言ってもらうことにしましたわ。聖女は何故か私に懐いたみたいですし、まあ、裏切られることは無いと期待していいでしょうね。ええ、なんで懐いたんですの、この女……。

故郷へ帰るにしても旅費が必要でしょうから、適当な革の袋に銀貨と銅貨とをザラザラ適当に入れて渡しますわ。エルゼマリンのチンピラからカツアゲしたものですけれど、まあ、旅費ならこの程度で足りると思いますわ。そこに、貴族の屋敷から前に盗んできた宝石類を幾らか足して、これで手切れ金としますわ。これで故郷へ戻った後に始める新生活も豊かなものとなるでしょう。

それを持たせて、適当な着替えを詰めた鞄と共に聖女の故郷方面へ向かう馬車に乗せてやれば、もうこれで聖女は用済みですわ。精々お達者にお過ごしなさいな。ごきげんよう。

「……じゃあ、僕はこの遺書を大聖堂に届けてくればいいんだよね？」

「ええ、キーブ、お願いね」

大聖堂には、キーブが行きますの。要は、犯罪者じゃないのがキーブだけだからですわね。そして、『この手紙が瓶に入って大聖堂近くの入り江に落ちていた』と伝えてもらう予定ですわ。それなら今見つかっても不自然ではありませんものね。

キーブに聖女の遺書を届けてもらう間に、私は攫ってきた諸々の人間の解放作業を行いましたわ。

彼らはそれぞれ、フォルテシアとやり取りがあったか、そうでなくとも噂に聞くほどの才能ある素晴らしい人達ですもの。この国が転覆した後も生き残っていてもらわなきゃ困りますわ。

ということで、彼らにも新生活のためのお金を渡して、解散ですわ。名家であるホーンボーン家の三女と四女はエルゼマリンに隠れ住むことにしたようですし、貴族院の中心クラリノ家の傍系の若者は国外へ出るそうですわ。まあ、皆様、賢く逞しい方々ですから上手《うま》くやるでしょう。

……ところで解放した人達、誰も実家へ帰りませんでしたわ。まあ、才能溢れる彼らを上手く活かせる家は今の上級貴族界にはありませんものね。となると私、彼らが出ていきたい家を出ていく手伝いをした、ということになるのかしら。……善行したくて攫ったわけじゃありませんのにぃ。

さて。それから、キープの方、ですわね。

大聖堂には聖女の遺書がエルゼマリンの衛兵経由で届けられましたの。えーと、『遺書の部分だけ』ですわね。聖女様があれこれ書いてくれた、ちょいと表に出すのが憚られる部分については提出を一旦控えることにしましたわ。

そうして大聖堂は嬉々として動きますわ。何と言っても、大聖堂は元々、貴族との仲があんまり良くなくってよ。上層部についてはその限りじゃなくて、貴族とグルになって甘い汁を吸っている奴らもボチボチ居るはずですけれど……少なくとも、『民衆の味方』である大聖堂は、その体面を保つためにも、この遺書を完全に無視するわけにはいきませんでしたの。

けれど、そこに恐らく、貴族達が働きかけたのでしょうね。『貴族と繋がりの無い聖女を』という聖女の望みがそのまま届くことはありませんでしたわ。

ええ。大聖堂が選んだのは、『全て神の御意思と民意に委ねる』っていういつもの方法でしたの。無責任で楽ちんな方法ですわね。

つまり、何が起きたか、と言えば……『聖女選挙』のお知らせが、国中に貼り出されましたのよ。

さて。国中が聖女選挙に沸いて、エルゼマリンも浮き足立った空気でいっぱいですわ。皆、海賊騒動なんて忘れたように浮き足立ってますわ。誠に遺憾ですわ！　忘れないでくださいまし！

……まあ、仕方ありませんわね。『聖女選挙』は民衆の娯楽。民衆が楽しみにするのは仕方なくってよ。民衆はこうやって祭りを与えておけば反乱を起こしませんのよ。本当に単純ですわぁ……。

「これ、大聖堂としてはとっても楽よね。聖女の遺志を汲むか、貴族のご意向を尊重するか。それらは全て民意と神の御意思に委ねられた！　……ってやって、自分達で決断しないんだから」

ジョヴァンとしては大聖堂のやり口が気に食わないみたいで、ちょいと不機嫌ですわねえ。まあ、私としても、大聖堂にはいっそのこと『貴族連中とは一切手を切り、大聖堂は完全に貴族の影響を受けない第三者機関としての立ち位置を確立していく』ぐらいの気概ある表明をしてほしかったですわぁ……。

「ま、聖女選挙、ね……。上層部が腐ってる以上、難しいだろうとも思ってましたけど。多少は俺達が首突っ込む余地がありそうで、それは良かったか」

「そうね。難しいところではありますけれど、これってもしかすると、より大聖堂を思いのまま操れるようになるんじゃなくって？」

けれども悪いことばっかりじゃなくってよ。私もジョヴァンも、前向きに考えていきますわ！

「ねえ、ヴァイオリア。ちょっと聞いていい？」

私とジョヴァンが早速方策を話し合おうとしていたところに、すす、とキーブがやってきて、ちょっと首を傾《かし》げつつ、尋ねてきましたわ。

「……聖女選挙、って、何？」

「あら、キーブは聖女選挙、知らなかったんですのね？」

「……悪い？」

「いいえ？　あなたに教えられることが一つ余計にあったんですから、私は嬉しくってよ」

どうやらキーブは聖女選挙を知らなかったようですわ。まあ、奴隷やってたなら知らなくても不思議はありませんわね。キーブはちょっぴり拗ねたような顔をしてますけど、そんな顔したって、余計に可愛いだけでしてよ！

「じゃあ、聖女選挙について説明しますと……」

まあ、可愛いキーブは置いておいて、私は早速、説明を始めますわ。

「次期聖女を選ぶ、という名目の、美少女コンテストですわ」

……そしてキーブがぽかん、としちゃいましたわ！　ぽかんとしてても可愛いですわねえ！

はい。ということで私、張り切ってキーブに説明しますわ。

聖女選挙、というのは、民衆からの投票で次期聖女を選ぶ催しですの。聖女が代替わりする度にやってますわね。つまり、数年おきに行われるものですわ。

投票権は全国民にありますわ。年齢制限も所得の制限もございませんの。民衆の味方である大聖堂は、公平に、公正に、民意を広く募って聖女を決めているのですわ。

……ただ、まあ、民衆って、バカですのよ。ええ。

そして、バカにはバカと賢者の区別がつきませんの。賢い話と賢そうな話の区別はもっとつきませんのよ。正しいか正しくないかすら区別できませんし、もう、要は聖女に必要なものが備わっているかどうかなんて、全く、分かりませんの！

そして、バカにも分かるのって、見た目の良し悪し程度なんですのよね。となると、民衆が投票する聖女、というのは……『一番美しい少女』ですのよ……。

「美少女コンテスト、って……それ、聖女選挙の意味、あるの？」

「まあ、民衆は『自分達が選んだ聖女だ！』って勝手に喜んで応援しますから、民意を纏める効果はボチボチありましてよ……」

聖女選挙はそういう催しですわ。そして、選挙期間はあちこちで聖女アピールのための炊き出しだの演説だのがありますから、まあ、王都やエルゼマリンなんかの大きめの町では連日お祭り騒ぎですわね。ええ。もう、娯楽ですわ。これ、民衆にとっての娯楽なんですのよ。

「ふーん……じゃあ、本当に誰でもいいんだ」

「ええ。美しくさえあれば、誰でも聖女選挙で勝てる可能性がありますのよ。……まあ実際は、貴族出身の令嬢が聖女になることが多いのですけど」

美しさに貴賤はありませんけれど、清らかに美しい少女、って言ったら、当然、貴族に利がありますわね。毎日お肌のお手入れができる環境にあって、美しい衣装を着て、ついでに選挙活動として貧民に食事を振る舞える財力がある、となれば、そこらの平民が貴族に勝てる道理がございませんもの。

「ま、時々すげーブスばっか揃う年とかもあるんだけどな。へへへ……」

……まあ、遺書を残して故郷にお帰りになった例の聖女様は、たまたま、選挙に同時に出馬した貴族令嬢共が揃いも揃ってブスだったんですのよ。更に、貴族令嬢らが醜く足の引っ張り合いをしていたり、まともな美しさの令嬢が病気を理由に辞退したり、といった条件が重なって、平民出身の聖女が選ばれましたのよね。ええ……。まあ、彼女の顔面の出来は当然よろしいのですけれど。

「……あのさ。そんな聖女選挙ならさ……聖女やる意味、あるの？」

キーブの疑問はご尤もですわねえ。でも、意味は結構あるんですのよ。

「ええ。それでも価値はありますわ。聖女は『大聖堂の頂点』ですの。大聖堂とのコネが手に入るわけですから、貴族の中には自分の娘を聖女に、と頑張る奴も多くてよ。貴族が大聖堂および民衆を動かすための手段としては正攻法ですものね」

「そもそも、ご令嬢本人のことだけ考えたって、美少女コンテスト優勝者の肩書きが貰えるなら十分だからね。それだけの美しさがある！　って証明になれば、貴族のご令嬢としては大満足でしょ」

そうなんですのよねえ。結局、平民だろうが貴族だろうが、顔がいいに越したことは無くってよ。特に貴族なんて政略結婚の材料として顔面が使えるわけですし、その点、『聖女やってました』の肩書きって有用なんですのよねえ……。ええ。引退した後の聖女って、政略結婚市場でも引っ張りダコですのよ。

「そういうもんなんだ……へー」

キーブはなんだか複雑そうな顔で頷いていますわ。まあ、民意を汲む項目が『美しさ』ってところについては私も思うところが無いわけじゃありませんけど……でも、それよりも思うべきことが、ありますもの。

「まあ、そういうわけで、キーブ」

「何？」

きょとん、としたキーブに、私、聞いてみますわ。

「あなた、聖女様、やりませんこと？」

「……え？」

「聖女が顔面の出来とそれっぽさだけで選ばれたとしても、大聖堂の頂点は聖女様ですわ。つまり、聖女様としてこちら側の手の者を据えることができれば、大聖堂を意図する方向へ動かすことも可能なんですのよ！」

「え、あの」

「そうそう。つまり、貴族連中と真っ向から対立する姿勢を明らかにしてもヨシ。民意を誘導して王権打破に向けて動かしてもヨシ。聖女の立場があればそういうこともできちゃうってワケ」

聖女選挙はお粗末なものですけれど、聖女の立場はそれなりの価値があるものですわ！　特に今！　貴族院と大聖堂が仲違《なかたが》いしそうなこの時！　聖女の立場から大聖堂を動かして、貴族との対立姿勢を強めたり民意を動かして革命に向かわせる、またと無い機会ですのよ！

「ということで、キーブ！　あなた、聖女様におなりなさいな！」

……ただ、キーブ本人は、ぽかん、として、ぽかん、のまま、考えが追い付いていない顔で、こて、と首を傾げましたわ。

「……僕、男だけど？」

「……まあ、そうですわね。でも、問題無くってよ。聖女のちんたま確認する奴なんて居ませんわ」

大聖堂側だって、まさか男の子が聖女選挙に出ようとしてくるなんて思わないはずですわ。ですから一々確認なんてしませんし、十分にいけますわ！

「い、いや、流石に……流石に、僕が聖女、って、それは……無理が、ある、でしょ」

「そうかしら。あなたの凛とした美しさって、聖女向きだと思いますわよ」

キーブはとっても可愛らしい顔立ちですけれど、男の子だからか視線が凛として、それがまた風変わりな美しさを演出しますのよねえ……。

「とっ、とにかく！　僕はやらないから！」

「あら、そうですの？　なら仕方がありませんわね……」

聖女様の衣裳である、金刺繍が入った白の服。ふわふわしていながら甘すぎなくって、あれ、可愛いんですのよ。きっとキーブに似合うと思うのですけれど……まあ、仕方なくってよ。

「キーブが出ないなら、私が出ますわ」

「……えっ」

ええ。私が出ますわ。しょうがなくってよ。大聖堂を動かす力は欲しいですもの。革命を起こしてこの国ひっくり返すとなれば、大聖堂の力は必要不可欠と言ってもよくってよ。

「勝算はありましてよ。王家や貴族院から無実の罪を吹っ掛けられて殺されかけた悲劇の令嬢、というように売り出していけば、割といい線行くと思いますの。問題は、私が聖女として当選する前にムショにぶち込まれる可能性がボチボチあるってことですわね……」

「まあ、脱獄囚が聖女選挙に立候補したら、まず間違いなく捕まるだろうな……」

ええ、そうなんですのよねえ。結構危険な賭けではありますわ。私の首が懸かってますもの。けれど、首を賭けるだけの価値があるのが、聖女の座。大聖堂を動かせれば民意を動かせて、そうなれば王城に火を付けて王家の連中全員火炙りに処すことだって可能になりますものね！

「え、あの、それ、ヴァイオリア、大丈夫なの？」

「あんまり大丈夫じゃありませんわね。でも仕方なくてよ。今から聖女候補にできそうな少女を拾ってくるのは難しいですわ。裏切られる可能性もありますし、何より、教育が間に合いませんわ」

私達の指示通りに動いてくれる少女なんてそうそう居ませんし、そういう少女を『作る』には、時間がありませんもの。貴族連中が絶対に仕掛けてくると分かっている現状、聖女を育てることよりも、貴族対策に時間を割かなきゃ間に合いませんわ。

そして、この聖女選挙、落とすわけにはいきませんわ。この国を最短でひっくり返すためにも、絶対に聖女の座は私達が勝ち取らなければなりませんの。

……だって私のお誕生日まであと三か月切ってますのよ！　ムキーッ！

「この腐った国を変えるにはこれしかありませんもの。私、ムショにぶち込まれる危険があっても、やってみせますわよ」

ということで、私がそう、決意を固めたところ。

「……あの、ヴァイオリア」

そろっ、と、様子を窺うように、キーブが私を呼び止めましたわ。

上目遣いに、ちらちら、と私を見ながら、キーブは何かもにょもにょ口の中で言って、それから、決意を固めたような顔をして……。

「……魔導書千冊！」

きっ、と顔を上げて、私を睨むようにしながら、キーブは叩きつけるように言いましたのよ！

「それ集めて図書室作ってくれたら！　それで手を打ってあげてもいいけど⁉」

えっ⁉　いいんですの⁉　……ああ、なんて可愛いのかしら！　抱きしめちゃいますわーッ！

ということで、キーブが聖女選挙に立候補することが決まりましたわ！　私、頑張って魔導書集めますわね！　キーブのために立派な図書室を作りますわー！

「本当にいいのか」

「もういいよ。どうせ聖女の任期って、三年くらいでしょ？　それより早く引退できるなら、そうしてもいいし……僕がやらないと、ヴァイオリアが捕まりそうだし……」

「……すっかり懐いちまって、まあ」

「別に、懐いてないし……」

キーブはドランに『まあ適材適所だな』と励まされたり、ジョヴァンに『ああうん、お前、カッコいいぜ……』と励まされたりしながらむくれた顔してますわね。ええ、とっても可愛くってよ！

二話　正当なる選挙活動でしてよ

　ということで、私達はそれぞれ行動を開始しますわ！

「えーと、じゃあ早速だけれどキーブを聖女候補として登録してくればいい、ってことかね」

「いいえ。まだそれは早いですわ。よろしくて？　今回はキッチリ、戦略を立てていかなきゃ勝てませんのよ」

　さて。早速行動を開始する、とはいっても、ただキーブを聖女候補として登録して、ただ普通に選挙活動したって勝ち目が無くってよ。

　いくらキーブが可愛くても、ただ普通にやってたら勝てませんわ。だって、貴族院の連中が仕掛けてくるのは間違いありませんもの。

　今、貴族院は度重なる事故や事件によって大損害を受けていますの。民衆からの覚えも悪いものですから、それらを全て払拭するために、貴族出身の聖女を生み出して民衆を貴族寄りに持っていきたいはずですのよね。

　……そして、貴族連中は金に物を言わせた選挙活動ができますわ。要は、ばらまき、ですわね。豪華な炊き出しを行ったり、貧しい村に寄付したり。金をばらまけばそれだけで印象が良くなりますわ。そしてやっぱりお金を掛ければその分、美しさって増しますもの。そっちの方も抜かりなくやってくるでしょうね。

　ですから戦略が必要なのですわ。必ずキーブを勝たせるために、貴族にだってできない手をいくらでも使ってやりますの。

……そう。奴らは貴族で、お金を使い放題ですわ。

でもね。こちとら悪党で、法律無視し放題でしてよ。

「ではチェスタ。あなた、適当にそこら辺の村襲ってきなさいな。そこにキーブが助けに入りますから」

なのでこういう戦略がとれるのですわーッ！

人間って単純なものですわ。聖女候補の名前で寄付があるよりも、聖女候補本人が寄付金を運んできた方がありがたく感じるのですわ。そして更に言ってしまえば、聖女候補本人が働いて、直接話せば……もっとありがたみを感じますのよ。

ですから簡単なことですわ。キーブには、『男装の美少女』として各地を巡ってもらいますわ。そして、山賊チェスタが暴れまわって被害が出た土地に食料を提供したり、襲い掛かってきた魔物を退治してみせてやったりすればよくってよ。

「お嬢さん、中々あくどいことを考えるねえ。嫌いじゃないぜ、そういうの」

「あら、それはどうも。ということで、よろしいかしら？　チェスタもキーブも」

「まあ、いいけど。ドレス着なくていいならむしろ歓迎する」

「俺も暴れるくらい別にいいけどよー、なんで俺が山賊なんだよ」

「見た目が一番チンピラだからですわ」

襲撃役にドランを混ぜてもいいかもしれませんけれど、まあ、汎用性が高いのはチェスタ、なんですのよねえ。なんだかんだ彼、見た目がチンピラですし、義手さえ隠してしまえば、然程印象に残りませんのよ。その点、ドランは、ほら、筋肉の塊ですから印象に残りやすいんですわぁ……。

「どこから襲う？　場所によっては既に貴族の息が掛かっていそうだが」

「そうね。むしろ、そういうところを狙った方が良くってよ。『貴族の寄付があったからこそその金を山賊に狙われた』っていうのはとってもいい筋書きだと思いませんこと？」

私達は貴族連中の足をガンガン引っ張ってやりますわよ。ええ。遠慮なんてしませんわ。金だけあって能力の無い無能貴族には精々吠え面かいていただきましょうね。おほほほほ。

「ということで……早速ですけれど、参りますわよ！　まずは小手調べに、そこらへんの村を適当に襲いますわー！」

さあ、元気に山賊やりますわよ！　……私も覆面を着けて参加しようかしら！　楽しみですわ！　楽しみですわ！

「じゃ、まずはこの村にしましょうか」

ということで早速やって参りましたわ。私達が最初に狙うのは、王都近郊の小さな村。小さな村とはいえ、人通りはそれなりにありますの。王都から北へ向かう時に通る場所ですし、宿がありますから王都との行き来をする旅人や商人がここを利用するのですわね。

「チェスタ。あなた、暴れる準備はよろしいかしら？」

「おう。任せとけよ。ぶっ壊すのもぶっ殺すのも割と得意だからさあ」

「あ、ぶっ壊すのは大歓迎ですけど、ぶっ殺すのはやめてくださいまし。有権者は減らさないに限のですわ！

清き一票を墓場に蹴り込むのは勿体なくってよ！　ここにある票は全て！　キーブのものにするりますわ」

そうして私達が近くの丘から見守っている内に、小さな宿場村からは悲鳴が聞こえてくるようになりましたわね。チェスタは上手くやっているようですわ。

私達が然程心配せずに見守っていると、チェスタは奪ったらしい馬に乗って、革袋を背負って村から出ていきましたわ。あらぁ、結構上手くやりましたわね。こんなにスマートに襲撃を完遂するとは思ってませんでしたわ。ちょっとびっくりでしてよ。

「見たところ、貴族が寄越した金を掻っ攫ったようだな」

「ええ。チェスタったら、案外やりますのねえ……」

「ああ。チェスタはあれで案外、やる奴だ」

遠くから見た限りですけれど、チェスタは村の破壊に放火に略奪、と一通りやってくれたみたいですわ。犯罪のお手本みたいなかんじですわねえ。薬中も薬が抜けてれば頼りになりますわ。

これでチェスタの犯行は『寄付金を略奪するための犯行』っていう風に見られることでしょうから、今後、貴族からの寄付金を喜ばない村が増えていくんじゃないかしら。寄付されたら襲われるんですから、当然ですわねえ！

そして、間違っても、今回の犯行を『キーブに票を集めるための襲撃』だなんて思う奴は居ないでしょうねえ！　だってキーブはまだ立候補していませんもの！　おほほほほ！　カンペキですわ！　カンペキな策略でしてよ！

「じゃあ、僕らもそろそろ動く？」

「ええ。もうしばらくしてから、ね」

さて。チェスタにはこのまま、適当に道すがら他の村を襲いつつ、エルゼマリンへ帰ってもらいますわ。そして私達は……ここでもう少し待ってから、動きますの。私はフルフェイスの甲冑を身に着けて、キーブはいかにもお忍びの貴族のご令嬢……が男装している、というような恰好をして。如何にも『ワケアリ』なかんじでよろしいでしょう？

「さ、キーブ。行きますわよ」

そうして私達、襲われたばかりの村へと向かいますわ。そしてキーブの信者を生み出しますわ！

「あの、これは一体、何があったのですか？」

さて。村へ入ってすぐ、キーブは困惑を表情に浮かべながらそこら辺の村人に尋ねますわ。すると、村人も突然のキーブの登場に困惑しながら答えてくれますのよ。

「ああ、それが……さっき、とんでもなく強い山賊が一人、入ってきてね……金を奪われてしまったんだ。丁度、お貴族様から頂いた寄付があったもんだから、それが狙われたんだろう……」

はあ、とため息交じりに言う村人の視線の先には、壊された納屋や家畜小屋が見えますわ。チェスタったら、結構派手にやりましたのねえ。まあ、悪くなくってよ。だってこの後、この宿場はキーブが救うんですもの！　被害が大きい方が復興のありがたみが増しますでしょ？

「そんな……あ、鶏が」

家畜小屋からは、鶏がぱたぱた逃げ出していますわ。あらあら、大変……。

「うおっ、あのコッコ共、随分と……すまないね、旅の方。俺は鶏を捕まえてくるんで、失礼」

「あ、あの、手伝いますよ。鶏、捕まえたらここに連れてきますね」

さて。早速第一村人にそう笑いかけて、キーブは鶏を追いかけ始めましたわ。……お付きの騎士である私も、鶏を追いかけてガッションガッション甲冑鳴らしながら走り回りますわ！


……そうしてキーブは、よく働きましたわ。鶏を捕まえて小屋に戻したり、風の魔法で瓦礫の撤去を手伝ったり、破壊された井戸を見て、飲み水を魔法で確保したり。

こうした働きに、村人達は目を瞠っていましたわ。まあ、平民からしてみると、魔法ってとっても貴重ですものね。珍しいうえに強力な力で自分達の仕事がどんどん片付いていく様子を見ていたら、そりゃ当然、興奮もしますわよね。

おかげでキーブはすっかり、村から恩人として歓迎されるようになりましたの。質素ながらも温かな夕食を振る舞われて、一晩の宿を提供されて……あ、そこで私、キーブが女の子だ、っていうことを村人に伝えましたのよ。『騎士様は女性のようですが、別室の方がよろしいでしょうか』って聞かれましたから、『女性同士、同室の方が安心できますわ』って答えましたの。この効果はバッグンでしたわね。村人達のキーブを見る目がなんか輝きましたもの。

そうしてたっぷり働いて村人達に恩を売ったキーブは、翌朝、笑顔で村を後にしましたわ。村人達はすっかり、キーブのことを気に入ったようですから……彼らの記憶が消えない内に再訪してやればよくってよ。勿論、次に来る時、キーブは聖女候補ですわ。

さて。それから連日、立て続けにいくつかの村がチェスタに襲われたり、キーブの雷で燃えたりしましたわ。

チェスタに襲われた村にはキーブが助けに入りましたし、燃えた村にはキーブが食料の提供を申し出て……ついでに鞄村に招致したりもして、まあ、順調にやっておりますの。

ただ、これだけだとあまりにも、単調でしょう？　山賊が寄付金目当てに村を襲うのだって、何度もあったら流石に不審ですもの。

「ということで、ドラン。やっとあなたの出番でしてよ」

「ようやくか。俺は何をすればいい？」

さて。ここからはドランの出番ですわ。ついでに私も楽しもうかしらね。

「魔物を大量に捕まえて参りますわよ。そして、町に放ちますわ」

「成程な。面白い」

要は、今までチェスタにやってもらっていた役割を魔物に果たしてもらいますの。魔物でしたら殺してもいい相手ですから、キーブと魔物の直接対決を民衆に見せることができますわ。突如として起こる魔物の襲撃と、それから町を守る男装の美少女の戦闘劇。ね？　これ、いい娯楽になるんじゃなくって？

「あーあー、お嬢さん。ソレやるなら、もう聖女に立候補してる奴の領地でやっておやんなさい。魔物に対して無力な聖女候補と、魔物から民衆を守る男装の美少女の対比、ってのは中々ドラマティックじゃない？」

あら素敵。ならそうしましょうね。……そう。ボチボチ、他の聖女候補が出てきてますのよ。まあ大抵は貴族の家から出てるのですけれどね。クラリノ家の傍系まで出馬してますから、気合の入りようが見て取れますわ。気合入ってる相手は厄介ですから、足を引っ張ってやれる時にはしっかり足を引っ張ってやりましょうね！

「なら、できるだけ派手な魔物がいいな」

「ええ。数も必要ですわね。スケルトンの軍勢とか、よろしいんじゃありませんこと？」

「成程な。悪くない。他にサイクロプスだのオーガだの、図体のでかい魔物も見栄えがするだろう」

「あら、いいですわねえ……ふふふ、楽しみですわあ」

さて。それじゃあ早速、魔物狩りに出かけましょうね。あ、ここでの『狩り』はアレですわ。いちご狩りとかキノコ狩りとか、そういう気分の『狩り』ですわ。ええ。私、たっぷり魔物を収穫しますわよ！


……そうして、私とドランは国の西の方、魔物がよく出る地域に三日ほど、籠もりましたの。そして、そこの魔物を獲り尽くす勢いで、空間鞄に突っ込んでいきましたわ。

下手に強い魔物ですと、殺すより生け捕りにする方が面倒ですのよねえ。でも、だからこそ燃えるってモンですわ！　特に、ドランと『どっちがより多くの魔物を捕まえてこられるか競争』だったんですもの。滅茶苦茶燃えましたわ！

「……ところでこれ、使い切れるかしら」

「……さあな」

そうして大量の魔物を生け捕りにして鞄詰めにしたのですけれど……まあ、その、ちょいとばかし集めすぎた気もしますわね。ええ。多分、これ、王都のど真ん中に放したらそれだけでこの国、滅びかねませんわ。

「もし使い切れなかったらドラゴンは食べますわ！」

「そうだな……まあ、一匹くらいは残りそうだ」

そうそう。ドラゴンも数匹、捕まえましたわ。余ったら食べましょうね！


さて、こうして大量の魔物を手に入れた私達は、早速、各地で魔物の襲撃を演出していきますわ。

ただ、当然ですけれど、全ての町の全ての襲撃にキーブが間に合っていたらキーブがあまりにも不審ですから、キーブがたまたま居合わせて魔物から人々を守る例は、全体の内の半分にも満たない数にしておいた方がよくってよ。精々、一つか二つ、といったところかしら。そして、その貴重な貴重なキーブの戦闘劇ですから、見せ方にはしっかりこだわりますわ。

まず、場所。これは、大きめの町ですわね。丁度、我らが拠点エルゼマリンが大きな町ですし、人も多いですし、貴族の別荘が多いものですから貴族の足引っ張るのにも丁度いいですし……何より、憎いクラリノ家の領地ですから、当然、ド派手に襲ってやるべきですわねえ！

次に、時間。これも人通りが多い時間がいいのですけれど、魔物の襲撃、となれば、まあ、夜の方がいいんじゃないかしら。どうせ適当に色々燃やしたら人も出てきますわ。ですから夜でいいですわ。

そして最後に、一番重要な部分。そう、演出ですわね。

これについては、目指すべき部分が単純明快ですのよ。要は、『他の戦士達がまるで敵わなかった魔物を美少女魔法使いが倒す』っていう筋書きがいいと思いますのよね。そうすればクラリノ家の私兵の無能さを露呈することにもなりますし、キープの有能さを表現することもできますもの。そう。つまり、今回、魔物はそこらへんの人間に負けないくらいの強さを持っていることが望まれますのよね。

……なら、襲撃役の魔物は決まりですわね。


「まず、今回エルゼマリンを襲うのは、スケルトンの大群ということにしますわ。私とドランが捕まえてきた分だけでも五百は下らないスケルトンが居ますから、そいつらを一気に放ちますわ」

「えっ、ドラゴンじゃないの?」

「ドラゴンって被害は大きくなりがちですけれど、そこまでですのよ。今回は一気に破壊されて一気に仕留められるような短時間で終わっちゃいけませんわ。できる限り民衆の印象に残るように、じわじわちびちび、長時間に及ぶ戦いが続いた方がよくってよ」

単純に町を破壊したいなら断然、ドラゴンですわ。当然ですわ。でも、こういうじわじわちびちびな長期戦を演出したいなら、やっぱり『そこそこの強さの大群』ですわね。とにかく数が多ければ、より多くの人々の目に留まりますもの。

「ああ、成程な。それに加えて、非常に強い一体の魔物と戦うより、それなりの強さの大量の魔物と戦う時の方が、魔法に利のある戦況になるか」

ええ、ええ、そうですの！　ドランの言う通り、雑魚《ざこ》を大量に片付ける時が魔法の本領発揮の場面ですのよ！　剣や槍でドラゴンを屠るのって見栄えがしますけれど、剣や槍でスケルトンの大群に向かっていったら当然、チマチマした戦い方になりますわね。でも、魔法ならそんな心配はありませんわ。魔法を使えば一気にばーっと魔物を片付けることができますもの。これぞ、キーブの見栄えが良くなる戦況、ですのよ！

「成程ね。確かにそれはそうか。じゃあ今回はスケルトン五百……五百？　ん？　多くない？」

「多くなくってよ。キーブが魔法を撃ったら一発で五十弱くらいは吹っ飛びますもの。エルゼマリンの兵士やクラリノ家の私兵達が倒しちゃう分を考えると、キーブの魔法を見せる機会は精々多くても七回かそこらだと思いますわ。クラリノ家の私兵が有能なら、それ以下かもしれませんわね。クラリノ家の兵士達がどれくらい働いちゃうかが心配ですわぁ……」

そう。唯一の心配な点は、そこですわ。

クラリノ家は武術に秀でた家系。そして、リタルの例を見れば分かる通り、ある程度は魔法も使えてしまうことが予想されますわ。ということは、今回のスケルトンの大群って、クラリノ家がブイブイ言わせるためにも丁度いいんですのよねえ……。

当然、そんなことはさせませんわ。クラリノ家は活躍する機会を失って隅っこでちんまりじめじめしてりゃーよくってよ！

「なら、クラリノ家自体を同時に襲撃させるのはどうだ」

「ああ、それは悪くなくってよ。そうね、そちらは戦っても全く見栄えがしない割に手間ばっかりかかるスライムの大群でいきましょう」

ということで、エルゼマリンをスケルトンの大群が襲っている間、クラリノ家の屋敷を大量のスライムが直撃するようにしておきましょうね！　おほほほほ！

「ああ、いいねいいね。クラリノ家が自分の屋敷にかかりっきりで、スケルトンに襲われるエルゼマリンを守らなかった、なんてことになれば、クラリノ家は面目丸潰れだし」

「そうですわね。逆に言えば、あのクラリノ家ですから、そこまでの下手は打ってこないとも思いますのよね。エルゼマリンでも精一杯戦った、ぐらいの演出ができるように兵士を配分すると思いますわ」

　できればクラリノ家にはしっかり打撃を受けて頂きたいのですけれど、まあ、クリスはあれでもそこそこ優秀な奴ですものね。あんまり期待はしてませんわ。多分、普通に対処されますわ。

「まあ、ですから、エルゼマリン防衛の方については、どさくさに紛れて私がクラリノ家の私兵をお片付けして調整しますわ」

　ということで私が働くことになるわけですわね。ええ。

「……え？　ヴァイオリア、戦うの？」

　キーブはぽかんとしてますし、ジョヴァンは頭抱えてますし、ドランは『その手があったな』と頷いてますわ。チェスタは寝てますわ！　そして私は、しっかり決意していますのよ！

「ええ。私、スケルトンに紛れてちょいと戦おうと思いますの！」

　そう！　襲撃役の魔物にスケルトンを選ぶ一番の理由は……ちょいと甲冑を着込んでしまえば、案外、スケルトンの群れに混じっても違和感が無いから！　つまり……私自身が魔物役を果たすことができるから、ですわァーッ！

そういうわけで、私達はスケルトンを武装させましたわ。

武装させるとスケルトンは単純に強くなりますし、私が紛れ込みやすくなる効果も期待できますわ。ガンガン武装させて参りますわよ。

やり方は簡単ですわ。以前、海賊した時に手に入れた大量の鎧や兜をスケルトンが入ってる空間鞄の中に入れてやるのですわ。そうすればスケルトン達、勝手にそれらを身に着けますのよ。ええ、スケルトンって、武具を見つけるとそれを拾って身に着けるんですのよね。より良い武具があればそっちに乗り換えたりもしますし。ちょっぴりヤドカリみたいですわぁ……。

それから、武器もスケルトンに与えましょうね。こちらも海賊やった時の副産物である、剣や槍……そして弓と矢を与えますわ。

……正直なところ、スケルトンの中で一番厄介なのって、弓を持ったスケルトンですわね。それはスケルトンという魔物が、『器用に武器を使いこなし、軍勢となる程度に知性もあるが、とにかく脆い』っていう魔物だからですわ。一発ぶん殴れば大抵のスケルトンは折れて砕けて死んでくれますけれど、逆に言えば、一発ぶん殴られるまでは人間と同じくらいの器用さで戦い続けてくれるってことですのよね。

つまり、スケルトンを人間と戦わせようと思った時、一番いい運用方法は、『一撃もぶん殴られないまま攻撃させる』ってことですの。つまりそれって、遠距離から一斉に弓矢で狙撃させる、っていうことになりますわね。

そして私は今回、白兵戦なんざやってられませんもの。遠くからクラリノ家の私兵を狙撃するのがお仕事ですから、そんな私が紛れ込むためにも弓を持ったスケルトンはいっぱいいてくれた方がよくってよ！

さあ！　これで準備が整いましたわね！　早速キーブの晴れ舞台を演出して参りますわよ！　そしてエルゼマリンの民衆を皆、キーブの虜にするのですわーッ！

……はい。

ということで、夜。早速、エルゼマリン近郊の森の、比較的浅いところで、大量のスケルトンを放ちましたわ。

スケルトンは急に外に出されてびっくりした様子でしたし、目ざとくも私という人間を見つけたスケルトンは私に襲い掛かってきたりもしたのですけれど、まあ、概ね、さっさとエルゼマリンの方へ向かっていってくれましたわね。

ささ、そうとなったら、私も適当にダメージ加工した鎧兜を身に纏って、よろよろっ、と如何にもスケルトンっぽい動き方をしながらその列に続きますわ。そうしている間にスケルトンは私のことを仲間だと思ったらしいんですの。弓を持ったスケルトン達が『お前も弓なの？　ならこっちこっち』というように手招きしてくれましたから、そっちに合流しますわ。よろしくお願いしますわね。おほほほほ。

さて、私がスケルトン達にすっかり溶け込んだところで、スケルトンの軍勢はエルゼマリンの門へと向かっていき……そこで、愕然とした門番があっさりと逃げていくのを嘲笑うように、門を開き、そして町へと、繰り出していったのですわ！

それからはもう、阿鼻叫喚、というやつでしたわ。エルゼマリンの大通りを練り歩くスケルトン達の軍勢は、どう見ても魔物の襲撃。これに恐怖しない人間は中々居なくってよ！

スケルトン達は早速、人間を襲い始めましたわ。勿論、さっきの門番をはじめとした人間達が応戦しますけれど、こちとら平和ボケした町の衛兵なんかに対処しきれない数が居ますもの。次々に、スケルトン達は町の奥へ進んでいきますわ。

……さて。こうして人々がスケルトンに恐怖し、逃げ惑う中。クラリノ家の私兵達よりも先に町へ現れたのは……キーブ！　当然、キーブですわ！

キーブは泊まっていた宿から飛び出してきて、人の目の多い町の真ん中へ陣取りましたわ。彼の恰好は、地味な紺やグレーで揃えた旅装。魔法使いらしくローブにマント姿ですけれど、動きやすさを重視して丈は短めにしてありますわ。それに、服をお地味にしておくと素材の良さが引き立ちますでしょ？

キーブは杖を振りかざしますわ。地味な旅装に夜空水晶の杖がひときわ美しく華やかに映えますわね。……そしてキーブは、杖にも負けない綺麗な顔で、凛々しく叫びますのよ。

「悪しき魔物に、天の裁きを！」

そして……落雷。

ばっ、と強く輝く一条の光。凄まじい音。ええ。これ、とにかく、見栄えがしますわ。光るし鳴るし、雷の魔法って本当に華やかですわねえ！　特に夜ですから、もう、目立って目立ってしょうがなくってよ！

当然、キーブのこの活躍は民衆の目に留まりましたわ。一気にスケルトンを五十近く仕留めたキーブに、民衆が歓声を送りますの。キーブはそれに緊張気味の笑顔で応えつつ、『まだスケルトンが居るようですから、私はそちらに向かいます』と、健気に走って去っていきましたのよ！　一生懸命戦う、凛々しく強い美少女魔法使いの姿に、人々はもうすっかり夢中ですわ。さっきまで恐怖の渦中に居たのが急に救われたもんですから、感情のタガが外れてますのよねえ。

……ええ。中々にいいかんじですわ。ですから私も私で働きませんとね。門の方からクラリノ家の私兵の一団がやってきたようですから。おほほほほ。

さて、私と他数十体のスケルトン達は、一斉に弓を構えましたわ。

私達が陣取っているのは、門の前の通りが見通せる位置の、屋根の上。そう。屋根の上、ですわ。高所を取ってしまえば、剣や槍に対してとっても強くってよ。こちらからは奴らを狙いたい放題ですし、奴らは剣も槍も届かないところには反撃できませんもの。おほほほほ。

ですから、クラリノ家の兵士共が気づいた時にはもう遅くってよ。私達、しっかりと矢を放っておりましたもの。

「なっ、なんだ⁉　矢か⁉」

「くそ、盾だ！　盾を早く……ぐはっ！」

当然ですけれど、こっちは強いですわよ。先頭を歩いていた兵士達に向けて矢を放ってやれば連中は怯みましたし、私が放った矢は当然、兵士の脚、鎧の隙間に突き刺さりましたから、そこからどんどん隊列が崩れていきますわ。

スケルトンの動きは然程素早くありませんけれど、数が多いですわ。それらの陰と夜闇に紛れた私はスケルトンの五倍くらいの速度で矢を放っていますし、それら全て、ちゃーんと命中しますもの。どんどん兵士は戦えなくなっていきますわねえ！

私兵達の無様な様子を見せるため、殺しはしませんわ。人間って死んだら悲劇の英雄ですけれど、生きてりゃ無様な負け犬ですものね。ええ。だから連中を生かしておきますのよ。

致命傷にならないような位置を狙って、けれど、確実に当てていきますの。こうしていけばクラリノ家の私兵達は、『戦いに来たのに何の役にも立たず早々にやられた雑魚軍団』という汚名を被ることになりますわ！　そして、そうこうしている間にもキーブは雷の魔法を操って、どんどん人々を救っていきますのよ！　ああ、なんて素敵な劇なのかしらね！　おほほほほ！

さて。こうして、エルゼマリンでは、夜明けまで戦闘が続きましたの。

水平線から顔を出した太陽がエルゼマリンを照らした時、スケルトンの残骸は全て天に召されて消え、ただ、スケルトン達が使っていた武具だけが残りましたわ。

それから、戦いの跡が残る街並みと……その中で、ほっと安堵の息を吐く美少女魔法使いも！

キーブはその黒髪をさらさらと潮風に靡かせて、横から差し込んでくる朝陽に強く照らされて、本当に、本当に綺麗に見えましたわ。魔法の残滓と朝陽とできらきら輝く姿は、本当に、そこらの聖女様が裸足で逃げ出す凛々しさと美しさですのよ！

「そこの魔法使いのお嬢さん！　あんた、強いね！」

「ありがとう。あなたのおかげでエルゼマリンは助かったよ！」

そんなキーブに、人々は笑顔でお礼を言いますわ。キーブは少し疲れた顔をしながらも、『皆さんがご無事でよかったです』と健気に笑みを浮かべて、それから、『じゃあ早速、町の片付けを』と率先して働き始めましたのよ。

これには民衆も感激しますわねえ。戦って戦って、疲れ切っているはずの美少女が、まだ、働こうとしている。それも、自分のためではなく、人々のために！

キーブは違法改造していない普通の空間鞄を使って、スケルトン達が残していった武具を片付けましたし、人々の血に汚れた広場の石畳を水の魔法で洗浄していきますわ。更に、傷ついた人には持っていた薬を分け与え、手を握って、『もう大丈夫ですよ』と励まして……ええ、もう、当然、民衆はキーブを見て囁き合うわけですわ。

『聖女様だ』と。

……こうしてキーブは、『聖女として立候補しないのか』なんてことを聞かれては『私に務まるとは思えません』と控えめな態度を見せつつ、人々に『やっぱりあの子が聖女に相応しいのでは』なんて評価をされましたのよね。ええ、狙い通りですわ！

ついでに、クラリノ家の私兵達について『あいつらまるで役に立たねえな！』と憤る民衆が多かったのも、狙い通りでしてよ！　おほほほほ！

さあさあ、これでキーブが聖女になるのも時間の問題、となって参りましたわねえ！　少なくともエルゼマリンの中では、そういう雰囲気になって参りましたわ！　後はこれを他の町でもやってやるだけでしてよーッ！　おほほほほほ！

……こうして私達、あちこちの町や村に魔物を嗾《けしか》けましたわ。

キーブがエルゼマリンを救っている間にチェスタがそこらへんの別の町にオークの集団をぶちまけていましたし、少し離れた町ではドランがワーム系の魔物を大量にぶちまけてきていましたのよ。ついでにクラリノ家の邸宅にはジョヴァンが大量のスライムぶちまけましたわ。おほほほほ。

勿論、それに留まらず、他の町や村にどんどん魔物を嗾けていって……そして、それら被害に遭った町や村に、キーブが立ち寄ったらそこで復興支援を行いましたのよね。

キーブは雷だけじゃなくて水や風の魔法もすっかり上手になりましたから、復興支援には大変役立ちますのよ。水って飲み水としても洗浄水としても必要ですし、風があれば簡単な片付けやお掃除、洗濯したものの乾燥なんかにも役立ちますし。

そして何より、キーブの可愛い笑顔！　これが傷ついた人々を癒やし、安心させますの！　更にキーブは確かな強さを持った魔法使い！　魔物の残りがうっかりその辺に居ても、一瞬で片付けて人々に安心を与えることができますのよ！　そんじょそこらの、お祈りしかできない『貴族出身の聖女候補』なんか、霞んで霞んで仕方ありませんわねえ！

……実際、居ましたわ。町が魔物に襲撃されたと聞いて、聖女としての売り込みをしに来た貴族のご令嬢が。けれど当然、傷つきながらも壊れた町の片付けと再建を始めている人々が欲しているのは、無意味なお祈りなんかじゃーなくってよ。ですから、『皆様のためにお祈りをさせてください』とやってきた貴族令嬢は町民からほっとかれて、町民達はその分、一緒に働いてくれるキーブを大好きになりましたのよねえ。おほほほほ。

更に更に、キーブの躍進は止まりませんわ。キーブは王都へ出向いて、食料品店を渡り歩き、とにかく大量の食べ物を買い込みましたの。そしてそれを魔物に襲われた町や村へ寄付して回りましたから、もう、キーブは今や『私財を擲《なげう》って人々に尽くす聖女の鑑』ってことですわね！

それから一つ嬉しい誤算がありましたわ。王都で食料品を買い込んだために『こんなにたくさんどうするんだい？』『魔物に襲われた町の皆さんを支援したくて』なんてやり取りが当然発生して、それによってキーブったら、王都でもボチボチ有名になって参りましたのよ。王都は貴族連中が金をばらまいている激戦区ですから、最初から王都の票は捨てるつもりで居たのですけれど……案外、獲れる票もあるかもしれませんわねえ。


……まあ、こうして私達、あちこちの町に魔物を嗾け、あちこちの町をキーブに支援させて、ついでにキーブの財力を裏付けるためにドラゴンの皮や牙一匹分を丸ごと表通りの魔物素材取り扱い公認店に売ってきてもらって、なんてやって過ごしましたのよ。怒涛の一週間でしたわ。

ただ、そのおかげでキーブはすっかり、王都周辺の町や村からの支持を集められましたの。可愛くて強くて凛々しくて、そして救いの手をたくさん差し伸べてくれる美少女なんですもの。当然、支持されるわけですわねえ！

それで……まあ、ええと。

私とドランで、魔物を、ほら、たくさん集めてきましたでしょう？　それで、ドラゴンが余ったら食べますわ、なんて、言っていたわけですけれど……結論から言ってしまうと、ドラゴン、食べられませんでしたわ。

これがね、全部放ってしまったから、ではないんですのよ。ただ……ドラゴンが、ものすごーく、大人しくなっちゃったから、なんですの。

ええ。適当なところで、一度確認するためにドラゴンを出してみたら……ドラゴンが、ドランに平服してましたの。

ドラゴンの餌に丁度いいかしら、と思ってスライムと一緒に鞄に入れておいたのですけれど、そうしたらこのドラゴンが食べる速度よりもスライムが増える速度の方が早かったみたいなんですのよね。その結果、ドラゴン達は真っ暗な密閉空間の中、スライムに埋もれて、全身スライムに這い回られながら果ての見えない時間を過ごす、という状態になっていたんですのよ。

……その結果がこれですわ。ドラゴン、平服ですわ。具体的には、私達を乗せて飛んでくれるくらい、大人しくて従順なドラゴンになっちゃいましたのよ……。

「成程な。ドラゴンも、スライム漬けにされると堪《こた》えるのか」

「私、ドラゴンを拷問にかけた最初の人間かもしれませんわぁ……」

ドラゴンに傅《かしず》かれながら、私、なんか複雑な気分ですわぁ……。美味しいドラゴンが、なんだか大人しくってしおらしくって、ちょっぴり可愛らしいんですもの……。

「へー、こいつ、かわいいじゃん」

チェスタは案外こういう生き物が好きだったみたいで、早速ドラゴンと戯れてますわ。ちょっぴり意外ですわねえ。

「なあ、ヴァイオリア。こいつら食わずに飼おうぜ。な？　な？」

「そうなんですのよねえ……ドラゴンもこうして乗り物になっちゃえば、ただ可愛くて便利なだけですわぁ……食べられませんわぁ……」

ううう、ドラゴンのお肉を食べたいのは山々なのですけれど、でも、ワイバーンより速く飛ぶドラゴンが、こういう風に乗り物になってくれるなら便利に使った方が得策ですわね。特に、キーブの選挙戦は残すところあと二週間。エルゼマリンや王都からそこそこ近い町や村ではもう活動し尽くしましたし、となると、もっと辺境の町で選挙活動をしたいところで……つまり、ドラゴンに乗って空を飛んで移動できれば最高、ってわけですのよ。ええ。ドラゴンを使わない理由はもうありませんわね。

それに加えて、ドラゴンって、ドラゴンって……こうして大人しくしてると、案外可愛いんですの！　ええ！　可愛いんですのよ！　ドラゴン！　すっかりしょげて平服しちゃうドラゴン！　可愛がられて益々可愛くなっちゃうドラゴン！

ああー！　もう駄目ですわ！　このドラゴン、食べられませんわ！　可愛くなっちゃったらもう食べられませんわァーッ！

……ということで。

翌日から、キーブはドラゴンに乗って各地を巡ることになりましたわ。

ドラゴンの鱗は美しい純白。ええ。一番美しい白ドラゴンをキーブの乗り物としましたわ。真っ白なドラゴンの翼や尾には金銀の飾りを少しつけてやって、より一層の美しさを演出していますの。それに乗って空を飛ぶキーブは、白ドラゴンによく映える黒髪と瑠璃の瞳。青空との相性もバッチリな色合いで、とっても絵になりますのよねえ！

そんなドラゴンに乗って各地を巡る美少女魔法使いの姿は、すぐさま噂になりましたわね。『ドラゴンすら手懐けるあの美少女は一体何者なんだ?』といった具合に。ええ、そりゃーそうですわ。小さめのワイバーンだって手懐けるのは難しいとされているんですもの。ワイバーンなんかより遥かに大きく強く美しいドラゴンを手懐けて乗りこなすキーブは当然、とっても目立ちますの!

……そうしてキーブは各地を飛び回って、食料が足りない場所には食料を融通して、木材が足りないところには木材を持っていってやって……と、ドラゴンの機動力と空間鞄の収納力を存分に生かした人助けを展開していきましたの。当然、合間合間で魔物の襲撃とキーブの防衛が挟まりましたから、本当に見栄えのする演劇のようでしたわね。

そうしていれば、各地では『辺境を救う男装の美少女魔法使い』の噂が広まりましたの。その辺りはジョヴァンが結構上手くやってくれて、噂は王都やエルゼマリンでもどんどん流れて広まっていきましたわねえ。闇商人も中々いい仕事をするもんですわ。

そして、キーブはいよいよ、支持基盤を固めるための最後の段階に移りましたの。それは……『村づくり』ですわ!

「この辺りに、村を作りたいんです」

さて。エルゼマリンにほど近い、最近切り売りされてキーブの領地となっているこの土地。切り売りされるのも納得なただの更地ですけれど、そこには今、人々が集まっていますの。

そしてキーブはその人々を前に、話し始めましたわ。

「この辺りに、私の故郷がありました。もう、魔物に襲われて、無くなってしまったけれど……この土地に金色の麦が揺れる光景を、もう一回、見たいんです。どうか、皆さんのお力を、貸してください」

キーブが深々と頭を下げてお願いする相手は、辺境の吹けば飛ぶような小さな小さな村から集めてきた人々ですわ。彼らが住む村を魔物に襲わせて移住を余儀なくさせたり、人攫いに扮したチェスタとドランが運んだところをキーブに奪還させたりして、実に、千人近い人間がここに集まりましたのよ！

……何故、わざわざ辺境の村の人間を集めてきたか、と言えば、まあ、簡単なことですわ。

ここから先、聖女選挙を勝ち抜こうと思ったならば、既存の票の獲り合いなんてしてられませんの。貴族出身のご令嬢達は今も王都を中心に選挙活動を行っていますけれど、そこに飛び込んでいってもこれ以上の得票は望めませんわ。

ですから、既存の票を獲り合うのではなく……本来は投票になんざ行かなかったであろう辺境の村落の人間を連れてきて、全く新たな票を獲得していくことが重要なのですわ！

ほら、小さな小さな集落にまで投票所って設置されませんから、そういう村の連中はちょっと大きな町に出て、そこで投票することになっていますの。でも、たかが投票のために一々町まで片道ウン時間かけて移動する奴、そうそう居ませんわ。ですから彼らの票って、死に票なのですけれど……それを回収してきてエルゼマリン近郊に住まわせて、そして投票するように誘導していけば、それで票を得ることができますのよ！　カンペキですわ！　カンペキな作戦ですわ！

「皆さんのお力があれば、きっと、ここにはまた、村ができるはずです。小さいけれど、幸せな村が……」

キーブが瑠璃色の瞳を潤ませて涙ながらに訴えれば、突然移住を余儀なくされたり、突然攫われて助けられて成り行きでやってきたりした人々も、『まあ、そういうことなら……』と頷き始めますわね。どのみち帰る場所なんて無い連中ですもの。存分にここでキープに懐柔されなさいな。

「皆さん、ありがとうございます！　……ああ、夢が叶うなんて」

キープが幸せそうに笑えば、人々もなんとなく気分よく『じゃあ働くか……』となって参りますわね。美少女の笑顔には千金の価値がありますもの。

この辺りにはあちこちから空間鞄に入れて持ってきた家がボチボチ設置してありますの。畑も空間鞄で持ってきましたし、食料は買い込んだものが倉庫にたっぷりですから、本当にここに村ができることになりますわね。まあ、辺境のチンケな村に縛られて仕方なくそこに住んでいた連中も、エルゼマリン近郊に新たな住まいを得て、より幸福な生き方ができるのではないかしらね！　これなら文句も出やしませんわ！　おほほほほ！


「ねえ、キープ」

そうして村づくりが始まったところで、キープのお付きの騎士のフリをしている私はそっと、キープに聞いてみますわ。

「さっきの言葉ってもしかして、あなたの本心かしら」

「は、はあ⁉　な、何言ってんの？」

キープが慌てるのを見て、私、にっこりしちゃいますわ。

……『魔物に襲われて消えてしまった村を、もう一度ここに』っていう筋書きは、私達が考えたものじゃなくってよ。あの言葉、キープが自分で考えたものでしたわ。そして多分……まあ、そういうことだと、思いますのよ。魔法使いの才能がありながらも奴隷としてエルゼマリンのお薬業者に使われていたキーブがどんな人生を辿ってきたのか考えてみれば、十分に納得のいくお話ですものね。

「べ、別にそんなんじゃないし」

「あらそう？　まあよくってよ。……でも、ここに本当に、村がちゃんとできたら、素敵ね」

ね？　とキーブに微笑みかければ、キーブは少し笑って、うん、と答えてくれましたわ。ほんのり潤んだ瑠璃色の瞳と、薄紅色に紅潮した頬が、最高に可愛くて、綺麗で、清らかで……まさに、聖女様のそれ、でしたわね。

そうしてキーブの選挙活動が続きましたわ。けれどここで大切なのは、キーブはここまで聖女候補として立候補していない、ということ。

そう。キーブは今、ただ慈善活動を行っているだけの美少女魔法使い、ということですの。ですから今まで、『あなたこそ聖女に相応しい！』と言ってくる人は居ても、キーブに票を入れよう、なんていう活動には繋がりませんでしたのよね。

その一方で、聖女候補として立候補しているわけでもないキーブは、他の聖女候補者からの妨害工作を受けずに済んでいますの。そうでもなきゃ、貴族位を金で買っているだけのキーブには、古き善きコケかカビの生えそうな上流貴族のお嬢様方からスキャンダルを捏造されてぶちまけられたりするでしょうし。

でも、それも今日まで、ですわ。

そう。今日、キーブは聖女候補になりますの。……ただし、自薦ではなく、他薦で、ね！

その日の昼下がり、キーブはエルゼマリンの宿で、悩まし気に眉根を寄せて考え込んでいましたの。この宿、食堂を併設していますから、多くの人が居るのですわ。そしてこの辺りは魔物狩りのために滞在する者も多くて、昼間でも賑わっていますし、全身フルフェイス甲冑の私がキーブのお付きとして座っていても怪しまれませんのよ。

そんな中でキーブが悩んでいると当然、エルゼマリンが救われて以来キーブに好意的な人々が、何かあったのか尋ねてきますわね。

そこでキーブは、答えますのよ。『聖女様の遺書を見つけてしまった』とね。

……ええ。アレですわ。聖女様に書かせた遺書の中の一部。少々表に出すのがアレな……『大聖堂の上層部が寄付金を横領している』という大スキャンダルの告発文、でしてよ！

その内容を『内緒ですよ！』と前置きしてからキーブが伝えれば、エルゼマリンの人々は大層驚きながらもすぐ義憤に駆られてくれましたわねえ。それはそれは、面白いくらいに。

そしてキーブが『これを大聖堂に持っていくべきかどうか』と悩んでいることを伝えれば、すぐさま、『しかるべき機関に届けるべきだ！』と言ってくれましたのよ。そうしてあれよあれよという間に『大聖堂の上層部が寄付金を横領している』という話がエルゼマリン中に広まり、民衆から怒りの声が上がるようになりましたわね。

ですから……それらの声に応えて、キーブは大聖堂へと向かうのですわ。

ええ。それは腐りきった大聖堂を正し、この世をより良い方へと導こうとする……さながら凛々しい聖女のようにね。

キーブが一人、エルゼマリンの人々を率いて大聖堂に向かえば、すぐに上層部が聖騎士達を連れて出てきましたわ。要は、キーブ一人の告発程度、キーブを殺して口封じしてしまえばそれまで、ということですわ。

……でも、そんなことにはなりませんのよ。

「神の名の下にありながら、人々の心からの寄付を私欲のために使うなど……ましてや、民の声を武力によって封じようとするなど、断じて許せません！」

キーブは凛々しくそう言うと、すぐ、雷の魔法を眼前に放って、聖騎士達をひとまず怯ませましたわ。強い光と音は、人間を怯ませるのに最適ですわねえ。

「この世界の平和のため、皆の幸せのため……聖女様の告発を、こんなところで揉み消されるわけにはいきません！」

キーブがそう叫んで、杖を構えれば、聖騎士達はいよいよ、剣を抜いて罪の無い美少女魔法使いへ襲い掛かろうとしますわ。

……でも、それこそが最大の悪手、ですのよ！

「な、なんてことだ！　聖騎士が、キーブちゃんに剣を向けているなんて！」

「大聖堂の腐敗は本当だったのか！」

そう。大聖堂へ後から駆けつけてきた民衆が、この現場を目撃していますの。

……キーブは一人で大聖堂へ向かいましたわ。『皆を巻き込むといけないから』なんて言って、一人で告発に乗り出しましたのよ。

けれど……野次馬が誰もついていかないなんて、そんなはずは無くってよ！　美少女魔法使いによる勧善懲悪の舞台を覗きたい奴らが、後から大聖堂に向かっていたのですわ！　ええ、このためにわざわざ宿の食堂で告発文を晒したのですもの！　こうなってくれなきゃー困りますし、私も宿の食堂で『キーブお嬢様がお一人で告発に行ってしまいました！　どうか皆さんのお力をお貸しください！』って頼んで回りましたもの。ええ。野次馬はいっぱい居ましてよ！

さて、こうなるともう、大騒ぎですわ。

まさに、ここは舞台。これは演劇。主役の凛々しく美しく可愛らしい正義の魔法使いキーブちゃんが立ち向かうのは、寄付金を横領していた悪い神官。そしてその神官の命令で正義に刃《やいば》を向けている聖騎士！　そして野次馬いっぱい！　ええ、実によくできた大芝居ですのよ！

大騒ぎになってしまえば、もう火消しはできませんわ。このように民衆がたくさん野次馬してたら、もう、揉み消すことなんてできませんわ！

「ああ、皆さん、来てくれたんですね！　……ほら、神官様！　見てください！　ここに集まった皆さんを！　民衆の声が、あなた達には聞こえないのですか！」

キーブが涙ながらにも凛々しく訴えれば、人々は大いにそれに賛同しましたわ。大聖堂側は大聖堂側で、上層部はオロオロしてましたけど、駆けつけてきた中間層より下はキーブに大いに同調してくれましたわ。そりゃそうですわね。上層部が腐ってて喜ぶ下々のモンはそう多くなくってよ！

……そうしてすぐに、聖騎士達は剣を逆に向けることになりましたわ。

そう。聖騎士達の剣は、キーブではなく、上層部の神官達に向けられましたの。神官達は『裏切るのか⁉』なんて言ってましたけど、まあ、これは聖騎士達が賢くってよ。上層部の腐敗した連中と一緒にお縄につきたくなかったらこうするのが一番ですものね！

これに民衆は歓声を上げますわ。そしてキーブは項垂《うなだ》れた神官達に『神は見ておられますよ』なんて言って、如何にも聖女に相応しいような振る舞いをしてみせて……やがて駆けつけてきたエルゼマリンの衛兵達が、大聖堂上層部の神官達を留置所へと連れていくことになったのですわ！

……そうして、エルゼマリンを揺るがした『大聖堂上層部による横領事件』はスピード解決することになりましたの。エルゼマリンは噂の発信地。船乗りを通じて他の土地にもこの事件の噂が広まってしまいましたし、そうなればもう、王家が介入して大聖堂上層部の処分を決定するしかなくなりますもの。

そうして大聖堂上層部が綺麗サッパリ消え失せたことによって、一部の貴族令嬢から悲鳴が上がりましたわね。ええ。聖女候補として大聖堂上層部に媚びを売ってた連中から、ってことですわ。大聖堂に強力なコネを持っていた彼女達ですけれど、その上層部が消えてしまえばコネなんてゴミクズになり果てますものねえ！　おほほほほ！

そして更に……この事件を通じて、キーブは大きく株を上げましたわ。凛々しく大聖堂の腐敗に立ち向かうキーブの姿は、エルゼマリンの民衆から大いに支持されましたの。

そして……エルゼマリンの民衆はキーブを支持する中で、気づいちゃいましたのよ。『もし自分達が押し上げた者が聖女になったら……』とね！

……そう。ある種遠い世界の美少女コンテストでしかない聖女選挙が、エルゼマリンの民衆にとって身近なものとなりましたの。自分達の応援が実を結ぶ可能性、そしてそこにある娯楽性に気づいちゃいましたのよ。

ですから……この日の事件をきっかけに、キーブは聖女候補として、エルゼマリンの民衆達の連名で推薦されることになったのですわ！　全て！　計画通り！　ですわァーッ！　おーほほほほ！

さて。キーブが聖女候補として正式に名を連ねることになって初めに行ったことは、今までに訪れてきた場所の再訪ですわ。

助けてきた町や村を一つ一つ巡って、『あれから様子はどうですか』なんて聞きながら足りないものがあったら融通して、ついでに、『エルゼマリン近郊で開拓地を作り始めたのですが、もし移住してもいいという方がいらっしゃったら是非紹介してください』とやってキーブへ投票する人間の囲い込みもやんわり進めて参りましたわ。

そして、キーブ本人から、聖女選挙に参戦することになったことを伝え、投票してくれるようにお願いしますの。

……これ、私が代わりにやることも考えましたわ。お付きの騎士として、『お嬢様が聖女として推薦されましたので、是非投票を』と私がやる分には、キーブの控え目で謙虚な印象を保つことができますものね。

けれどそれじゃ、いけないと考えましたわ。

今、民衆が望んでいる聖女は、貴族を蹴散らし、民衆を率いてくれる強い聖女。控え目なだけじゃ、駄目なのですわ。

キーブ自身に『聖女になってこの国をより良い方へ導きたい』という強い意志があってこそ、人々もキーブに投票しようと思うもの。ここから先、キーブには多少厚かましく見えたとしても、意志の強さと夢の大きさを語ってもらった方がよくってよ！


そうしてキーブが各地を巡っていけば、自然と、王都でもエルゼマリンでも、噂が流れるようになりますの。遅れてやってきた新たなる聖女候補。それも、純白のドラゴンに乗って各地を巡り、魔物を倒し、人々を助け、そしてエルゼマリンの大聖堂の腐敗を糾弾した、強く美しい聖女候補、ですわ。ええ、当然、好評ですわ！　大好評！　ですわ！　特にエルゼマリンでは大聖堂の糾弾に参加した野次馬達を中心に、キーブ人気が大いに高まっておりますの。少なくともエルゼマリンでは、キーブが一番人気の聖女候補ですわね！

……ただ、こうしてキーブが名を上げていくと、当然、妨害工作が始まりますのよね。

ええ。始まっちゃいましたのよ。妨害工作。


「あーあーあーあー……派手に書かれてんなあ。『聖女候補キーブ・オルドは最近貴族位を購入しただけの名ばかり貴族』ねえ……」

そう。ある日の新聞には、そんなことが書かれていましたわ。まあ、ある程度キーブの身辺調査を行えば分かることですわね。貴族位の申請はジョヴァンが行いましたけれど、その手続きの書類はちゃんと公的機関に残っているわけですし。ただ……。

「ん？　それ、何か悪いのか？　なあヴァイオリアー、名ばかりの貴族って何かやべえの？」

「ええ、何もヤバくなくってよ……」

……妨害工作を行ったのは、間違いなく、貴族側のどこぞのご令嬢なのでしょうけれど。妨害工作の内容が、著しく的を外してますのよ。

貴族からしてみれば、『金で貴族位を買った卑しい人間』って蔑む対象になるのでしょうけれど、民衆からしてみれば、『お金で貴族位を買えるくらい稼いだらしい』で終わりですのよ。ええ。卑しいも貴いもありませんわ！　民衆からしてみりゃ貴族位なんざその程度の価値ですわ！　貴族の由緒を大切にしている奴なんて、貴族だけなのですわーッ！

ということで、まあ、この工作によってキーブの評判が落ちるか、というと、そんなこともありませんわね。ええ。『稼いでる』のところにお薬事情とかの情報まで持ってくれれば印象は悪くなるでしょうけれど、資金源については恐らく、『ドラゴンに乗っている聖女候補なのだから、魔物狩りで稼いだのだろう』っていう風に解釈されちゃいますもの。ああー、つくづく、ドラゴン食べなくてよかったですわぁ……。

「っていうかさ、どうせ調べてこういうことするなら、僕が男だってことも調べろよって思うけど」

「あ、そういやそーね。……え、ホントなんでバレないの？」

「あら。人間、当たり前のことほど疑わないものでしてよ」

まあ、結局のところ、キーブが可愛いからバレないんだと思いますわ。おほほほほ。

それからも貴族令嬢達の悪足掻きもといい妨害工作は続きましたわね。いっそのこと事実じゃない嘘でもばらまいて広まれば勝ち、とでも言いたいのか、『恋人がいる』だとか『呪いをかけている』だとか『資金源は違法薬物の販売』だとか、まあ、時々真実に掠りながらもデマばっかり流してくれましたわね。

ただ、それが流れる間にも、キーブは各地で健気に活動していますし、そうなれば『こんなのデマに決まっている！』と民衆側が判断してくれますのよね。ええ。

……唯一、『恋人がいるのか⁉』とだけちょっとした騒ぎになりましたけど、それについてはキーブが『ずっとお付きの騎士と一緒にいるけれど、それ以外の人と二人きりで居たことは、少なくともここ数か月は全く無い』と不思議がることで、民衆は『ああ、お付きの騎士がフルフェイス甲冑だから間違えた奴が居たんだな……』と納得しましたわ。

そして民衆の一部は『おお、お付きの女騎士と聖女候補の白百合の如き恋……！』とよく分からない興奮の仕方をしていましたわ。ええ。意味が分からなくってよ。でもそういう奴らは何故か熱狂的にキーブを応援し始めましたから、まあ、よくってよ。……でも分からなくってよ！

ま、まあ、そういう風に妨害工作は全て、キーブの潔白さと普段からの慈善活動によって跳ね返されましたわ。

ただ……もっと直接的な妨害工作が始まるとなると、いよいよ、ちょっぴり困りますわねえ。

そう。それはとっても直接的で、とっても効果的な妨害工作。

……暗殺、ですわ。

それは、聖女選挙もいよいよ一週間後、という時。私とキーブはエルゼマリンで慈善活動を行って、それから近郊の森へと向かいましたの。聖女候補のキーブが居ると、フルフェイス甲冑の私でも街門を通るのに苦労しなくて助かりますわね。

森へ向かう理由は、ドランとチェスタから物資を受け渡してもらうため、ですわね。ドランとチェスタにはまた商船を襲ってもらいましたから、その積み荷を頂いておりましたの。食料はいくらあってもいいものですわ。適当に配って歩くだけで民衆からの覚えがよくなりますものね。

「……何か居るな」

けれど、それらのやり取りをしていたら、ガサ、と茂みが揺れる音がしましたわ。その前からドランは気づいていたようですけれど……ええ。魔物の気配じゃあなくってよ。人間の気配、ですわ。

そして、私達がそちらを向いた途端、茂みの陰から一気に暗殺者共が躍り出て参りましたのよ！　数は十人。キーブ一人を殺すには十分、と見たのでしょうけれど……甘くってよ。こちとら伊達に強盗殺人薬物販売諸々やってませんのよ！

早速、私とドランとチェスタはそれぞれに暗殺者を殺しにかかりますわ。

「おっと、動くな！」

けれど、ドランが早速一人殴り殺したところで、暗殺者の一人がナイフを掲げて、言いましたの。

「このナイフには毒が塗ってあるのさ。少しでも掠ったら、それだけでお前らは、死ぬ！」

……成程。ナイフに、毒が。ほーん。大変ですわねー。

はい、殺しますわ。暗殺者でも殺せば死にますわ。そして私は別に毒じゃ死にませんから普通にやりますわ。はー、聞いて損しましたわ。時間の無駄ですわ。

「お、おい！　こっちには毒があるんだぞ⁉」

「だったらなんだってんですのー？　はい、一丁上がりですわね。お次はどなたかしら？」

こういう時、私みたいな特異体質じゃなくても、毒を恐れて動かないなんてのは悪手でしてよ。

「毒があろうが、当たらなければどうということはない」

ドランもまるで毒を恐れずに突っ込んでいって、また一人、殴り殺してますわねえ。まあ彼ほどの素早さがあって、一撃で仕留める力もあるなら、やっぱり毒を警戒する理由はありませんわね。

「なあなあなあ！　その毒ってトベる奴かぁ⁉　なら俺にも分けてくれよぉ！　なあ！」

チェスタはラリってるので警戒も何もありませんわ。理性の無い奴に脅しなんざ効かなくってよ。

「そもそも、こっちは魔法使いなんだけど？　お前らバカなの？」

そして、キーブが杖から雷を放てば、遠距離から残っていた奴を倒すことが可能というわけで、こちらもやっぱり毒なんて関係ありませんわねえ。ええ、これだから魔法って強いんですのよ！

「はー、参りましたわねえ。まさか、こうまで直接的な手段に出てくるとは思いませんでしたわ」

暗殺者共を片付けて、私達は森の中、ちょいと休憩ですわ。ちょっぴり疲れましてよ。体じゃなくて、気分が、ですけれど。

「いいじゃん。こいつら来ても僕、全員返り討ちにできるし」

「ええ、キーブ。私達、負ける心配は無いから別によくってよ。でも、あなたが悪党やチンピラと一緒に居るところを見られるのは困りますのよ」

そう！　キーブが悪党とつるんでるなんて知られたら、聖女選挙に響きますわ！　ですから、暗殺しに来るのは百歩譲って許しますけど、キーブが悪党連中と一緒に居る時に来るのは絶対に許しませんわ！

「こいつらはどうする」

「ここに埋めておけば森が豊かになりますわよ」

ということで、証拠隠滅も兼ねて、襲い掛かってきた奴は全員埋めるしかありませんわ。はあ、穴掘りですわ。疲れますわぁ……。

「これからもこういうの、まだあるかな」

「まあ、あと七日ですし、ここらで畳みかけてくる、かもしれませんわねえ……」

結局のところ、『対抗馬を殺してしまえば勝ち』ってのは普遍の真理ですのよ。ですから、キーブに勝てないと踏んだ貴族連中がこぞって暗殺者を寄越してくる可能性は、ボチボチ、ありますわねえ……。

……暗殺者だけで、済めばいいですけど。

そうして翌日。私とキーブは開拓地へと向かいましたわ。集めた人間達はそこそこキビキビ働いてますから、ここがそれなりの村になる日は遠くありませんわね。

ただ……集めた覚えのない人間まで居るのは、ちょいと予想外でしたけど。

「キーブ・オルドだな？」

偉そうにずかずかとやってきたのは、一人の騎士、ですわ。後ろに従えている兵士達はぴしりと整列していて、彼らの鎧に入っている紋章は、王城のもの。つまり、この騎士は王城の騎士、ってことですわね。はー、随分と大きく出ましたわねえ。

大方、ドラゴンで飛び回るキーブが確実に立ち寄る場所、エルゼマリン近郊のこの開拓地で張っていればキーブを捕まえられると思って待ち構えていたのでしょうけれど……厄介ですわぁ。

「お前には反逆罪の容疑が掛けられている。来てもらおう」

「え、ええっ⁉　私に、ですか⁉」

キーブは上手に驚いたフリをしてみせてくれていますけれど、そうですわね。それで正解ですわ。今、ここで暴れるわけにはいきませんもの。周りには折角集めた人間がたくさん居るのですから、ここは大人しく、ついていく選択を取るしかありませんわね。

「反逆罪に問われるようなことはしておりません。何かの間違いです」

「それを決めるのはお前ではない。さあ、来い！」

「分かりました。それで私の身の潔白が明らかになるのなら」

キーブは大人しく、用意されていた馬車に乗り込みましたわ。私も続いてサッサと乗り込みますわ。……多分、兵士共は私達を別の馬車に乗せたかったでしょうし、拘束しておきたかったと思いますわ。でも、こうもアッサリ馬車に乗られちゃったら、そんな暇はございませんのよねえ……。

精々、杖や剣を没収する程度、ですわ。キーブは杖を没収されるのを嫌がりましたけれど、まあ、ここは大人しくしておいた方がよくってよ。

「よ、よし。大人しくしていろよ？　……さあ、馬車を出せ！」

そうして私達、開拓地から馬車で運び出されることになりましたのよ。

何のために大人しくしているか、ですって？　そんなの、簡単なことですわ。まず、自分からこうして大人しくしている分には、身体検査や手荷物没収の機会を失ってくれる、ということですの。少なくとも、民衆の目のあるところではまず、やらないでしょうね。

　勿論、民衆の目が無いところまで移動した後で荷物の没収をすることはできますけど、でも、その時にはもう遅くってよ。民衆の目が無けりゃなんでもやりたい放題、殺したい放題、っていうのは私達だって同じことですわ。おほほほほ。


　馬車はどんどん進んでいって、エルゼマリンから王都に続く街道を少し外れましたわ。山の方へと移動しているようですわね。つまり、人気《ひとけ》の無いところへ連れていってバッサリ、ってところかしら。まあ、少しでも脳みそがあるなら、馬鹿正直に王都へ連れていくよりは、ここで始末した方がいいと考えるでしょうね。そうすれば、後から『あの騎士達は王城の兵を騙った悪人共だった』って尻尾切りもできますし、そもそも、死体を隠してしまえばそれきりですものね。そして何より、長い護送を続けるのは危険ですもの。

　……そう。危険ですの。護送なんて、兵と罪人だけの旅路なんですもの。他に見ている者も、加勢する者も居ない、こんな山道じゃあ、どうなるかなんて、分かり切ったことじゃなくって？

「馬車を止めろ！」

　馬車の外からそんな声が聞こえてきて、馬車が緩やかに止まりましたわ。

「残念だったな！　お前達には悪いが、世の平穏のため、ここで死んでもらう！」

　そして、そんな騎士の声と共に聞こえるのは、ぱちぱち、と火が燃える音。馬車のドアに手を掛けてみましたけれど、開きませんわね。まあ、どうせそんなこったろうと思いましたわ！　私達を馬車ごと焼き殺すつもりなんですのよねえ！

でもね。考えが甘くってよ。馬車のドアが開かないなら他にも開けられる場所はありますの。

「ドラン！　天井を吹っ飛ばして頂戴な！」

「任せろ」

……馬車の天井が、吹っ飛びましたわ。私の空間鞄から出てきたドランの手によって、ね。

「さて、戦闘か？　多少は楽しめるんだろうな」

「ま、王城の騎士ですものねえ。楽しめる程度には強いことを期待しましょうね」

私達は馬車の天井から悠々と出ていきますわ。そしてドランと同じく空間鞄からチェスタも出して、戦闘開始、ですのよ！

「ど、どこから出てきた⁉」

「教えてやる義理はございませんわね！」

私は予備の剣を手に、さっきの騎士野郎に向かいますわ。筋肉の塊と薬中チンピラが急に現れて困惑気味ですけど、知ったこっちゃーなくってよ！

……そして、こっちも困惑気味の奴が居ましたわ。

「な、え、こいつ、お城の騎士……？　なんで、お城の騎士と戦ってるんだ？」

ええ。意外なことに、チェスタが困惑してましたわ！　こいつ、何も考えていないような顔して、困惑する時は困惑しますのねえ！　ビックリですわ！

「殺そうとしてきたから殺すだけよ！　チェスタ！　あなたも死にたくないなら戦いなさい

なッ！」

チェスタは相手が王城の兵士だからか何だか戸惑った様子でしたけれど、兵士の一人の剣が掠めて、ぴっ、と頬に一筋、赤い線が走るや否や……濁った目がギラリ、と光って、もうその後には困惑も躊躇も何も無い、ただの人殺しが居ましたわ。

その間にも、ドランは戦っていますの。兵士達を千切っては投げ、千切っては投げ……ええ、まさにそういう戦い方ですわね。鎧を着込んだ人間をぽんぽん放り投げられるってどういうことなのかはもう考えないことにしますわ。流石人狼ってことでお終いですわ。

キーブも魔法で応戦していますわね。ええ、いつもの杖は没収されていますけれど、キーブには舞踏会のご褒美として買ってあげた長杖がありますもの。あれを隠し持っていた超小型空間鞄から出して、ガンガン魔法を放っていますわ。

長杖を使うと魔法が発動するまでの時間が長くなりますけれど、より広範囲に、より強く、より繊細に魔法を使えるようになりますのよね。こういう乱戦の時には不向きですけれど、でも、私やドランがキーブを守っていますから、こういう戦い方でも問題無くってよ。

……そしてチェスタは、もう、理性を全て捨てたように戦っていますわ。

彼、とにかく間合いがおかしいんですのよ。素早く躊躇無くガッツリ相手の懐に潜り込んでいきますわ。相手が剣持ってようが槍持ってようがお構いなしですわね。それで、鎧の継ぎ目だの兜の奥の目玉だのを、こちらも躊躇なくブッスリいくんですのよねえ……。躊躇が無さすぎて、兵士達はまるで対応できてませんわ。

こう、チェスタの、自分が傷つくことをまるきり考えていないような戦い方は、兵士達の常識からかけ離れているのでしょうね。だからこそ、兵士達は対応できていないんだと思いますの。ついでに言ってしまえば、人間って普通、人間を殺すことに多少なりとも躊躇いを持っているものですわ。真っ当な生き方をしている奴なら、ね。ですから、そっちにも対応できないんじゃないかしら。

……うーん、それにしても、チェスタったらどうしたのかしら。元々人を殺すことに躊躇いがある奴じゃああありませんし、元々恐怖が無いような戦い方ばかりする奴ですけれど。でも、それにしても、ちょいとばかり大胆すぎる戦い方、ですわねえ……。

「ま、待て！　やめろ！」

そして、まあ、私も当然、戦ってますわ。たった今、私は例の騎士を追い詰めたところでしてよ。剣を弾いて、足引っかけて転ばせて、そこに剣を突き付けてやっていますけれど……ここまでなら、公的な剣の試合でも同じですわね。ただ、試合と違って、審判が私の勝利を宣言するわけではありませんし、私も一本を取ったところで剣を納めてやるつもりはありませんの。だってこれ、マジモンの殺し合いですものね。

「こ、殺さないでくれ！　やめろ！」

「あら、こっちを殺そうとした奴を殺すことの何が悪いんですの？　うだうだ抜かすくらいなら最初から殺そうとしないでくださいますこと？」

そして、この騎士様はマジモンの殺し合いだっていうのに、まるきり覚悟が無かったようですわ。情けないったらありゃしませんわねえ。殺すなら殺される覚悟くらい持った上でおいでなさいな。

「よろしくて？　殺そうとしたら殺されたって文句は言えませんのよ。それでも文句を言いたいなら、他の悪を笑って踏み躙れるくらいに強く在り続けなくてはね」

私、半分くらいは自分に言い聞かせるつもりで、言ってやりますわ。まあ、目の前の騎士様にどれくらい伝わったかは分かりませんけど。

「……それが嫌なら、最初から最後まで、善人でいることね」

煩い羽虫がまた何か喚く前に、私、さっさと首を刎ねてやりましたわ。悪を滅ぼすのは正義だけじゃなくって、より強い悪でもあるんですのよ。おほほほほ。


さて。そうして王城から来た連中が死んだところで、山を崩しましたわ。山を崩すのはドラゴン達にやってもらいましたわ。こういう時にもドラゴンって便利ですわねえ……。

王城の兵士達が全員山崩れに巻き込まれてしまえば、死体の処理に悩む必要もありませんわ。

「はあ、これでよし、と。さあ、キーブ。戻りますわよ」

「いや、どういう顔で戻ればいいの？　これ」

「そうですわねえ……『実はあの騎士達は騎士の恰好をした山賊だった。それを分かった上で、この村を守るために大人しく連れていかれたが、途中で山賊達が襲い掛かってきたのを機に返り討ちにした』ってことにしましょうか」

「ほとんど真実じゃん、それ」

まあそうですわねえ。あいつらほぼ山賊でしたわ。主に知性の足りなさが。おほほほほ。

「山賊の死体はどうしたことにする？」

「ああ、それでしたら、『殺しはしなかったし、相手も逃げてしまった。また襲われるかもしれないから警戒してほしい』って言っておきましょうね。そうすればあの村は王国の騎士に不信感を抱く素敵な集団に早変わりですわ」

「いいね。そうしようか」

キーブはにやりと笑って、手に持っていた長杖を見つめて、またにんまり。嬉しそうですわねえ。

「ねえ、キーブ。その杖、使い心地はどうかしら？」

「うん。最高」

魔法を撃ちまくった後の高揚感や爽快感からか、キーブはとってもご機嫌ですわ。にこにこしちゃって、可愛いったらありゃしませんわ！

「さて。それじゃあ戻りましょうね。ドランとチェスタはまた鞄の中に居てくださいますこと？」

「ああ、分かった」

鞄の中にドランとチェスタを突っ込んだら、『山賊』共が連れていた馬を適当に頂いて、それに乗ってキーブと一緒に開拓地へ戻りますわ。

ただ……鞄に突っ込む時にも、チェスタの様子が少しおかしかったのだけ、気になりましたわね。


ということで、私とキーブは開拓地に戻って、そこの民に山賊退治の話をして聞かせましたわ。当然、拍手喝采でしたわ！

ついでに民衆に王国の騎士への不信感をしっかり植え付けて、それから私達はエルゼマリンへ帰りましたの。エルゼマリン近郊の森から地下道を通っていけば、街の中に入らずしてアジトに入れますから、ホントこれ便利ですわあ。

アジトに戻ったらすぐ、チェスタが『よーしキメるぞー』と仮眠室に籠もっちゃいましたわ。

ジョヴァンは店に居るのか、アジトには居ませんわね。しょうがないから私とドランとキーブと、三人で簡単な食事を摂りますわ。

食事は簡単に、パンに生ハムとチーズ、それに野菜のピクルス、といったところですわね。このアジト、本格的な煮炊きをするには不便ですから、どうしても買ってきたものそのまま食べることになりがちですわぁ……。

食事が終わって、キーブが寝に部屋へ帰ったら、アジトの居間には私とドランの二人だけになりますわね。ですから、ちょいと、私はドランを呼び止めますわよ。

「ねえ、ドラン。ちょっとよろしくて？」

「どうした。酒か？」

ドランはもう一本空けてから寝るつもりなのか、ワインの栓を抜いたところでしたわね。そういうことなら私も一杯頂きますわ。グラスを持っていくと、ドランはにやりと笑ってグラスにワインを注いでくれましたわ。

「実は、ワインじゃなくて、チェスタのことでちょいと聞きたいんですのよ」

そして私がそう切り出せば、ドランはワインを瓶のまま呷りながら、珍しいものを見たような顔をしましたわねえ。

「彼、様子がおかしかったのは、何か王国の騎士に思い入れでもありましたの？」

「ああ、そのことか。……よく気づいたな」

そうね。毎度毎度ラリってて常に異常な奴に、異常も正常もありませんものね。様子がおかしいって気づくのは中々難しいことかもしれませんわ。……あらっ⁉　言われてみれば、本当に私、よく気づきましたわねえ⁉　自分で自分にビックリでしてよ！

「気づいたなら、まあ、伝えておいた方がいいだろうな」

ドランは少し目を伏せつつ、またワインを呷って、それから話し始めましたわ。

「チェスタの右腕は、義手だろう」

「ええ。あれからナイフだのなんだの出しますわよねえ、彼」

チェスタの外見的な特徴を挙げるとしたら、真っ先に義手のことが出ますわね。目立ちますもの。

ですから私、チェスタの義手には何か、いわくがあるんだろうと、思っていましたけれど……。

「あの義手の中に、生身の腕は無い。……城の騎士が、チェスタの右腕を斬り落としたからな」

……結構重い話が、来ましたわね。


それからドランは、ちょいとお酒に酔ってきたこともあってか、思い出話を始めてくれましたわ。私も一本新しくワインを開けつつお付き合いしますわよ。まあ、私はドランみたいにラッパ飲みしませんから、グラスにその都度手酌しながら、ですけれど。

「俺はガキの頃からエルゼマリンの路地裏に居た。人狼の子なんて、まともな場所では生きられないからな。まあ、当時は人狼じゃなくても捨てられたりはぐれたりしたガキはいくらでも居た。チェスタもその一人だ」

まあ、真っ当な家庭で真っ当に育てば、あんな薬中にはなりませんわね。今チンピラやってる時点で、裏通りのクソガキだったのは大体察しがつきましてよ。

「当時のチェスタは、まだキーブよりもガキだった。路地裏のクソガキだったが、城の騎士に憧れるような、純朴な奴だった。俺にも当時から随分懐いていたな。どこへ行くにも後をついてきた」

成程ねえ。そういえば、『大きくなったらお城の騎士になるんだ』なんてことをラリりながら言ってたことがありましたけれど……あれって、彼の子供の頃の夢、でしたのね。

「だが、俺が十三の時、エルゼマリンの路地裏の『大掃除』があってな」

ああ……歴史書に残っているでもない事象ですけれど、お父様から聞いたことがありますわ。

今もヤバいエルゼマリンの裏通りですけれど、その当時は今より更にすごかったそうですわね。それこそ、表通りとの住み分けがきちんとできていなくて、裏通りの薬中が表通りで暴れたり、表通りでヤバいブツが横行していたそうなんですの。

ですから、エルゼマリンの裏通りは粛正の対象となりましたのよね。丁度その頃、王立学園がエルゼマリンに移設されたこともあって、貴族連中は薄汚い裏通りを完全に『大掃除』したがったのですって。

その結果、多くの者が死んだそうですの。親の無い子供も、貧しさと酒と薬に溺れたしょうもない奴も、まあ、たくさん死んだのですわ。そして、死ななかったにせよ、負傷した者も大勢居たそうですの。……フォルテシア家が取引をしていた商人の方がいらっしゃるのだけれど、その方は『大掃除』でやられたらしくて、片脚がありませんでしたわね。小さい頃の私は脚の無い彼が少し怖かったのを覚えていますわ。

まあ、そういうわけで……チェスタの腕が無い理由は、分かりましたわね。

彼、王城の騎士による『大掃除』でやられたってことですわね。……他でもない、彼がずっと憧れていたお城の騎士に、やられたんですのね。

「俺がチェスタを見つけた時には、騎士に追い詰められているところだった。あいつはまるで、抵抗していなかった。あいつは当時から、まあ、それなりに喧嘩っ早い奴だったし、すばしこく立ち回る技量もあったが……相手が、『お城の騎士』だったからな」

「……やりきれない話ですわねえ」

小さな子供の憧れの存在が、小さな子供に剣を向ける。それが現実ですわね。まあ、小さな子供っていうか路地裏の小汚いクソガキなわけですし、路地裏の小汚いクソガキは大抵スリだの万引きだのやってますから、王城の騎士が守ってやる義理は無いと言えば無いのですけれど。

けれど、まあ……路地裏の小汚いクソガキの気持ちになって考えると、やっぱり、少しやりきれないものがありましてよ。

「成程ね。それでチェスタは王城の騎士様に特別な感情がある、ってことですのね」

「まあ、そういうわけだ。……よし、少し様子を見てくるか。勢い余ってヤバいキメ方をしていたら、吐かせた方がいいな」

ドランがチェスタを見に仮眠室へ向かったので、私も一緒に向かいますわ。ドランは一応、ドアをノックしてから入りましたけれど、薬中相手にノックは不要だと思いますわよ。

「ああ……寝ているな。これなら問題ないだろう」

チェスタは、ベッドの上で丸くなって寝てましたわ。案外、真っ当な寝顔で寝てますわね。こうして寝ている姿を見ると、なんだかあどけなくて、まるで薬中の寝姿とは思えませんわ。穏やかで、静かで……本来、チェスタはこうやって生きてる奴だったのかも、しれませんわねえ。

「まあ……明日起きたら元気になっているだろう。そう心配する必要は無い。こいつも伊達に裏通りで生きてきたわけじゃあないからな」

「心配なんて、端っからしてませんわ。ただ、王城の騎士を皆殺しにすることがあってもチェスタの恨みを買わなくて済むならそれでよくってよ」

ま、裏通りの悪党同士、下手な同情は不要、ですわね。ええ。明日、チェスタが起きてきたらそれでよし、としますわ。

「王城の騎士の皆殺し、か。……確かに必要になるかもしれないな」

「ええ。キーブが聖女選挙を目前にして殺されかねない今、下手するとマジでそうなりますわよ」

そう。今、心配すべきは、チェスタじゃなくてこっちですわ。

「……キーブを殺して排除する、っていう方向に、王家ぐるみで貴族院が動き出したのが、気になりますわね」

聖女選挙の行方が、どうも、きな臭くなって参りましたものねえ……。


はい、そういうわけで、翌日ですわ。アジトに戻ると、ジョヴァンがのんびり朝食を摂ってましたわね。私が近づいていったら、『お嬢さんもお一つ、どお?』ってことで、分けてくれましたわ！卵サンド、美味しかったですわ！

ジョヴァンと最近のミスティックルビーの売れ行きなんかを話していたら、キーブがやってきて、それからドランが起きてきて、チェスタを引きずってきましたわね。チェスタはまだ寝ぼけているようで、大人しく引きずられてますわ。雑巾か何かみたいですわねえ……。

「全員揃ったみたいだし、ちょっと報告するね」

キーブはそう言うと、テーブルの上に手紙らしいものを一つ、載せましたわ。

「これ、宿に届いてたんだけど、まあ、内容が内容だからさ」

キーブの言葉に嫌な予感を覚えつつ、手紙を開いてみれば……。

「……殺害予告か」

そう。それ、殺害予告でしたの。『聖女候補キーブ・オルドは死ぬことになる。死にたくなければすぐに聖女候補を辞退せよ』という内容の脅迫文でもありましたわ。

やっぱり、嫌な予感って当たるモンですわあ……。正直、ここまで考え無しの奴が来るとは思ってませんでしたけど……。

「それから、宿とか表通りとかにこういう貼り紙がたくさんあったから、一枚貰ってきた。はい」

キーブがちょっぴり投げやりな所作でテーブルの上に置いたのは、そんなに悪くない質の紙、ですわね。ええ。そしてそこには『キーブ・オルドは悪魔の使いだ。投票した者は神の怒りに触れて死ぬことになる』なんて書いてありますわねえ……。

……ええ。私、正直なところ、ちょっぴり驚いていましてよ。まさか、ここまでのことをしてくるとは思いませんでしたわ。

精々、キーブ本人への殺害予告までだと思っていましたの。暗殺者はもう何人も送り込まれてますし、その程度なら対処できますわね。

けれど、有権者達への脅迫、というのは、流石に考えていませんでしたわ。

「これ、ちょいと質のいい紙ね。お貴族様が使うような。あーあ、趣味が悪いったら。ねえ？」

「そうですわねえ。これ、言外に『キーブに投票したら貴族が殺しに来る』って脅しですものね。ねえ、キーブ？　民衆の反応はどんなもんですの？」

「どうだろ。気にするなよ、って励ましてくれる人もいるんだけど、そういう人も実際に僕に投票してくれるかは分からないよね」

まあ、そうですわよねえ……。民衆達だって、わが身可愛さでキーブへの投票を諦めることになりかねませんわ。大方、この調子ですと、投票所の周りには貴族の私兵が『特に意味も無く』ぶらぶらすることになるのでしょうし……。

「どうするよ、これ。まさかここまで来てひっくり返されるとは思ってなかったぜ」

「ですわよねえ。まさか、向こうが犯罪スレスレのことを大っぴらにやってくるとは思いませんでしたわあ……」

こんな手段で聖女選挙を勝ち抜いたって、その後で民衆の覚えが悪かったらやりづらくってしょうがないでしょうに。……或いは、最早民衆の不満なんて全て踏み躙っていくつもりなのかしら。

まあ、何にせよ、このままじゃいけませんわね。

ええ。キーブは聖女になるのですわ。そうしてこの国の転覆に力を貸してもらいますの。これはもう、私の中で決められた筋書きなのですわ。今更、変更なんてしませんわ。

「……埒が明きませんわね。こうなったら、私、出ますわ」

「え？　どこに？」

ですから、私、決めましたわ。

「表舞台に、でしてよ！　やられたらやり返しますわ！　犯罪行為なら、圧倒的にこっちに利がありましてよ！」

　大罪人として高められた私の知名度。これを利用させていただきますわよ。

「聖女候補全員に！　殺害予告を出して！　チャラにしてやりますわーッ！」


「……あの、お嬢さん。あのね。ちょっと、いい？」

「あっ、予告だけじゃなくて殺した方がいいかしら？」

「え？　マジでやるの？　……って、いや、そうじゃなくてね、はい」

　ジョヴァンが頭の痛そうな顔で挙手したので発言を許しますわ。

「それ、色々と危うくない？　お嬢さん自身も危険だし、その、キープも」

　ああ、成程ね。確かに、この状況で殺害予告なんて出したら、キープと私の関連を疑われかねませんわねえ。そうなると厄介ですわ。でもね。その辺りはもう、考えてありますのよ。おほほほほ。

「ええ。ですから、私が『聖女候補』として出ますのよ」

「……え？」

　え？　私が聖女候補として出馬していれば、『私以外の』聖女候補を皆殺しにしようとしていることの筋は通りますわよね？　キープなんて関係なしに、『私のために』聖女候補皆殺し、っていう構図にすれば疑いは逸らせるんじゃなくって？　え？　違いますの？　私何かおかしいこと言いましたかしらァー⁉　おーほほほほほ！

三話　目には目を！　脅迫には脅迫を！

　ということで、聖女選挙三日前。私は王都の役場へ赴いて……そこで、聖女候補としての登録を行いましたわ。

　勿論、驚かれましたわね。こんなギリギリになってからの立候補なんて、前例が無いでしょうし。

……そして更に、私、ちゃんと登録用紙に『ヴァイオリア・ニコ・フォルテシア』と書きましたし。

　当然、役場は騒然としましたわ。指名手配犯がいきなりやってきたんですから、そりゃ、騒然としましたわ。でも、役場に常駐してる警備員なんて、そこら辺の兵士よりも更に雑魚ですのよ？

適当にぶっ倒して逃げますわ！　それからも追ってくる奴はボチボチ居ましたけれど、奴らが集まってくるより先に、私は王都のど真ん中、中央広場へ向かいますわ！


　中央広場には案の定、演説台が設営されていて、そこには他の聖女候補達が居ましたわ。投票三日前ともなると、流石に皆、必死ですわねえ。『民のために尽くしてまいります』だの『神の声を皆に届けます』だの、どうせ履行できもしないマニフェストを掲げて必死に演説してる姿ったら、滑稽でしょうがなくってよ。

「お退《ど》きなさいな」

　ということで、適当な聖女候補を一人、檀上から下ろしますわ。ええ、私、丁寧に下ろして差し上げましたわ。ド突くようなこともせず、ただ、剣を向けて差し上げただけですもの。とっても配慮に満ちていますわね？

　さて。私が聖女候補を下ろして壇上に立てば、民衆は『何事か』とばかりに私を見つめますわね。

　ええ、注目は十分、と言ったところかしら。……でも、ここからよ。

「ごきげんよう、聖女候補の皆さん。ヴァイオリア・ニコ・フォルテシアよ！」

　そう。私は名乗るだけで、より多くの民衆から注目されることができますのよ！　何せ、『大罪人』がここに居るのですもの！　白薔薇館爆破事件の首謀者が演説を始めた、ともなれば、民衆の注目が集まるのは当然ですわねえ！


「お静かに！　さあ、皆、よーく私の話をお聞きなさいな！」

　パン、と手を打ってそう言えば、広場のざわめきは水を打ったように静まり返りましたわ。

　ちょっぴり気分が良くってよ。

　さて。私は早速、静かな民衆と愚かな聖女候補達へ、告げますの。

「皆様は三日後に控える聖女選挙の投票日、どなたに投票なさるおつもりかしら？　……まあ、碌な投票先なんて、在りはしませんけれど」

　私が聖女候補達を見ながらそう言ってやれば、真っ向から侮辱されたと感じたらしい聖女候補達が目ン玉ひん剥いてますわねえ。おほほほほ。

「実に嘆かわしいことですわ。ここにもいくらか聖女候補が居るようですけれど……聖女候補、だなんて言ったって、清らかで正しい心を持った女が、この中にどれだけ居ますの？　皆、この国を腐敗させる気しかない上流貴族ばかりじゃありませんの！」

私がそう言い切ってやれば、ここに居る聖女候補達の印象は明らかに悪くなりますわね。……だって、民衆も皆、感じていたはずですもの。ずっと感じていて、それでも何もしない、愚かな民衆ですけれど。でも、民衆が抱く貴族への反感を煽ってやれば、多少は効果がありますわ。

「大方、あなた達の目論見は透けておりますわ。聖女としてこの国を、そして罪無き民衆を動かして、貴族の思いのままにすることですわね？　そのために聖女の座が欲しいのでしょう？」

「ち、違います！　私達は、この国の民のため……」

「黙らっしゃい」

見苦しく言い訳しようとした令嬢の足元へナイフを一本投擲してやれば、ドレスの裾を貫いて地面に突き刺さったそれに、貴族令嬢は悲鳴を上げて失神してくれましたわ。胆力が足りなくってよ。もうちょっと鍛えなさいな。

「聖女はこの国の民の希望！　そこに、腐った貴族を据えるわけには参りませんわ！」

さて、私は勇ましく凛々しく、そう言って民衆に向き直りますわ。民衆は戸惑っていますけれど、確かに、私の考えに共鳴しても居ますわね。

「私はこの国の未来を憂う者として……そして、今ある貴族達に汚名を着せられたフォルテシアの娘として、上流貴族共が聖女として選ばれるようなことは、阻止しなくてはなりませんの！」

そして私は……いよいよ、言ってやるのですわ。

「ですから、私が聖女になりますわ」

これには広場が大きくざわめきましたわね。民衆もですけれど、聖女候補達が、あんぐりと口を開けてぶったまげてましてよ。おほほほほ。

「な、何を言っているのですか⁉　大罪人が聖女⁉　そんなこと、許されるわけがありません！」

「あら。それは、『貴族達が不正を働いて、ヴァイオリア・ニコ・フォルテシアへの投票を全て消すから』ということかしら？　随分と大胆な犯罪予告ですこと！」

更に、貴族連中の痛い腹を抉ってやれば、聖女候補達は青ざめつつ黙りましたわ。まあ、聖女には清廉潔白な印象が必要ですものね。脅迫の貼り紙については言われたくないのでしょう。

「あなた達がどんな不正を働こうと無駄よ。『大罪人』だったって、私が当選しますわ」

……でもね。こそこそ隠れて汚いことをするよりも、大っぴらに堂々と汚いことをする方が、よっぽど強いんですのよ。それを、教えて差し上げますわ。

「そう！　他が全員、死者ならね！　……私以外の候補者全員、ぶち殺しますわ！」


私が叫んだ途端、まあ、聖女候補達から悲鳴が上がりましたわねえ！　ええ、ええ、とっても素敵な悲鳴ですこと！

「私、この国の未来のため、血塗れた道を歩く覚悟はできておりますの！　あなた達も、お覚悟なさい！」

さあ、適当にそれっぽいこと言ったら、後はトンズラこきますわ！　そろそろ、通報を聞きつけた王城の騎士達がゾロゾロやってくる頃ですものね！

私はさっさと檀上から下りて、広場からオサラバしますわ！　けれど、私が去った後も、広場は混乱と恐怖に満ちたままのようですわ。ああ、やっぱり効果的でしたわねえ！

そう！　脅迫には脅迫！　殺害予告には殺害予告！　やっぱり悪いことできる奴が一番強くってよ！　おーほほほほほほ！


そうして、聖女候補達は、様々な行動に出ましたわ。

護衛でガチガチに固めたお屋敷に籠もってブルブル震える聖女候補も居れば、『私は貴族じゃありませんから！』と一生懸命に主張する聖女候補も居ますわ。そして中には、『こんな恐ろしい選挙の場になんて居られませんわ！』とばかりに聖女候補から辞退してしまうビビりも居ましたのよ。

私達が引きずり下ろすより先に自分から下りてくれるなら、まあ、それ以上深追いはしませんわ。

「下りない奴は下ろすに限りますわ！」

けれど、辞退していない聖女候補については引きずり下ろしますわ。身の程ってやつを弁えて頂かなくてはね！

ということで私、その日の夜の内にもう、その聖女候補のお屋敷に突入しましたわ。厳重に警戒されているお屋敷でも、火炎瓶を投げ込んで敷地の片隅にボヤを起こしてやれば、護衛はそっちに行きますわね。その隙に裏口からさっと忍び込んで、屋敷のご令嬢を鞄に詰めて持って帰りますの。

これを同時に複数のお屋敷でやるのですわ。ドランとチェスタに任せておけば、まあ、同時にあと二人、聖女候補を攫ってくることができますわね。

ということで早速、適当な廃屋の中、攫ってきた聖女候補達を縛り上げた上で聞いてやりますわ。

「さあ、聖女候補のお三方に質問ですわ。このチンピラに犯されて聖女としての資格を失うのと、自ら聖女候補を辞退するのと、ここで毒を飲んで死ぬのと、どれがよろしくて？」

さて、ブルブル震える聖女候補三人を前に、私は如何にも悪党らしく三択を突き付けてやりましてよ。ええ、勿論、この三択を選ばずに襲い掛かってきてくれても構いませんし、神に祈って奇跡でも起こしてくれれば如何にも聖女らしくていいんじゃないかしら。

……まあ、真っ当な貴族でしたら、毒への耐性くらいつけていますから、ここで毒を飲んで死んだふりしておいて脱出する、というのが定石でしょうね。

そう思って、毒は弱めのものを用意してありますわ。ある程度の耐性があればほぼ無傷で済みそうな程度のものですの。まあ、聖女候補を襲うのもお芝居ですし、真っ当な令嬢なら殺す理由もありませんものね。

「ヴァイオリア。チェスタは駄目だ。飲みすぎて勃ちそうにないぞ、こいつは」

「へへへへへへ……空が青いなあ……」

と思ってたら、こっち側の恰好が付きませんわねっ！　こういうお芝居の時っくらい、悪党らしくピシッとしててくださいな！

「ならドラン！　あなたが竿役ですわッ！」

「俺か……」

ドランもなんか複雑そうな顔してますわ！　こっちももうちょっと悪党面しててくださいなッ！

「そ、そちらの逞しいお方なら、私、構いませんわ……！」

「素敵……ぽっ」

「私も……ふふふ、素敵な一晩にしましょうね」

「ムキーッ！　あなた達、矜持ってモンがありませんのーッ⁉　それでも貴族令嬢ですのーッ⁉

こういうところで颯爽と毒を選べるように、毒物への耐性くらいつけておきなさいなーッ！」

そして令嬢側ももう駄目ですわ！　貴族としての矜持が欠片たりともありませんわ！　一番選んじゃいけないやつを選んでやがりますわ！

アーッ！　なんかもう、グダグダですわーッ！　なんなんですのこいつら！　なんなんですのこいつら！　あーもう知りませんわ！　知りませんわァーッ！


ということで頭と尻と矜持の軽い女共には鞄の中へお戻りいただきましたわ。見なかったことにしましたわ。もう忘れましたわぁ……知りませんわぁ……。

さて、気を取り直して次の目標を狙って動きますわ。演説中の聖女候補を弓で狙撃して気絶させたり、食べ物を一旦盗んでから下剤を盛って返しておいたりすれば、バタバタと聖女候補が消えていきますのよ。そうしていけば、聖女候補を辞退する者も当然出てきて、益々聖女候補は消えていきますわね！

それでも当然のように居座り続ける奴も居ますけれど……同時にこれは、キーブの魅力をアピールする場でもありますわ。

キーブが居る場所の近くに火矢を射かけておいてから、キーブに水の魔法で消火してもらったり。特に何でもない食事に、『これは……毒が入っていますね！』とやってもらったり。まあ、そうしていけばキーブの有能さの証明になりますわね。

今、民衆は頼りない聖女なんて要らなくってよ。死ななくっても辞退しなくっても、屋敷に籠もりっきりになるような貴族令嬢はお呼びじゃないのですわ。

その点、悪に潰されない強さを持ったキーブは、大いに民衆に受けているようですわね！　ええ、これなら、期待が持てるんじゃなくって？


さて。

そうして迎えた、聖女選挙当日。あちこちで『ヴァイオリア・ニコ・フォルテシア』への警戒が続く中、投票が行われましたの。

私は当然、隠れてますわ。当然ですわ。外に兵士がうじゃうじゃ居る中に出ていくほど無謀じゃなくってよ。

一方のキーブは王都の広場に出て、聖女候補として活動していますわ。そして、今、キーブ以外に活動できている聖女候補は少ないはずでしてよ。

何せ、賢明な聖女候補達はほとんど辞退していますし、そうじゃない奴についても下剤のせいでお花摘みっぱなしになったり、ビビッて引き籠もったり、死んだりしていますもの。

貴族院からしてみれば、キーブを止めるために脅しを掛けたら予想外の展開になってしまった、っていうところでしょうね。でも仕方のないことでしてよ。悪と悪が戦ったらより強い悪が勝つに決まっておりますものね！　おほほほほほほ！


そうして聖女投票は夕方で終わり、開票作業が始まりましたわ。開票は貴族の手が入れられないよう、一般市民が自由に監視していい場所で、大聖堂の神官達によって行われますの。

本来なら、地方で監視の緩い投票所を狙って票数の書き換えを行う、なんてこともできるかもしれませんし、貴族連中ならそれができるだけの金と兵力を持っているのでしょうけれど……残念ながらそれはできませんのよ。

何故なら！　王家の兵が！　『ヴァイオリア・ニコ・フォルテシア』を警戒するために各地へ派遣されているからですわ！

そう！　敵からの攻撃に怯えるあまり、あいつら、自分達も不正できないような状況にしてしまいましたのよ！　流石に、兵士の中にはまともな奴も居るでしょうし、まともな兵を含めて全ての兵を買収するのは難しいですし。これなら貴族院の妨害を気にする必要はありませんわね！


……さて。

そうして、開票結果が公示されましたわ。

結果は……キーブの圧勝！　キーブの圧勝、ですわ！　当然と言えば当然ですけれど、やっぱり嬉しいモンは嬉しくってよ！

「おめでとう、キーブ！」

「複雑な気分なんだけど……」

ここ一月ほどですっかり聖女としての振る舞いが板についたキーブですけれど、実際に聖女になるのはちょいと複雑みたいですわねえ。まあ、でも立派にやり遂げてくれるでしょうし、心配はしてませんわ。

「あーあ、これで史上初、男の子の聖女が生まれちまうってワケね？　実に歴史的瞬間じゃない」

「なあ、キーブ。お前、いつ男だってバラすの？　やっぱ演説ん時？」

「バラしませんわよッ！　なんでバラす前提なんですのッ⁉」

まあ……こうなったら、聖女就任演説が楽しみですわね。そこで反貴族の立場をそれとなく主張して民衆を巻き込んでいけば、この国全体で反貴族の風潮を巻き起こすことだって簡単ですわ！

「演説は私も見に行きますわ！　頑張ってね、キーブ！」

「え、ヴァイオリアも見に来るの？　大丈夫？」

「まあ、今はあなたが第一ですもの。周辺の警戒くらい、私がやらなきゃね」

……まあ、王家の兵士が大量に居るでしょうから、キーブが狙われる心配は然程必要無いとは思いますけれど。でも私、キーブの演説、見に行きますわ！　可愛いキーブの晴れ舞台、ちゃんと見たいですわ！　見たいのですわーっ！


……そうして、三日後。聖女就任演説が、エルゼマリンの大聖堂前広場で行われましたわ。

広場は人だかりでとんでもないことになっていますわね。まあ、人を隠すなら人の中、ということで、隠れなくてはいけない私としては好都合でしてよ。

勿論、人ごみのせいでキーブの姿を見られないのは不都合ですから、近くの時計塔に登って、そこからキーブを眺めることにしますわ。

青い空と青い海を背景に聳える白亜の大聖堂。その美しさを改めて確認していると……やがて、大聖堂の扉が開いて、中から聖騎士達が出てきましたわね。

ぞろぞろと出てきた聖騎士達が扉から広場の演説台までの道を作るように並ぶと、そこを通って、聖女様がやってきますの。

……思わず、見惚《みと》れてしまいましたわ。

白の薄絹に金銀の刺繍が惜しみなく施された聖女のドレスに身を包んで、黄金細工の錫杖を手に、キーブは凛として、そこに立っていましたの。

ええ。聖女様、ですわ。間違いなく、彼、歴代最高の聖女様の風格を持ち合わせていますわ。

キーブの美しさと、高貴で清廉な気配に、民衆も息を呑みますわ。さっきまでざわついていた広場もしんと静まり返っていますもの。

そして、キーブが登壇して一礼すると同時……割れるような拍手が、会場を包み込んだのですわ！　ああ、間違いなく、彼、民衆に愛される聖女になりますわね！


キーブの演説は立派なものでしたわ。最初に、聖女になるまでの間、支えてくれた皆への感謝から始まり、続いて、皆の協力に報いるよう活動していきたいという意思表明。それから、民衆のために行う炊き出しの予定や、寄付金を使って街道の整備も行いたい、なんていう話もしていって、民衆に夢と期待を大いに与えましたわ。

それから、彼、エルゼマリンの近郊に作っている開拓地についても触れましたわね。

「私は聖女選挙期間中に、開拓地を作りました。多くの皆さんのご協力のおかげで、今、そこは小さな村になっています」

キーブは努めて明るく、それでいてどこまでも優しく、言葉を続けていきますわ。

「あそこは元々、私の故郷でした。夏には金色の麦の穂が揺れて、黄金の海のようだったことを、今でも覚えています。豊かではないけれど、穏やかで……幸せな場所でした」

そこで一旦言葉を区切って、キーブはほんの数秒、目を伏せましたわ。その少し寂しそうな表情が、本当に美しく見えますのよ。

「でも、私の故郷は、滅びました。魔物の襲撃と、それに乗じた人狩りと……貴族の沈黙によって」

キーブの声は、よく響きましたわ。貴族を真っ向から非難する言葉も、よく通りましたの。だって、民衆は皆、黙ってキーブの言葉に聞き入っているのですから。

「魔物に襲撃された小さな村へ、積極的に人狩りが送り込まれていたことを、後になってから知りました。戦争が終わって久しいこの国では奴隷の数が足りなくて、だから、敵国の民ではない、何の罪もない民が奴隷にされても、貴族も王族も、誰も何も言わなかった」

じっと、キーブが広場の聴衆を見つめますわね。きっとその中には貴族も紛れ込んでいるのでしょう。彼らは今、どういう気持ちでキーブの演説を聞いているのかしら。

「私は……私は、そんなことがあってはならないと、思っています。魔物に襲撃された村があれば、そこから更に奪うのではなく、そこへ救いの手を差し伸べたい！　もし、村が滅ぶとしても、それはただ滅ぶべき村が滅ぶべくして滅ぶべきであり……そこに理不尽など、あってはならないのです」

実感のこもった言葉は強いものですわね。経験は人間の言葉に深みをもたらしますわ。……キーブがそういう経験をしてきたということは、間違いなく、キーブの言葉に深みと重みをもたらしていますの。だから無駄じゃなかった、なんて言うほど烏滸《おこ》がましくもないつもりですけれど、でも……ここに実を結んだものもある、と、彼の故郷に伝えたい気持ちが、少しだけ、ありますわ。

「大聖堂は、そのようにあるべきです。全ての人が等しく幸福になることは難しいでしょう。しかし！　全ての人が不幸から逃れることは、決して不可能ではないと、私は信じています！」

私はなんだか感慨深いような気持ちで、キーブの演説する様子を眺めますわ。観衆の方へ視線をやってみれば、彼らもまた、ただキーブの言葉に聞き惚れていますわね。いっそキーブを信仰しているようにも見えますわ。

私と同じようにちょっと高いところからキーブを見ている者達も居るようですわね。この時計塔によじ登ったのは私一人ですけれど、近くの建物の屋根ですとか、回廊の屋根ですとか、そういうところに登っている者はぼちぼち居てよ。こうした特等席にお行儀悪くも陣取る者達も、じっとキーブを見つめて……。

……じっとキーブを見つめる者達の中に、一人、異様な者を見つけましたわ。

それは、両手を組むようにして、目の高さに掲げている人間。その組んだ手の中には、見覚えのある道具。

銃、ですわ。


私、咄嗟にスカートの中から弓と矢を出しましたわ。そして、銃を持った人間を、躊躇うことなく狙撃しますわ！

私の矢はしっかりと喉へ突き刺さり、銃を持った人間はその場で死にましたわ。銃が撃たれることはありませんでしたから、それは安心ですわ。

でも……きっと、こいつ一人だけじゃなくってよ！

この会場の中には、きっと他にも狙撃犯が紛れているはずですわ。この聖女就任演説の中、聖女を殺そうとしている奴が、絶対に居るはずですの。

……見つかりませんわ。必死に目を走らせますけれど、全然、見つかりませんわ。それもそのはず、銃ってそういう武器ですもの。銃は弓矢と違って、撃つための動作がほとんど必要ありませんし、弓矢と違って収納が簡単ですわ。だからこそ、懐に隠し持っていた銃を急に取り出して撃つ、なんていう不意打ちの、それでいて致命的な一撃を繰り出すことができて……ああ、我がフォルテシアが開発した武器ですけれど、憎らしいものですわねぇ！　こうなることが分かっていたから、銃の製法は決して外へ漏らさないようにしていたのに……それを盗んで、漏らしまくった貴族院と王家の罪は、重くってよ！　絶対にぶち殺しますわ！

でも、今は貴族も王家もぶち殺してる暇はありませんわ。ただ、今はキーブを守ることが先決。けれどこの状況で、どうやってキーブを守ればいいのかしら？　私はキーブの傍へは行けませんし、傍でキーブを守るはずの聖騎士達は、絶対に銃撃に対応できませんわ！　今も、キーブは暗殺者がどこからでも狙えるような位置で演説していますし、そのキーブを攻撃から守れない位置に聖騎士共は陣取ってやがりますのよ！　何のための騎士！　何のための護衛なんですのーッ⁉

せめて、せめてあいつらが襲撃に気づいてくれれば……いえ、でも、それじゃ遅くってよ。銃って、銃声がした時にはもう、弾が放たれてるってことですもの。その時に反応したって、もう間に合いませんのよ。だって流石の私でも、銃弾を矢で叩き落すことはできませんものね！　ドランだって反応できずに撃たれたんですのよ⁉　あの聖騎士共になんとかできるとは到底思えませんわ！

……でも、そうね。

要は、聖騎士達と、そしてキーブ本人に、警戒してもらえれば、いいのですわね。

警戒さえしていてくれれば、聖騎士達はキーブの盾となるべく動いてくれるでしょうし、キーブは雷の魔法を周囲に張り巡らせて、ある程度の攻撃を防ぐ構えを取れるはず。

そのためには、銃に気づく必要すら、ありませんわ。そう。奴らが存在を知らない銃のことなんて一々説明している時間もありませんし、キーブを狙うものが『銃』だなんて知る必要はありませんの。

ただ、『何かに命を狙われている』という自覚だけ、彼らにあればよくて……。

「なら答えは一つですわ！」

……こういう時のために、悪党が居りますの。

私、キーブに向けて、矢を放ちましたわ。

キーブに向けた矢は、狙い通り、キーブの頭の上すれすれを飛んでいきましたわね。勿論、キーブはそれに途中で気づいて、さっと身を屈めて矢を避けましたわ。避けなくても当たらないように撃ちましたけれど、でも、安心しましたわ。銃はともかく、矢にはある程度反応できますのね。

「な、何が起きた⁉」

「襲撃だ！」

「聖女様を守れ！」

そして私の狙い通り、聖騎士達がキーブを守るべく、彼を囲んで盾を構え始めましたわ。ああ、よかった。これで銃撃があったとしても、聖騎士達が文字通り壁となって、キーブへの攻撃を防いでくれることでしょう。

それに……私が矢を放ったことで、民衆も『襲撃』に気づきましたわ。ざわめきながら周囲を見回して、不審な奴が居ないかどうか、と目を向け始めましたの。

こうなったら、もう、大丈夫ですわ。

狙撃犯は、こんな状況で任務を遂行できっこありませんもの。警備と監視が強化された今、キーブは安全、ですわね。

……まあ、ええ。『キーブは』安全、ですわ。

「見つけたぞ！　あそこだ！」

聖騎士の一人が、私のいる時計塔を指差して叫びましたわ。途端に、会場の警備を行っていた騎士達がわらわらと、時計塔の下を囲み始めましたの。

……ええ。

これ、私、捕まるやつですわね？

四話　処刑台ってほとんど演説台ですわね

　ということで、ごきげんよう。私、今、護送中ですわ。

　ええ。護送されてますわ。『聖女暗殺未遂』の容疑で私、護送中ですわ。まるで売られていく子牛か何かの気分ですわ。

　……まあ、当然っちゃ当然ですわね。ええ。しょうがなくってよ。キーブを守るためとはいえ、表向きには聖女様を弓で狙撃したわけですし。ここで『他の襲撃に備えて警戒させるために撃ちました』なんて主張して通るほど世の中甘くありませんわ。そしてそもそも、私、脱獄犯ですし爆弾魔でしたわ。犯罪者の主張なんざ通るわきゃーないのですわ！　おーほほほほほ！

　……笑ってる場合じゃありませんわね。ええ。どうしましょう、これ。

　一応、キーブが『こんなめでたい日なので……』と減刑嘆願をしてくれたらしいんですのよ。でも、まあ、無駄ですわね！

　ここでもし、他の狙撃犯が出てくるなりすればまた話も違ったかもしれませんけれど、残念なことに、銃の存在を知らない多くの国民共は、銃を持ってる奴が居ても、それが武器だと気づけないままホイホイ無罪放免しちまうんですのよねえ！　無知って罪ですわ！

　キーブには、銃の存在が知れていますから、もしキーブが銃を見つけてくれれば、まあ、大方、私の意図は分かってくれたと思いますけれど……キーブが働きかけて私を釈放させる、っていうのは、無理でしてよ。というか、やってほしくありませんわ、そんなこと。

ここでキーブが私を庇ったら、共倒れですわ。私、彼の足を引っ張るわけにはいきませんのよ。ここで大聖堂の主導権を得られれば、革命にまた一歩近づくのですもの。それをみすみす手放すような真似、してはなりませんのよ。

……ですから、私は私で、なんとかしなければなりませんわね。

さあ、二回目のムショですわ。もういっそワクワクしてきましたわぁ……。

「王子のみならず、聖女まで殺そうとしたか！　まったく、なんという邪悪！」

はい。ということで私、ムショ入りしましたわ。二回目のムショですけれど、前回とは大分、様子が違いますわね……。

「このような女と我が息子ダクターを婚約させていたなど、ああ、私は何と愚かだったのだろう！」

「あら、陛下。まるで、今は愚かじゃない、というような口ぶりでらっしゃいますわねえ……」

「なんだと⁉」

……まず、一つ目に、監視の目がやたら多いですわ。

牢の周りがガッチガチに固めてありますわ。常に兵士が十人くらい詰めている状況ですわ。固めすぎですわ。しかも国王がわざわざ見に来てますわ。なんなんですのこれ。こちとら見せモンじゃなくってよ。

「ま、まあ、よい。貴様の命もここで潰《つい》える！　ようやく諸悪の根源、ヴァイオリア・ニコ・フォルテシアを処刑できるというわけだ！」

「諸悪の根源は王族貴族の愚かさなんじゃなくって？　そして、私を殺したところであなた達のオツムも厳しい財政状況も、何一つ改善されませんわよ？」

「な、なんだと⁉」

そして二つ目に、この檻、特別製ですわ。

一回目のムショ入りの時は、両脇と奥が石の壁で、正面だけが鉄格子、というよくある独房でしたけれど、今は四方全てが鉄格子に囲まれたプライバシーの欠片も無い牢屋に入っていますわ。なんですの、これ。

この牢屋に入る時にチラッと見ましたけれど、鍵も複雑そうなやつが付いてましたわね……。針金で開けるのはちょいと難しそうでしたわ。まあ、つまり、この牢屋を破るのは難しそうですのよ。

「ま、まあよい！　ふん、精々喚くがいい、悪魔の娘よ！　貴様の処刑は明日の正午だ！　それで全て、終わりになるのだからな！」

……そして、三つ目。

処刑が！　早すぎ！　ますわーッ！


まさか、ムショ入りして翌日には処刑、なんて思ってませんでしたわ。一週間くらいは猶予があるもんだと思ってましたのよ、私。それがコレですもの、もう笑うしかありませんわ！　おほほほほほ！

……いえ、笑ってる場合じゃありませんわね。これ、どうしたモンかしら。鉄格子を破るにはどうにも頑丈すぎますし、鍵開けできそうな錠前じゃありませんし、そもそも牢を出ても見張りがこれだけ居ますし、そして何より、隙をついてどうにかしようにも、時間が！　ありませんわーッ！　そう！　明日の昼には私、処刑ですのよ！　あと一日も猶予がありませんのよ！　こんな中でできることってありますこと⁉　いいえ、ありませんわ！　もう駄目ですわ！　私死にましたわ！

……ええ。私一人の力でどうにかできることは、もう、ありませんわ。

でも、私は、一人じゃ、ありませんのよ。私には、仲間が居りますの。

私、信じてますわ。仲間が必ずや、助けに来てくれる、と。

或いは……それが難しくても、私の代わりに、必ずや、王家をメッタメタのギッタギタにして火炙りの刑に処してくれると。

後者の場合、燃える連中を眺められないのが残念ですけれどね。まあ、それでも希望は失いませんわよ、私。

「……生きますわよ、私は」

ですから私がすべきことは、ただ一つ。

時間稼ぎ、ですわね。

それから私には夕食が与えられましたわ。明日処刑する奴に食事なんて必要無いのでしょうけれど、夕食が出ましたわ。何故かというと、盛大に駄々を捏ねたからですわ。ええ。命が懸かってるんですもの。駄々くらい捏ねますわ。ちなみに駄々の捏ね方は簡単でしてよ。ちょいと暴れつつ『公開処刑前に舌を噛み切って死にますわよ！　そうなったら私を監視していたあなた達は責任を問われますわねえ！　私の公開処刑を楽しみにしている国王陛下に何と申し開きするおつもりかしら⁉』って言ってやるだけですわ。やっすい脅し文句でも夕食代にはなるんですのねえ。おほほ。

まあ、そういうわけで、私はパンとスープを手に入れましたわ。本当にチンケなディナーですけれど、私の注文通り、パンは柔らかくて上等なものでしたからこれで勘弁してやりますわ。

「ほ、本当に夕食だけで大人しくなったぞ……」

「さっきまでの暴れようは何だったんだ……」

「お腹空いてたのかな……」

オーディエンスの煩いディナーですけれど、まあよくってよ！

ディナーを終えた私は就寝を宣言しましたわ。でも監視のために灯りがつけられていて鬱陶しかったので一度、火の魔法の応用でそれらを消してやりましたわ。そうしたら見張りの兵士達は大層慌ててきゃーきゃー騒いでましたわ。ちょっぴり面白かったですわ。

再び灯りが点くまでの間にやることやった私は、さっさとその場で眠ることにしましたわ。どうせ明日は色々ありますもの。眠れる時に眠っておくに限りますわね。おやすみなさいまし。

そうして寝て起きて朝が来ましたわ。案外ぐっすり快眠できちゃいましたわねえ。我ながら素晴らしいことですわ。

そうして私は再び朝食を得るために駄々を捏ねて朝食を食べ、そして昼……正午に、いよいよ、その時がやって参りましたの。

「処刑の時間だ」

「あら、やっとですの？　待ちくたびれましたわ」

いよいよ、私はこれから処刑台に上がる、ということになりますわね。さあ、いよいよ私を牢から出すべく、監視の中、そっと、牢の鍵穴に鍵が差し込まれ……。

「ん？　鍵が……鍵が、入らない……？」

差し込まれませんわ。そう。鍵は入りませんのよ。何故なら……！

「あ……あああっ⁉　パンが！　パンが鍵穴に詰まっているぞ！」

そう！　私、鍵穴にパン詰めてやりましたわァーッ！　これで鍵を開けることはできませんわね！　牢から出られないなら逆に考えるのですわ！　出られなくたっていいやって、そう考えて籠城するのが正解ですわ！　せせこましい策ですけれど、ちょいと時間稼ぎするには十分でしてよ！

「あらあらあら！　どうなさいましたのー？　私の処刑の時間なのではなくってぇー？」

「ぐ、ぐぬぬぬ……おのれ、ヴァイオリア・ニコ・フォルテシア！　姑息な真似を！」

「私を牢から出したかったら精々頑張って鍵穴ほじってパンを出すことですわねえ！」

兵士達は怒りに震えたり、針金を持ってきてパンほじろうと頑張ったり、わたわたと動き始めましたわ！　ああ、いい眺めですこと！　精々お励みなさいな！　おほほほほほ！


ということで、三時間後。

「よ、ようやくだ……さあ出ろ！」

「あなた達、パンほじるの遅くってよ……流石に三時間もかかるとは思ってませんでしたわあ……」

ええ。ちょっと……その、予想よりも大分、時間がかかりましたわね。私、精々一時間くらい稼げれば御の字だと思っていたのですけれど。ううーん、鍵穴にパン詰めるのって、費用対効果で見たら最高の策だったかもしれませんわね……。

「だ、誰のせいでこのようなことになったと思っている！」

「あなた達がぶきっちょなせいだと思っておりますわ！」

まあ、こいつらのぶきっちょ具合に感謝しつつ、私、堂々と牢を出ますわ！

ええ。逃げも隠れもしませんわよ。私、誇り高く、堂々と、処刑台に上がってやりますの。


地下を出て、王城前の広場へ連れていかれて、そこで私は陽の光を浴びましたわ。

眩しい太陽は空のてっぺんを通り過ぎていますわね。まあそうですわね。正午の処刑がパン詰まりのせいで三時間延びましたものね。

一生懸命にパンほじってた兵士達の様子を思い出してついつい笑ってしまいながら、私は広場の処刑台へ上がっていきますの。処刑台は木を組んで作った粗末なものでしたわ。まあ、急な公開処刑の決定に合わせて、急ごしらえでなんとかしたのでしょうね。ご苦労様なことですわ。

ああ、それにしても……ドラン達が間に合わなかったら、どうしましょう。その時は私、死ぬんですのよね？　まあ……それでも、私がやるべきことは、変わりませんわ。

最後の最後まで、ちゃんと足掻きますわ。諦めて自分の死を受け入れてなんて、やりませんわ。

それに私……やっぱり、信じているのですもの。

「それでは、これより大罪人、ヴァイオリア・ニコ・フォルテシアの公開処刑を執り行う！」

大臣の声を聞きながら、私、まっすぐ歩きますわ。私の死を待つ民衆の、好奇の視線を全て撥ね返すように。『これからも尚この国を混沌の底に叩き落とし続ける者』として、気高く、まっすぐに、堂々と。

上ってみれば断頭台は思いの外、高い位置にありましたわね。これなら広場中からよく見えることでしょう。そして私からも、広場がよく見えますわね。

民衆は私を好奇の目で見ていますけれど、自覚が足りなくってよ。見ているということは、見られているということなのですわ。これから処刑される奴を好奇の目で眺めているということは、今まで散々躊躇なく人を殺してきた大悪党に見つめられているということですのよ。そこんとこ、この国民共はイマイチ危機感が足りませんのよねえ……。

「ヴァイオリア・ニコ・フォルテシアは、王子ダクター・フィーラ・オーケスタ殿下を暗殺しようと目論んだ！　また、その後、数々の凶悪犯罪者を伴って脱獄したものである！」

「えっ、私とドラン以外も脱獄してましたの？」

読み上げられた罪状に、私、ちょいとビックリしましてよ！　まあ、思い出してみれば確かに、ドランが奥の方に居たもんですから、随分と多くの牢を開けることになりましたけれど……ま、まあ、別に良くってよ！　罪人が大放出されてこの国の王家がてんやわんやするなら、私にとっては吉報ですわ！

「更に、聖女選挙に先立って多くの聖女候補を殺害し、更に、此度は聖女を就任演説中に暗殺しようと目論んだ！　幸い、聖女は無事であったが、就任したての聖女殺害を企てた罪は重い！」

あっ、よかったですわ！　今の説明で分かりましたわ！　キーブは無事、ですのね⁉

ああー、よかったですわぁ……。私、ムショにブチ込まれてしまいましたから、結局、キーブの無事を完全に確認することはできませんでしたもの。あの子が無事なら、ムショ入りして断頭台に上る甲斐があったってものでしてよ。おほほほほ。

「そして！　ヴァイオリア・ニコ・フォルテシアは、先日の建国祭において！　白薔薇館を爆破し！　多くの貴い血を犠牲にしたのである！」

もう、白薔薇館の爆破については表彰されてる気分で聞きますわ。民衆も『貴族が死んだのは割とどうでもいい』みたいな顔して聞いてますわ。ええ。どうでもいいでしょうね。自分達が死ななけりゃ何でもいいのですわ、この国の連中は。

「以上の罪から、情状酌量の余地は無い！　悪魔に魂を売った女、ヴァイオリア・ニコ・フォルテシアは、この場で処刑とする！」

わあっ、と民衆から上がる歓声に、ちょいと呆れますわね。……まあ、よくってよ。

私の死を楽しみにやってきた連中に、遠慮は不要ですわね。


「静まりなさい！」

私が言ったって聞く奴はそう居ないだろうと思いつつ言ってみたら、なんと、静かになりましたわ。すごいですわね、この民衆……。

「私はヴァイオリア・ニコ・フォルテシア！　さあ、皆、私の言葉をお聞きなさい！」

私が朗々と声を張り上げれば、民衆はざわめきこそすれ、無用に騒ぎはしませんわね。困惑と怯えの色が強いですわ。

……そうね。公開処刑って、要は、対岸の火事ですわ。自分とは関係が無いからこそ、娯楽として楽しめるのですわ。『見ているということは見られている』という自覚が無い愚かな民衆は、そう、考えますのよね。

でも。大罪人が無抵抗に殺されるでもなく、自分達を認識して、自分達に向けて言葉を放ってくるようなことがあれば……それって、彼らにとって、あまりにも予想外なことなのですわ。無関係だと思って見ていたのに、当事者にされていた。それって中々、衝撃的ですわね。

「私の罪状について、あなた達に真実をお話ししますわ！」

……そしてそこで私が、『釈明』ではなく『真実』をお話しすれば、民衆は皆、聞きますわ。

ええ。陰謀論にハマる馬鹿って、要は、『真実』を手っ取り早く掴みたいからハマるのですわ。地道に勉学を積み重ねるのでも、地道に情報を集めて真相を探るのでもなく、ゴシップ誌の記事から真実を得たがるのは、彼らが愚かで怠慢な証拠。

そして、そんな愚かで怠慢な民衆に対して、私は、『真実』をお話ししますのよ！

「私の王子暗殺未遂は濡れ衣ですわ！　全ては王家と一部の貴族の仕組んだことですのよ！」

「おい、貴様、何を」

兵士が私の肩に手を掛けて、慌てながら止めようとしましたわ。でも私、止まりませんわよ。

「この国の財政は悪化の一途を辿っていますわ！　それは王家と一部の貴族の豪遊三昧のせい！あなた達から奪った税は、王家と貴族の贅沢に使われて、まるで還元されておりませんわ！」

最初に、民衆からの同意を得ますわ。民衆にその自覚が無くったって、『あなた達はかわいそうな状況にありましてよ！』なんて言われたら、恥ずかしげもなく『そうだ！　俺達はかわいそうなんだ！』って拳を振り上げますのよねえ。不思議ですこと。

「そして、それでも金が足りなかった王家は貴族院と結託して、何の罪もない新興貴族に罪を着せ、屋敷を燃やし、財産を没収して……そしてこのように、処刑して口封じするのですわ！」

民衆は皆、私に釘づけですわ。存分に注目なさいまし。私、徹底的に時間稼ぎしてやるつもりですもの。

「私が解放した囚人の中には、何の罪もない者が大勢居ましたわ！　王家は罪の無い者に罪を着せ、処刑して、財産を奪い、或いは口を封じるんですの！　次はあなた達の番ですわよ！」

さあ、民衆がざわめき始めましたわ。自分達が死なないからこそ楽しい公開処刑で、自分達の死を忠告されてしまったのですもの。ええ、ええ、大いにざわめきなさいな！

「白薔薇館の爆破については、いくつかの新聞社からほぼ真実に近いものが報道されていますわね。そして、今回の聖女暗殺未遂については……聖女を救うために、行いましたの」

私の後ろでは、私を黙らせるべく、いよいよ兵士達がわたわたと動いていますわね。でも、私が足枷付きの脚でできる限りの蹴りをお見舞いしてやったら、狭い処刑台からころころ転げ落ちた兵士に巻き込まれて、多くの兵士が処刑台の下でころころ転がることになりましたわ。

「……私以外の暗殺者がいる中で、聖騎士達はまるでそれに気づいていませんでしたわ。ですから私は、聖女への警告のため、敢えて、聖女を外す軌道で矢を放ったのですわ！」

ここは正真正銘の真実を話しておきますけれど、まあ、真実には聞こえないでしょうねえ。もうここは水掛け論ですから、真実かどうかなんて関係なくってよ。勝手に各自でご判断なさいな。

「聖女よ、もしこの言葉が届くなら、どうか……どうか、注意して頂戴な！　貴族院や王家は、あなたの死を望んでいますわ！　どうかそれに気を付けて……この国を、正してくださいまし！」

けれど悪足掻きで、如何にも聖女を案じている様子を見せつけておきますわ。……キープへの忠告でもありますし、何より、キープの周りに居る聖騎士や、更にその外側に居る民衆への忠告ですわね。ええ。キープを死なせたら承知しませんわよ。

「民衆よ！　疑問をお持ちなさい！　あなた達の暮らしを、真に脅かす者は誰なのか！　それは私ではなく、数々の囚人でもない！　……この国の頂点、王家こそが、あなた達の真の敵でしてよ！」

「何をしている！　さっさと処刑しろ！」

私が王家へ矛先を向けた途端、国王が声を上げましたわね。ようやく処刑台の上に辿り着いた兵士が、いよいよ斬首用の剣を構えましたわ。

「私は腐った王家に復讐しますわ！　私を陥れた、馬鹿な貴族共にも！　そのためなら悪魔に魂の一つや二つっくらいくれてやりますわ！　よろしくって⁉　皆、覚えておきなさい！」

静まり返った広場を見下ろして、その視界の端に、いよいよ振り下ろされる剣に眩く光が反射するのを見て……私は最後の言葉を、発するのですわ。

「王家も腐れ貴族も！　皆殺しですわァーッ！」


その瞬間、轟音。

……とんでもない爆発が、処刑台の下で起こりましたわ。

そして、崩壊していく処刑台から、私が飛び降りようと身構えた、その時。

私、時が止まったように感じましたわ。

爆風に靡く、濃い栗色の髪。笑みに細められた赤い瞳。片手に握られた鉄パイプ。

「遅くなって悪かったな、ヴァイオリア！」

……なんと。

「お……お兄様!?」

お兄様が！　お兄様が……お兄様が、私を攫うように抱き上げて、宙を飛んでおられましたの！

「久しいな、ヴァイオリア！　お前の活躍は新聞で読んでいたのだがな。助けに来るのが遅くなってすまない」

「いいえ、いいえ、来てくださっただけで……生きていてくださっただけで、十分ですわ！」

私、もう、嬉しくって嬉しくって、たまりませんわ。

だって、だって……敬愛するお兄様が、生きてらっしゃったんですもの！　ええ、勿論、死んだなんて思っていませんでしたわ。私よりずっとフォルテシア家っぽいお兄様ですもの。絶対にしぶとく生き残ってらっしゃるって、そう、信じていましたけれど……でも！　やっぱり！　嬉しいものは嬉しいのですわーっ！

「おやおや、生きているだけでいい、だなんて、いつから私の妹はこのように欲が薄くなった？」

「もう、からかわないでくださいまし！」

私がお兄様の胸を肘で小突くと、お兄様はケラケラと笑って、優雅に着地されましたわ。お兄様は私と違って様々な魔法を使われますけれど、風の魔法で延々と飛行できるほどには、お上手じゃありませんのよね。

「まあいい。今は……逃げるぞ！」

「ええ、お兄様！」

ということで、ここからの逃走は完全なる徒歩になりますわ！　私は手枷足枷付きですから完全なるお荷物ですわ！　お兄様、ヨロシクですわっ！

「待てー！　ヴァイオリア・ニコ・フォルテシアーっ！」

国王が喚いていますけれど、私、笑ってお答えして差し上げますわよ！

「それでは皆様、ごきげんよう！」

待てと言われて待つわけがありませんわ！　これにてごめんあそばせ！　トンズラですわーっ！

五話　私、聖騎士になりますわ！

　さて。お兄様と、お兄様に抱えられたままの私は、王や兵士達の怒声を笑い飛ばしつつ、処刑広場から駆けていくわけですけれど……。

「ところで脱出経路はお考えですの？」

「ああ！　まるで考えていない！」

　……これですわ。まあ、ええ。考えなくてもお兄様なら何とかなっちゃう気もしますけれど。でも、流石のお兄様でも、ここから逃げ切るのは難しいんじゃなくって？

　処刑台の崩壊に巻き込まれた兵士達は、上手く動けずにいるようですわね。国王の指揮と兵士長の指揮がカチ合って兵士が混乱してるのかもしれませんけど。でも、混乱が解けて動き出した時、馬に乗って移動できる兵士達に圧倒的な利がありましてよ。

　ですから、兵士達がまともに動き出す前までが、勝負なのですけれど……。

「……あらっ」

　そんな中、一人、とんでもなく機敏に動くやたらとガタイのいい兵士を見つけましたわ。こっちを追ってきますわ。処刑台の残骸も、国王や兵士長の指示も、負傷した他の兵士達もまるきり無視して、こっちを追ってきますわねえ……あっ。

「あっ、お兄様！　あの兵士！　あの兵士の恰好してる奴、味方ですわ！」

「何っ！　それは渡りに船だな！」

案の定、私達の傍までとんでもない速度でやってきた兵士は、ドランでしたわ！

「ドラン！　来てくださいましたのね！」

「当然だ。お前は俺を見捨てなかった。なら、俺もお前を見捨てないのが筋というものだろう」

ドランはにやりと笑って、それから、『これで白薔薇館での借りは返したぞ』と付け足しましたわ。ああ、そんなの気にしなくってよろしいのに！　でも構いませんわ！　私、今、とっても晴れやかな気分ですから！

「そっちの路地裏に空間鞄がある！　飛び込むぞ！」

「あら、素敵！」

「ふむ、成程な！　では頼むとしよう！」

そして私達は広場から二本ほど裏へ進んだ路地の途中、古びた柵に引っ掛けられた古びた鞄の中へと、飛び込んだのですわ！

……空間鞄をちょいと改造すると生物も入れられる、なんて、多くの人は知りませんものね。ここに鞄があったって、まさか、私達が中に入ってるとは誰も思いませんわ！　おほほほほ！


そうして空間鞄の中に入ると、鞄の中には部屋ができていましたわ。テーブルには食事があって、武器も用意してあって、ベッドもありますわね。カンペキですわ。

「このままチェスタとジョヴァンが鞄を運ぶのを待つぞ」

「あら、皆で王都に来ていますの？」

「当然だ。とてもじゃないが、処刑場からお前を攫ってくるのに俺一人では手が足りない。俺が処刑台からお前を連れてくる役目なのは変わらないが、本来ならもっと混戦になる予定だった。だが、処刑台が何故か、爆破されたからな……」

ちら、とドランはお兄様を見ましたわ。お兄様はにっこり笑って胸を張りましたわ。ええ、お兄様ってこういうお方ですわ！

「ええと、ドラン？　それじゃあこの後はどういう予定ですの？」

「チェスタが置き引きのふりをして鞄を運ぶ。本来なら王都を抜けるまではチェスタも戦闘することになりそうだったが……まあ、無いだろうな」

無いでしょうねえ。お兄様のおかげで、チェスタに楽させちゃいましたわね。おほほほほ。

「王都を出たら途中でジョヴァンに受け渡して、チェスタは近隣で多少暴れて兵士達の目を誤魔化す、という算段だ。まあ、チェスタのことだ、上手くやるだろう。あいつ自身はドラゴンを入れた鞄を持っている。逃走手段には困らないはずだ」

ドランはそう言って、ふう、と息を吐いて……それからお兄様の方を、ちら、と見ましたわね。

「……それで、ヴァイオリア。こちらは」

「私のお兄様ですわっ！」

ドランは少し、戸惑い気味ですわねえ。まあ、当然ですわ。ドランにとってはお兄様が私を攫って処刑台を飛び降りてくるなんて、想定外だったでしょうし。一方のお兄様は動じた様子がありませんわね。流石ですわ！

「兄……ああ、成程な。道理で似ているわけだ」

「よく言われますわ」

そうなんですの。お兄様も私と同じ、濃い栗色の髪に赤い瞳の容姿をしてらっしゃいますのよ。髪色はお父様譲りで、瞳の色はお母様譲りなんですの。私達、こうしてよく似た兄妹《きょうだい》なもんですから、見ればイッパツで『ご家族ですね』って分かるんですのよ！

「私はコントラウス・ジーニ・フォルテシア。フォルテシア家の長子だ。どうも、君には妹が世話になっているようだな。ありがとう」

「俺はドラン・パルク。人狼だ。最近までムショにぶち込まれてたがヴァイオリアと脱出した。その縁で一緒に国家転覆を企てている」

お兄様が差し出した手を、ドランは苦笑混じりに握りましたわ。そうして握手してから、お兄様は私にウインクしながら、言ったのですわ。

「ヴァイオリア。随分といい仲間を見つけたようだね」

ですから私も、満面の笑みで応えますわ！

「ええ、そうなんですのよ、お兄様！」

それから私達はお互い報告を始めましたわ。

私からは、屋敷が燃えていたあの時からの経緯を。王城に引っ立てられて、そこでダクター王子暗殺未遂の濡れ衣吹っ掛けられて、ムショにぶち込まれて、そしてドランを連れて脱獄した、というようなお話ですわね。まあ、その後のお薬売買や海賊行為、白薔薇館の爆破に聖女選挙への介入なんかについてもお話しすることになりましたわね。

お兄様ったら、私がこれらをお話しする間中ずっと、目をキラキラさせておいでしたの。お兄様も私に負けず劣らずの派手好きフォルテシア家ですものね。

……ええ。お兄様ったら、派手好きでらっしゃいますのよ。それは、お兄様の今までの活動を聞かせて頂くと、分かることですのよ。

「それで、お兄様はあの日からどうお過ごしになられていたの？」

「うむ。まずは屋敷の地下通路を通って、王都を脱出した。その時に貴重品の類は持ち出したのだが、銃の製造を行っていた職人が襲われるだろうと見越して、私はそちらを担当することになった。だが、私が職人らのもとへ到着した時には、既に貴族院に襲われ、銃を奪われた後だった。……クリス・ベイ・クラリノが銃を持っていたというのは恐らくそれだろう」

お兄様は渋い顔でそう仰いましたわ。ええ、私だって、腹が立ちましてよ。あの野郎、絶対ぶち殺しますわ！

「ねえお兄様。職人さん方は無事ですの？」

けれど、まあ、悪いことばかりじゃ、ありませんのよね。私が尋ねると、お兄様はにっこり笑って頷いてくださいましたの。

「勿論だ。私は彼らには『いざとなったら銃を捨てて命を守れ』と伝えてあった。その通りにしてくれたようだよ。現在は隣国ウィンドリィに亡命中だ」

「ああ、よかった！」

フォルテシア家とやり取りしている職人達は、フォルテシアの家宝のようなものですわ。ええ、技術って一朝一夕で身につくものではありませんもの。銃の製造にはとにかく精密な作業が必要不可欠。となれば、その銃を生み出せる職人達は銃よりもよっぽど大事な宝物、なんですのよね。

……それに、フォルテシア家が貴族じゃなかった頃からお付き合いのある職人さん達は、私にとって気のいい親戚のおじちゃん達みたいなものですの。ある種、家族みたいなものですわ。ですから、皆様が無事でよかったと、心から思っておりますのよ。

「まあ、クリスの野郎が盗んだ銃を使っている、というのは腹立たしいが、それもお前が白薔薇館を爆破してくれたから多少は許してやることとしよう。それに、奴らはもうじき、銃ではどうしようもない事態に見舞われるからな」

「何か仕込みがあるのか」

ドランが尋ねると、お兄様は笑顔で頷いて、お答えになりましたの。

「私は彼らをウィンドリィへ逃がすと共に、そこで彼らのための工場を用意していた。そしてようやく、注文した品の製造が始まったところだ」

注文、というと……何かしら。私がわくわくしながらお兄様の言葉を待っていると、お兄様は含み笑いを浮かべつつ、たっぷり間をおいて……教えてくださいましたの。

「大砲だ」

「……大砲！」

つまり、銃の一歩手前、開発段階で生じた代物、でしたわよね？　でも、『とりあえず、でっかいことはよいことだ』とお父様も仰っていた通り、でっかい大砲って、よいものですわ！

「それを、とりあえず百門ほど」

「百門！　素敵！」

ああ、私、想像してうっとりしてしまいますわぁ……。百門の大砲が王城を取り囲む様子を！

「あの王城の塀は少々センスが悪い。王城の造形もあまりよろしくないな。そして何より、そこに居座る連中には虫唾が走る思いだ」

お兄様は忌々しそうにそう仰って、でも、それを打ち消すようににっこり笑顔、ですわ！

「ならそれら全てを大砲で吹っ飛ばしてしまうのがよいだろう！」

「流石お兄様ですわ！　……あっ、でも私、火炙りも好きですわ！　燃やしたいですわ！」

「そうか、成程！　やはり火炙りは華やかで映えるからな！　なら大砲による王城の破壊と放火、それに火刑、と我儘フルコースで行こうじゃないか！　はっはっは！」

ああ、楽しみですわ！　楽しみですわ！　大砲で王城をぶっ壊して中に突入して、死すべき王族連中を引きずり出して、そうしている間にボロボロの王城には火が放たれて、それを背景に王族を一人残らず火炙りに処す……最高ですわね！

きゃっきゃっと私達が話していると、ドランがぼそり、と呟きましたわ。

「……成程、確かに兄妹だな」

ええ、まあ……兄妹ですけれど、何か？

さて。私達が互いの状況を把握すべく情報伝達していたところ……ふわ、と、花弁が降ってきましたわ。ええ、まあ、つまり、この鞄の中に花が入れられた、っていうことですわね。

花弁を見る限り、どうやらカメリアのそれのようですわ。冬のお花として、王都のあちこちで咲いているお花ですわね。……と思ってたら、ふわふわどころかドサドサとカメリアの花が入ってき

ましたわッ⁉　なんですのこれ⁉　なんですのこれ⁉

「ああ、よし。チェスタが鞄を拾ったらしい」

ドランは花と一緒に降ってきたメモを読んで、それを見せてくれましたわ。『拾った。運ぶ。』とだけ汚い文字で書かれた紙きれですわね。……ええ。チェスタの筆跡、ってことだと思いますわ。

「鞄を敵に奪われていないことの証明に、伝達の際には花を一緒に入れるように、と伝えておいた。その結果がこれだ」

「一つっくらいならまだしも、こうもドサドサ放り込まれると、カメリアも風情が無くってよ……」

しかもこの花、木に咲いていたものじゃなくて、地面に落ちたものを拾ったように見えますわね。ええ、チェスタのことですから、案外純粋無垢な顔して『だって咲いてるの摘んだらかわいそーだろ』ぐらいのこと言いそうですわ……。

「……まあ、チェスタが運搬を始めたなら、そうそう心配することも無いな。今後の相談はアジトに着いてからでもいい。ジョヴァン抜きに話を進めるとあいつが拗ねそうだしな」

ええ。彼が私達の頭脳労働担当、ってことになってますし、折角ですから皆揃った状態で今後のお話を進めたくってよ。

それに……やっぱり私、ちょいと疲れたようですのよ。キーブの聖女就任式からここまで、休んだ場所と言えば王城のムショでだけでしたものね。

「見張りは俺がやっておこう。お前達は寝ていていい」

「おや、そうか？　ならヴァイオリア。彼のお言葉に甘えて休ませてもらおうじゃないか」

「ええ、そうしますわ。ありがとう、ドラン。おやすみなさいましぃ……」

……ということで私、用意されていたベッドの中にもぞもぞ潜り込んで、そのまますやすや、ですわ。ああー、疲れた体はふわふわのお布団の誘惑には抗えなくってよ……。


目が覚めたら、お兄様が起きていてドランが寝ていましたわ。交代した、ということかしら。ということはきっと私、結構眠ってましたのねえ。

「ああ、ヴァイオリア。おはよう」

「おはようございます……と言っていい時間なのかしら」

「そうだな。まあ、昼だ」

あら。結構寝過ごしましたわねえ。でもおかげですっかり元気になりましてよ。

「あれが降ってきたよ。お前宛てらしい」

お兄様が指し示すテーブルの上に置いてあるのは、一枚のメッセージカードと深紅の薔薇、ですわね。この時期の薔薇ということは、温室栽培されたものをわざわざ購入したっていうことかしら。

カードには『受け取り完了。エルゼマリンに到着するまで暫しお待ちを。花はあなたに似合うものを選びましたよ、お嬢さん』って書いてありますわね。流麗なジョヴァンの筆跡ですわ。彼、字が綺麗なんですのよねえ。貴族相手に代筆業をやっても生きていけたんじゃないかしら。

「さ。どうやら彼らが上手くやってくれるようだし、安心して食事を摂りたまえ。ムショの食事は大して美味くなかっただろう？」

お兄様はお兄様で、鞄の中に入れてあった食事を召し上がっているようですわ。なら私も頂こうかしら。案外、瓶詰や缶詰の類って、悪くないお味なんですのよねえ……。あっ、美味しいですわ！　この鯖缶美味しいですわ！

さて。それからしばらくしてドランも起きて、食べたり寝たりしていたら合図がありましたから、私達、鞄から出ましたわ。はーどっこいしょ。

「おー、よしよし。ちゃんとドランもお嬢さんも入ってたね。……ん？」

鞄を出たら懐かしのアジトでしたわ。そして、私達の人数を一、二、三……と数えて怪訝な顔のジョヴァンが居ましたわ。

「……俺の想定よりも一人、多いんだけど。こちら、どなた？」

「私のお兄様のコントラウス・ジーニ・フォルテシアですわ！」

「コントラウスだ。君達には妹が世話になっているようだな。ありがとう。こちらは粗品だ」

「あーっ……これはこれはご丁寧にどうも、うん、おかしいな。どこから出したのよこれ」

お兄様が懐から懐に入っていたにしてはおかしいサイズの菓子折りを出しましたわ。ええ、お兄様は空間鞄をジャケットの内ポケットに搭載した空間鞄ならぬ空間ジャケットをお持ちですのよ。当然ですけれど違法改造ですわ。

「まあ……えーと、お嬢さんみたいなのがもう一人増えた、ってことで、いい？」

「ええ、よくってよ！」

まあ、性格は概ねそんなとこですわ！　性能は……まあ、結構違いますけど。おほほほほ。

「まあ、私もあの王家は潰さねばと思っていたところだ！　君達も目指すところが同じというのならば、ここはひとつ、手を取り合って共にこの国に革命を起こそうではないか！」

お兄様は輝くような笑顔でそう言って、ジョヴァンは『あ、はい』と、半分ぽかんとしながら頷くことになったのですわ。もう！　ここはもうちょい喜ぶべきところでしてよ！

翌日にはチェスタも戻ってきて、お兄様を見るなり『なあ、こいつ誰？　ヴァイオリアの男版？』とか言ってましたわ。まあ半分ぐらいは合ってますけど！

「キーブは……あ、大聖堂ですわね」

そして当然ですけれど、キーブは居ませんわ。キーブは聖女様として大聖堂に居るのですもの。

「ま、キーブは上手くやっているでしょう。多分、お嬢さんが無事に逃げおおせたってのはもう知ってるだろうし」

ジョヴァンはウインクしながら新聞を広げて見せてくれましたわ。ええ。一面大見出しが『ヴァイオリア・ニコ・フォルテシア、またも逃亡』でしたわ。これならキーブにも私の無事が伝わりますわね。おほほほほ。

「さーて、キーブは聖女になったし、お嬢さんは無事に戻ってきたし、貴族連中の領地も切り売りされて……いよいよここからが本番だ」

「大聖堂を通じて、王家を揺さぶる。そうだな？」

「そ。いよいよ、貴族院の解体と王家の崩壊が始まるってワケよ」

にんまり笑ったジョヴァンは、しかし一転、なんだか表情を曇らせましてよ。

「ただ……キーブとの連絡手段がね、無いのよ。どうしたもんかね。手紙でのやり取りだと途中で検閲される可能性がボチボチあるからね」

あああー、そうですわねえ。うう、キーブが聖女様になってすごく可愛らしくって、とっても嬉しいのは確かなのですけれど……でも、キーブに会いにくくなっちゃうのは、残念ですわ！

「一番確実なのは、大聖堂まで続く地下道をうちの筋肉野郎に掘りぬかせるってやつなんだけど」

「流石に海の下を掘りぬくのはな……」

そうですわね。絶対に何か湿っぽいトンネルができますわ。というかトンネルができれば御の字ですわ。崩れて潰れても全くおかしくなくってよ。

「ふむ……聖女との接触ができるようにすればよい、ということなら、そう難しくはあるまい」

でも、ここでトンネル以外の案を思いつくのがお兄様なんですのよ。

「聖騎士を皆殺しにすれば新たな聖騎士が選出される。そこで我々が聖騎士として就任すればいい」

……名案ですわ！

さて。

それからお兄様とジョヴァンとの攻防がありましたわ。『流石に聖騎士皆殺しはヤバいでしょう！』って言うジョヴァンと、『だが面倒だろう』って言うお兄様との攻防でしたわ。まあ、割とアッサリお兄様が折れて、この話は終わりましたけれど。

「まあ、皆殺しにせずとも、聖女から全ての聖騎士を一度解雇するよう働きかけてもらえば十分だ」

　そうですわねえ。皆殺しってとっても手っ取り早くて素敵ですけれど、大聖堂を血の海にするとお掃除が大変でキープが可哀想ですものね。ええ、お掃除の手間まで考えると、殺すよりクビの方が手っ取り早いかもしれませんわぁ……。

「だが、いくら聖女とはいえ、聖騎士を全員解雇するのは難しいか。ならやはり皆殺しの方が……」

「いやいやいや、ほら、聖騎士連中には貴族出身の者も多いから、それを理由にすりゃあいい！」

　どうしても『流石に聖騎士皆殺しはマズい』という立場を貫きたいらしいジョヴァンが代替案を出してきましたわ。まあ、代替案があるならよくってよ。

「お嬢さんの公開処刑の日の革命宣言に言及する形で、『貴族が暴利を貪っていることは確かであり、民衆を守る大聖堂としては貴族との非合理的な繋がりは絶つべきである。貴族であるという理由で採用された聖騎士も多いと聞くので、採用試験をやり直す』って筋書きにすれば丁度いい」

　あー、成程ですわ。そういう方針にすれば、今後、大聖堂が王家や貴族院にそっぽ向くことができていいかんじですわ！

　同時に、貴族院は大いに焦るでしょうね。大聖堂を懐柔して、ついでに民衆も懐柔して、新興貴族に割を食わせていく、っていう計画が大きく崩れることになりますもの！

「なら早速、キープにそうお願いしなくては！　……あっ」

　でも私、ここで気づいちゃいましたの。

「……キープに情報を伝えるために聖騎士として潜り込む必要があって、聖騎士として潜り込むためには聖騎士を全員解雇させるのがよくって、でも、聖騎士を全員解雇させるには、キーブと連絡を取る必要があります、わね……？」

……無限に続く回廊に放り込まれた気分でしてよッ！

ま、まあ、それは一応、すぐに解決しましたわ。というのも、チェスタが『懺悔室で懺悔でもしてくればいいんじゃね？』って発案してくれたからですの。

……彼、薬中のくせに、なんだか冴えてますわねえ。ええ、そうですわ。懺悔室に聖女様がいらっしゃる日を調べておけば、懺悔室に籠もってキーブに伝えたいことを喋ることで、一方通行の連絡ならできますもの！

「なら早速、懺悔してきますわーッ！」

「いや待て。処刑台から逃亡した張本人がほとぼりも冷めない内に大聖堂に行くな」

善は急げ！　悪も急げ！　と思ってアジトを出ていきかけたらドランに捕まりましたわ。そして代わりに、ジョヴァンとチェスタがじゃんけん始めましたわ。そして負けたジョヴァンが『懺悔するような殊勝な性格じゃないんだけどなあ』とか言いながらとぼとぼ出ていきましたわ。

……まあ、妥当、ですわね。ええ。新聞一面大見出しに名前が出ている私が出ていくよりは、ただの闇商人が出ていった方が、まあ、お外が騒がしくならなくってよろしいわね。ええ……。

それから翌日には、ジョヴァンの『懺悔』が完了。そしてその翌日には、聖女様からの声明発表が行われる運びとなりましたわ。

声明発表は大聖堂前の広場で行われましたの。ええ、就任式の時と同じですわね。今回は流石に聖騎士達も警戒を強めていますわ。ええ、二度もキーブを狙わせたら承知しませんわよ。

でも聖騎士なんざ信用できませんもの。私もフルフェイス甲冑姿で人波に紛れ込んでキーブを見守りますわ。

……そうして現れたキーブは、もう、それはそれは美しい姿でしたわ。今日は白じゃなくて濃紺の慎ましやかなドレスに身を包んでいますわね。そしてその手には、聖女の錫杖ではなく夜空水晶の長杖。つまり、戦える恰好、というわけですわね。

キーブは現れてすぐ、雷の魔法を上手に展開して、自分を守る結界を生み出しましたわ。もう、これには民衆、大喜びですわ！　ええ。民衆だって、もうお飾りの聖女なんざゴメンですのよ。力ある聖女を望んでいる者が多いのですわ。その点、キーブの風変わりな恰好は今までの聖女の『何もしない』という印象を打ち壊すものですし、実際、今のキーブの魔法はキーブの能力の高さと覚悟を表すものですし……民衆が望む聖女の条件にピッタリというわけですのよ！


「皆様、どうか、私の言葉を聞いてください」

そしてキーブは話し始めましたわ。凛とした話し方は非常に好感が持てますわねえ。

「先日の就任式では、多くの方にご心配をお掛けし、申し訳ありませんでした。今後、あのように皆さんや私自身の身を危険に晒すことの無いよう、徹底して対策してまいります」

最初にキーブはそう前置きしましたわ。民衆としては、被害者であるキーブがこのように頭を下げているのを見て『キーブちゃんは悪くないよ！』って気分だと思いますわ。

「そこで、今後は私自身の力で、私自身の身を守ることにしました。今も雷の結界を張っています。これなら、矢でも……矢より速い攻撃でも、狙いを逸らすことができます。私は決して、傷つけられません。民の代表として、いかなる悪にも屈しません！」

さあ、キーブの勇ましく頼もしい声に民衆が沸いたところで……キーブは、今日一番の重要事項を話すのですわ。

「……そして同時に、聖騎士の採用試験をやり直すことを決めました」

「現在の聖騎士は、数代前の聖女の時代に採用された者達であり……残念なことに、その当時の聖女が貴族出身であったため、特定の家門の者が特別に優遇されて採用された例も多いと聞いております」

突然のキーブの言葉に、もう、民衆はざわめきまくっていますわ。でも、一番ざわめいているのは聖騎士達ですわね。鎧兜の下の顔は分かりませんけれど、まあ、大いに慌てていることでしょう。

「貴族であるから、という理由で彼らを解雇することはありません。しかし、実力が伴わないにもかかわらず採用された者については、当然、解雇の理由があるものと考えています。今後の大聖堂の安全、ないしはこの国の民の安全のため、この不正を見逃すわけにはいきません！」

キーブの言葉に、民衆は大いに沸きましたわ。ええ。民衆って貴族が嫌いですもの。特に理由がなくとも、なんとなく金持ってて自分達よりいい暮らしをしている奴のことは嫌いですから、そいつらに不幸があれば喜ぶのが民衆ってモンですわ。嫌ですわねえ。

「そこで、公平を期すため、一度、全ての聖騎士を解雇します。その上で改めて、聖騎士の採用を行います。採用試験についてはこの後公示致します。もし、この機会に聖騎士として共に民衆のため働きたいと望む方がおられましたら、是非、応募なさってください！」

キーブがにっこり笑ってそう言えば、余計に民衆が沸きますわ。ええ、こいつら、自分達より名誉ある連中が嫌いな割に、自分達が名誉を得るのは大好きなんですのよ。醜い矛盾ですわぁ……。

「また、大聖堂として『貴族への陳情』を行います。……最近は各地で増税が相次いでいます。スライムによる食害が理由として挙げられていますが、私が各地を巡った限りでは、どうも、それだけが理由ではないように見受けられたのです」

さてさてさて、いよいよキーブの言葉も佳境ですわ！　私、大いに期待して聞いちゃいますわ！

「貴族とは、民の上に立ち、民のために働き、民を正しく導く立場であるはず。であるならば……私腹を肥やすために働く者は、貴族にあらず！」

ダン、と長杖を床に突き、怒りと覚悟を露わにしたキーブの姿に、民衆から歓声が上がりましたわねえ！　ええ、本当に、キーブったら、民衆を導く理想の聖女そのものですわ！

「貴族院に対し、貴族の行いを顧みるようにと陳情を行います！　……私は聖女としての務めを果たす聖女でありたい。この国の民が幸福に生きられるよう、正しき行いを貫く者でありたい。そのためにどうか、皆様のお力を今後もお貸しください！」

会場はもう、拍手と歓声とキーブを讃える声とでいっぱいでしたわ。私も思いっきり、拍手してましたわ。

間違いなく、キーブは歴史書に名を残すことでしょう。勿論『歴代最高の聖女』として、ね！

……まあ、彼、男の子なんですけれど、そんなのどうでもいいことですわねえ！　おほほほほほほ！

……ということで、始まりましたわ。

何が始まったって、聖騎士の採用試験が始まりましたのよ。

「楽しみですわねえ、お兄様」

「ああ、そうだな。まあ、我々が落ちるとは思えないが、全力を尽くそう」

「俺も剣は苦手だが……まあなんとかなるだろう」

当然、この採用試験、私達も参加しますわ。そして聖騎士の座を獲得して、キーブと接触できるようにしなくてはね！

まあ、私達が試験に落ちるわけが無くってよ。私は剣一本で学園の武術大会を優勝し続けてきていますし、お兄様もそれは同じでしてよ。私達があまりにも他の貴族の子弟をぶち負かして勝ちまくるモンですから、遂に学園の武術大会は『男子の部』『女子の部』『フォルテシアの部』で分けられましたわ。私、お兄様が卒業されてからはずっと、毎年不戦勝でフォルテシアの部の優勝、っていう名誉だか不名誉だか分からない実績を挙げていますのよ……。

けれど一方、ドランはちょいと、心配そうですわね。それもそのはず、彼、普段は徒手空拳で戦っていますもの。

人狼の力がある分、徒手空拳でもまるで見劣りしない戦い方をしてくれるわけですけれど……まあ、今回は聖騎士の採用試験ですから、剣を使わないわけにはいかなくてよ。

「ひとまず頑丈なだけが取り柄、という剣をジョヴァンに用意させた」

……ええ。ドランが携えている剣は、なんか、こう……鈍器、ですわね。ほぼほぼ刃が無いですわ。切れ味とか多分、まるで考えてませんわよこれ。ただ、刃渡りだけはとんでもなくありますし、それに伴って重量もアホほどあることでしょうね。ええ……まあ、つまり、鈍器ですわッ！

「これでなんとかなるだろう」

ドランはため息交じりにそんなん言ってますけど、ええと……ええ、もういいですわぁ……。

「ところでチェスタ。あなたは参加しませんの？」

「え？　俺？　いや、俺は……うー」

チェスタも参加するかしら、と思っていたのですけど、チェスタは複雑そうな顔して唸って、それから諦めたように、ごろん、とソファに寝っ転がりましたわ。

「剣使って騎士サマみてーに戦える自信ねーから、やらねー」

……あ、そうですわね。義手の仕込みナイフと薬中ラリラリ拳で戦うチェスタは、聖騎士に擬態できそうにありませんわぁ……。

……他にも『騎士』への複雑な思いがあるような気がしますけれど、そっとしておきましょうね。

さて、そうして迎えた試験当日。私達全員、しっかりフルフェイス甲冑を着込んで大聖堂に行ってみると、そこにはもう、多くの騎士が詰めかけていましたわ。

聖女を守る聖騎士になることは、大変な名誉ですもの。多くの者がその名誉を求めてここへやってきている、というわけですわね。

当然、その中には今までここで聖騎士として働いていた者達も居ますわ。『自分の実力をお見せする機会を得た！』って堂々としてる奴らと、『何故自分がこんな目に……』ってションボリしてる奴らがいて面白くってよ。前者は実力で聖騎士になった者達でしょうし、後者は貴族だからって理由で裏口就職した奴らでしょう。

ま、いい機会ですわ。貴族に生まれて良い武具と学びを得ながらも平民に負ける貴族なんて、キーブを守る役目に就かせられませんものねえ！　おほほほほ！

……さて、私達がそわそわしながら待っていると、大聖堂のテラスにキーブが現れましたわ。今日も雷の結界を張って、万全の態勢ですわね！

それからキーブはざっと、試験の説明をしてくれましたわ。

今回の試験は、敗者同士も戦って順位を決めていくトーナメント戦。上から五十名ほどを採用し、それとは別に、トーナメント上位三名を聖女直属の聖騎士として起用する、とのことでしたわ。

「あら、枠の数と私達の人数、ピッタリですわね」

「ふむ。中々粋な計らいだ！」

ま、キーブが期待してるってことですものね。存分にその期待に応えて差し上げますわよ！

そうして始まったトーナメント戦ですけれど、まー、最初の方は酷いモンでしたわ。

記念受験の平民共ったら、全く歯ごたえがありませんのよ……。私、二秒で間合いを詰めて一秒で相手の剣を弾いて一秒で相手の喉に剣を突き付けて……って具合に、一戦あたり五秒かからず終わっちゃいますの。楽しくないですわ！　まるで楽しくないですわ！　もっと強いのと戦いたいですわ！　私、勝つことが大好きですけれど戦うことだって大好きなのですわーッ！

チラッと見たかんじ、お兄様も似たようなものでしたわ。細身の剣を巧みに操っては相手を武装解除すらせずに喉だの目玉だのに剣を突き付けて一本を取っていますわねえ。

……そして、ドランはとんでもなかったですわ。

「はっはっは！　あれは中々愉快な戦い方だな！」

「鈍器ですわ！　やっぱりあれ剣じゃなくて鈍器ですわ！」

私とお兄様が観戦する先で、ドランは例の『丈夫なだけが取り柄の剣』をぶん回して、相手の剣を弾き飛ばしたりへし折ったりしてましたのよ。

鈍器って普通、一撃一撃が重くて強い代わりに、細身の剣のように素早くは扱えない、っていう武器ですわね。……けれどドランにはそういうの、ありませんの。ええ。ドランったら、要はぶっとい鉄の棒でしかない剣を、細身の剣か、下手すると短剣やナイフと同じくらいの感覚で軽々と振り回しますのよ。マジありえなくってよ。

「是非彼と戦ってみたいものだな」

「ええ、私もそう思ってますのよ」

ドランはもう、明らかに他の参加者達に敬遠され始めてますけど、フォルテシアからの人気は高くってよ！　ええ、私もお兄様も、強いのと戦うの、大好きですもの！

そうして適当に戦ってるだけで、私達、上位四名の内に食い込みましたわ。ええ。当然ね。男子女子フォルテシアの区分を作らせた私とお兄様、そして鈍器をスイスイぶん回す人狼にかかれば、このくらい朝飯前ってモンですわ！

まあ、上位四名、っていうことは、私とお兄様とドラン、誰かは敵同士になるのですけれど……

今回はそれ、私とお兄様でしたわ！

「お兄様、手加減は無しよ！」

「ああ、分かった。可愛い妹の頼みだ、全力で相手をしようじゃないか！」

聖騎士候補達が興味津々で私達を見つめる中、私とお兄様は向かい合って……それから一緒にキーブヘウインクしましたわ。キーブとしては、私はともかく、お兄様のことは知らないはずですから、心配そうにしてますの。『どうかヴァイオリアが勝ちますように』って一生懸命お祈りしてくれてますわ！　可愛いですわ！　可愛いですわ！　可愛いですわ！

……そして、互いに剣を構えたら……一秒後には、互いの剣がぶつかり合っていましたわねえ！


それから私とお兄様は、楽しく舞踏するような気持ちで武闘を繰り広げていましたわ。お兄様と手合わせするのは久しぶりですもの。もう、楽しくって楽しくって仕方ありませんでしたわ！

こちらが喉を狙って剣を繰り出せば、お兄様はそれを寸前で躱して、代わりに私の目玉を狙って容赦なく剣を繰り出してくるんですのよ。もう、一瞬一瞬が綱渡りのような心地ですの。このスリルと緊張感、たまりませんわぁ……。

けれど、楽しい時間は永遠には続かないものですわね。最後は力の差で競り負けて、私の剣が弾かれていましたわ。ああ、もうちょっと握力を付けなくてはね。

「いやはや、腕を上げたな、ヴァイオリア」

「お兄様こそ。楽しかったですわ、とっても」

やっぱりお兄様には勝てませんわねえ。ええ、去年の夏休みに戦っていた時は凡そ勝率二割ってトコでしたもの。もっと強くなりたいですわぁ……。

私達はにこやかに歩み寄って握手して、ステージを下りましたわ。ええ、とっても楽しかったから、終わっちゃうのは残念ですけれど、まあ、しょうがなくってよ。それに、まだまだ戦う機会はありますわ。まずは……テラスで『ヴァイオリアが負けちゃった！』っておろおろしてるキーブを安心させるためにも、三位決定戦は華やかに勝利を見せてあげなくてはね！


ドランはあっさり勝ちましたから、当然、私の対戦相手はそこらへんの騎士でしたわ。でも、ボチボチ楽しめましたわね。ええ。

まあ、お楽しみもそこそこに、私は相手の隙をついて剣を弾いて、無事に勝利を収めましたわ。キーブがものすごくほっとしている様子が見えましたわ。心配かけてごめんなさいね。

さて、そしていよいよ決勝戦。ドランとお兄様の対戦、だったのですけれど……あんまり多く語ることはありませんわ。とりあえず、二人とももものすごーく楽しそうだった、ってことと、二人とももものすごーく強かったってことは確かですわね。

そしてその結果、お兄様が優勝なさいましたの。後日、お兄様に聞いてみたところ、『もしドランが徒手空拳で戦っていたら負けていたかもしれないな』とのことでしたわ。まあ、慣れない武器を使ってお兄様にあそこまで対抗していたんですから、やっぱりドランってバケモンみたいな戦闘力ですわねえ。うーん、私もウカウカしてられませんわ！


まあ、そうして無事、聖騎士採用試験が終わりましたわ。私とドランとお兄様がキーブの部屋に案内されましたわ。……そして、そこで私達、ようやくフルフェイス兜を取りましたのよ。

「えっ、あの、兜、取っちゃっていいの？　……え？　あれ？　ヴァイオリアの男版……？」

「キーブ。キーブ。それ、チェスタと同じ感想ですわよ……？」

キーブはお兄様を見て目をぱちぱちさせていましたわ。まあ、よく似た兄妹だってよく言われますから、気持ちは分からないでもないですわ！

「君がキーブか。妹が世話になっているようだな。菓子折りだ」

「え、あ、どうも……じゃなくて！　え⁉　ヴァイオリア、何？　お兄さん居たの⁉」

「ええ。こちら、コントラウスお兄様ですわ！　私より強い、フォルテシア家自慢の長男ですの！」

混乱するキーブにお兄様を紹介しますわ。『空間鞄の違法改造の第一人者』とか『学園の武術大会が男子女子フォルテシアになった原因』とか『六歳の時点でチンピラをボコボコにしてお小遣いを巻き上げていた』とか、お兄様のエピソードをいくつか紹介したら、もう、キーブは納得と悟りの境地に到達しちゃいましたわ。

「……まあ、またとんでもない奴が仲間になった、ってこと？」

「ええ。そういうことですわ！」

『とんでもない奴』は誉め言葉ですわね！　私もお兄様もニッコニコですわ！

「僕はチェスタが来るかな、って思ってたんだけど。チェスタ、何かあったの？」

「あいつは剣で戦うってのがダメらしいんですのよねえ」

ラリラリ拳のチェスタよりはお兄様の方が聖騎士に相応しいですし、問題はありませんわね！

それからキーブといくらか打ち合わせして、それから叙任式に臨みましたわ。

私達はキーブから直々に剣を授けられ、いよいよ聖騎士としての身分を手に入れたのですわ！

尤も、聖騎士としての働きなんざしませんけれど。おほほ。まあ、何はともあれ、これでキーブを含めて作戦会議ができますわ。よかったですわ。

叙任式から戻ったキーブと『直属の騎士三名』、すなわち私とドランとお兄様は、早速、聖女の執務室でお茶を楽しみながら作戦会議ですわ。

聖女のお部屋って海に面した大窓があるんですのよ。ですから、エルゼマリンの青い海と青い空を眺めながら、優雅にティータイムと作戦会議を楽しめるんですの。正に淑女のための時間と空間ですわ。まあ、私以外、聖女含めて全員野郎ですけれど……。

「まず、大聖堂では民意を動かしてほしいんですのよ」

最初に決めるのは、いよいよ革命に向けて動く、となった時の下地作りについて。

ここまで主に貴族に対して攻撃を仕掛けてきましたし、水面下でしっかりその効果が出ていますけれど、やっぱりそれだけじゃあ足りなくってよ。国をひっくり返すなら、ひっくり返った後の国が混乱しないように気を付けておいた方が賢いってモンですわ。

「民意がある程度動いていれば、国のトップがいきなり消えても賛同が得られるでしょう。その後に就く者が誰であれ、『以前の王家と貴族連中よりはマシ』と思わせられるよう、今から手を打っておくべきですわ」

「分かった。大聖堂はそういう方針で動くよ。……この辺りについて、丁度、僕からも報告したいこと、いくつかあったんだ」

キーブは頷くと、ちょっと机の方へ移動して、その引き出しから手紙らしいものを持って戻ってきましたわ。

「これ。聖女様宛てに来た手紙」

不穏ですわねえ、と思いながら、私達、それぞれにキーブ宛ての手紙を読みますわ。

……簡単に言っちゃいますと、貴族連中からの『聖女様、是非我々と仲良くしましょうね！』って内容でしたわ。もうちょっと深掘りすれば、貴族への支持を手に入れたい、最低でも貴族院を攻撃しないでほしい、そしてあわよくば……『民衆の支持を集めている聖女と婚姻関係を結んで貴族の基盤をガッチリ固めたい』っていう欲望が透けて見えていますわ！　あらあらあらあら、あんにゃろうども可愛いキーブに粉掛けてやがりますわ許しませんわ絶対に許しませんわァーッ！

「殺しますわ」

「読んだ感想がそれなんだ……」

キーブに手紙を返しつつ率直な感想を述べたら、キーブに呆れたような、ちょっぴり嬉しそうな、複雑な顔されちゃいましたわ。でもこういう顔も可愛くってよ。

「……まあ、会食への誘いばかり来ているようだが、これらは『清貧を良しとする大聖堂の者が贅を尽くした会食などに参加するわけにはいかないので』とでも返答してやればよいだろうな」

「そうよ、キーブ！　貴族連中なんて振っておやりなさいなッ！」

「元々そのつもり。あいつら、僕が男だって知らずにデレデレしやがってさあ。気持ち悪いんだよ」

キーブが『けっ』てやってますわ。やさぐれてますわ。こういう顔も可愛いですわ！

「ではキーブはそのように動いて頂戴な。貴族に対して敵意を表明している分には、民衆は喜ぶだけでしょうし、支持率はあんまり気にしなくてよくってよ」

何せ民衆は何も考えてませんもの。大聖堂と貴族院ないしは王家の対立って、国からしてみりゃ一大事なんですけれど、それを傍観者気取りで眺める民衆は、精々ドラゴン同士の相撲を観戦するくらいの気分でしょうから。実際はそのドラゴン相撲の土俵が民衆なのですけど、自分が踏み潰されて死ぬこと考えられる奴らはもう成り上がっているから平民じゃないんですのよねえ……。

「分かった。そういう風に動くよ。さっさと国家転覆しないと、僕、聖女を辞任できそうにないし、その間ずっと第七王子の相手してやるのも面倒だし……」

「は？」

……なんか今、一瞬、変なこと聞こえませんでしたこと？　第七王子？　それって、あの……？

「ほら、この手紙と、こっちとこっち。ダクター・フィーラ・オーケスタからのやつ」

私、キーブがくれた手紙を、改めて読みますわ。

『聖女キーブ・オルド様。遅ればせながら、この度は聖女就任おめでとうございます。あなたの魔法の才覚と清らかな心がこの国をより良い方向へ導くことを大いに期待しております。白百合の如き聖女の誕生に、民衆が心を躍らせていることは勿論でしょうが、私自身も同様の心地です。是非一度、貴女に直接お目にかかる機会を頂きたい。晩餐に招待したいのですが、以下の日程のご都合はいかがでしょうか。お返事をお待ちしております』

……まあ、こういう文章でしたわ。ええ。ただ、ごはんに誘ってるだけと言えばその通り。しかし、第七王子がわざわざ直筆でこんな手紙を送ってきた意図なんざ、ただ一つ。

……あの野郎。私と婚約破棄した以上、次の婚約者を探す必要があって……それで、キーブに、よりによってキーブに、手ェ出そうと、してやがりますのね……？

「殺し！　ますわーッ！」

「あ、やっぱり感想ソレなんだ」

キーブが楽しそうにけらけら笑ってますけど、笑い事じゃァーなくってよ！　あんちきしょう！　殺しますわ！　絶対に！　殺しますわ！

「ね、ヴァイオリア。第七王子ってヴァイオリアの元婚約者だったんでしょ？」

「ええ！　そうでしたわねッ！」

「ふーん……やっぱりまだダクターって奴のこと、気になる？」

……あら。キーブったら、随分と不思議なことを聞きますのねえ。

「そうねえ……気になると言えば、気になりますわ。何せ、私はあいつを殺すと決めましたもの。殺す前に死なれちゃ興ざめですし、幸せそうにしてたらぶちのめしてやらなくてはなりませんし」

当然ですわ。私、やられた分は倍以上にしてお返ししてやる主義ですのよ。

ダクター様については当然、私を裏切ったことをしっかり後悔していただかなくてはなりませんものね。そういう意味で、動向が気になるってのはそうですわねえ……。

「あのさ、ヴァイオリア。それって……その、嫉妬、とか？」

「……は？」

「その、ダクターって奴のこと、気になるのって……一応、婚約者だったわけだし……」

……あらあらあら。私思わず、ぽかんとしちゃいますわあ。

ちょいと隣のドランを見てみたら、なんと、彼もちょいと心配そうな顔してましたわ！

「あ、あのね？　キーブ。あと、ドランも。あなた達ね、心配には及びませんわよ？　私、ダクター様に思い入れがあるとは言っても、それ、殺すための思い入れですのよ？　決して、元婚約者故に情が残っていて殺すのに躊躇いがあるだとか、情があるからこそ嫉妬に狂って殺すだとか、そういうお話じゃーありませんのよ⁉」

「そうか。なら、いいが……」

ドランが『そういうことなら』って顔で頷く向かい側で、キーブはまだちょっぴり不安そうな顔をしてますわ。ああ、まったく、仕方のない子ですこと！

「……それにね、キーブ。あのね。私、ダクターとあなたとどちらが大切か、と言われたら、すぐにあなたの方が大切だと答えられますのよ」

ですから私、キーブの手を握ってちゃんと伝えておきましたわ。伝えておくべきことはきちんと言葉にして伝えておくに限りますものね。

「……ふ、ふーん。そう。まあ、あんな王子より絶対に僕の方が役に立つし」

キーブは少し目を瞠った後、さも当然、というような顔を作って、嬉しそうにし始めましたわ。

可愛くってよ。これだからこの子、可愛くってよ！

「キーブ。一つ、頼まれてくれないか？」

私がキーブを可愛がっていたら、お兄様が唐突に、そう言い出しましたわ。何かしら、と私とキーブが首を傾げていると、お兄様は薄く笑って、私と同じ赤い目を細めて、仰いましたのよ。

「私としては、可愛い妹に婚約破棄を突き付けたドブネズミが新たな婚約者を探して楽し気にしている様子を『いずれ殺すから』と許してやる気にはなれないのでな。ヴァイオリアのためだとは言わないが、ダクターに嫌な思いくらいはさせてやりたい」

あらあら、お兄様ったら、大人げのありませんことねえ。でも、私のことを大切にしてくださるのは嬉しくってよ。それに、お兄様が楽しそうだから私からは何も言わないことにしますわ！

「どうだ？　こういったことは嫌いかな？」

「任せてよ。僕、そういうの好きだから」

そしてこちらは年相応に大人げないキーブがなんとも楽しそうににんまり笑って乗って、お兄様と握手しましたわ。早速打ち解けたようで何よりですわね。

……ダクター・フィーラ・オーケスタ。私の元婚約者にして、私を裏切り、フォルテシアを陥れたクソ野郎。

あいつを殺すのは最後にしてやりますけれど……痛い目くらいは、今すぐに見せてやることになりそうですわねえ。うふふふ……。

そういうわけで私達の顔合わせと作戦会議はこれにて終い。後はティータイムをゆっくり楽しんで、更にその後は聖騎士として、大聖堂の宿舎でお泊まりしますわ！　おやすみなさいましっ！

一晩ぐっすり眠ったら早速起きて、聖騎士として擬態しながら過ごしますわ！　朝食は各々食堂で摂ることになっていましたけれど、私とドランとお兄様はフルフェイス兜を脱いだら正体がバレますものね。食堂でなんて食べてられなくってよ。

「キーブ！　朝食にご一緒してもよろしくて？」

ということで私達はキーブの部屋に集まることにしましたわ。ここなら他の者達は入ってきませんし、入ってくるにしても絶対にノックしてから入りますから、その隙に兜を被って誤魔化すくらいはできますわ！

「しょうがないなあ、どうぞ」

キーブはそんなことを言いながら嬉しそうに私達を招き入れてくれましたわ。よかったですわぁ。

「……これは第七王子に出す返信か？」

「そう。一応、コントラウスに見てもらってから出そうと思って」

「どれ。そういうことなら一つ、見せてもらおうか」

お兄様は早速、キーブが書いた手紙を読み始めましたわ。

「ほほう……『ダクター・フィーラ・オーケスタ様。此度はお手紙をどうもありがとうございます。殿下のお心遣いに大聖堂一同、感謝申し上げます。さて、お誘いの件ですが、その日は丁度、開拓地への慰問を予定しておりますので、午後からでしたらお誘いに応じられます』……ふむ、まあ、大筋はこれでよいだろう。所々、文章を添削しておく。それで書き直せば問題ない」

お兄様が手紙の内容に少々ペンを入れて、キーブはそれを見て『なるほどね』なんて頷いてますわ。彼の素直に学ぶ姿勢、とってもいいと思いますのよ。

「それで、お兄様、キーブ。これどういう作戦ですの？　私にも一枚噛ませてくださるのかしら？」

なんだか楽しそうな二人に聞いてみたら、にんまり笑って答えてくれましたわ。

「僕を婚約者候補として見てるのって、まあ、聖女を引退したら、の話でしょ？　聖職者に婚約だ何だっていうのはご法度なはずじゃん」

「だからダクターには『聖女を必死に口説き落とそうとする慎みの無い愚か者』として有名になってもらう。少々行き過ぎな程、聖女に熱を上げている、とな」

あらぁ……つまり、醜聞を生み出す、っていうわけですのね？　それは面白そうですわ！

「婚約破棄騒動についても、ヴァイオリアの演説でちょっとダクターへの不信が増してるわけだし、ここでもう一押ししておいたらいいんじゃないかって思って」

成程ね。確かに、今後の革命のことを考えても悪くなくってよ。

今、貴族達の力はどんどん弱まっていますけれど、王家に直接の打撃はまだ、碌に与えていませんものね。あの王家にはできないとは思いますけれど、万一、弱った貴族を接収して王家の力を増すような立ち回りをされると厄介ですから、ここらで一度、王家の印象も悪くしておいた方がいいでしょう。

ダクターが見苦しくも聖女キーブに粉掛けてる、なんて知れ渡ったら……ましてや、それに対して聖女は迷惑している、ともなれば……ふふふ、楽しみですわねえ！

ただ……これ、一つ問題がありましてよ。

「それは素敵ですけれど、キーブ。それ、あなたの負担が大きいんじゃなくって？」

ええ。何と言っても、キーブの負担が大きくってよ。この役目、キーブ以外には務まりませんし、キーブは一人でダクターの気を引いて、ダクターに迫られて、それに困ったふりをする、という演技が求められますもの。

……でも。

「別に。ヴァイオリアのこと裏切った奴に恥かかせてやるためだから、むしろ楽しみだけど？」

「まあ……」

キーブったら、健気にもこういうことを言いますのよ！　益々可愛いですわねえ！

「そういうわけだ。ダクターに一泡吹かせてやろうではないか！　ふはははは！」

高笑いのお兄様と、『じゃあ早速手紙を出さなきゃ』といそいそ机へ向かうキーブ、そして、やれやれと呆れ顔をしながらも止める気は全く無さそうなドラン。……うーん、この面子でかかるんですもの。ダクターの醜聞が新聞の一面を飾るのは間違いありませんわねえ。おほほほほ。

さて。そうして、約束の日がやってきましたわ。

一応、手紙に書いた通り、キーブは午前中、開拓地の慰問に訪れていましたわ。……まあ、この子の場合、慰問っていうよりは、開拓のお手伝いそのもの、なのですけれど。

キーブは魔法を駆使して建物の建設を手伝ったり、畑への水撒きを一瞬で終わらせたり、はたまた土地を耕したり……と八面六臂の大活躍ですわ。こういう時、魔法使いが如何に素晴らしい存在かがよく分かりますわねえ。

こういう風にくるくる働くキーブのことは、開拓地の民衆も皆、大好きですわ。大好きなキーブが自分達の助力で聖女になったのですから、もう、応援しないわけがありませんの。
……ということで、キーブはこの開拓地で夕食のお誘いも受けたのですけれど、『今日の夕食は
ダクター王子に招待されているから』と断りましたわ。
民衆は『王子様に招待されるなんて、やっぱり聖女様はすごい！』なんて反応をしていましたけ
れど……キーブが少し浮かない顔をしているのを見て、皆、心配そうになってきましたわね。
ここでキーブはぽつり、と、『王子様からの誘いを断るわけにはいかないし、かといって気楽に
行くわけにもいかないから、気が重いんです』と零して……ええ。ここで、キーブがダクターとの
会食に乗り気じゃないことをこっそりと、しかし確実に知らしめていきますわ！
あくまでも、ダクターが一方的にキーブに惚れるだけ！　キーブはダクターのことを、むしろ迷
惑に思っている！　そういう筋書きですから、この開拓地の民にはその証言者になってもらいま
しょうね！　おほほほほ！

開拓地をお昼過ぎに出たら、早速、キーブは王都へ向かいますわ。
普通、昼過ぎにエルゼマリン近辺を出たら、王都へ到着するのは翌々日なのですけれど……キー
ブにはドラゴンがありますものね。ええ。私達聖騎士三人衆は元から王都に居た、ということにし
て、キーブの鞄に入れてもらって運ばれましたわ。
キーブは宿を取って、その部屋の中で私達を出して……さて、ここでお着換えですわ。
「一応、王子様との会食ですもの。清貧を貫きつつも最低限は盛装していくべきですわ」
「それ、ドレス？　……まあ、仕方ないか。ダクターを騙して引っかけるためだし」

キーブはドレスにうんざりした顔をしていますけれど、でも、今回ばかりは割り切っているようですわね。ええ、彼、ダクターの醜聞づくりにとってもやる気ですのよ……。

「やっぱり紺のドレスは地味ながら清楚でキーブの魅力を大いに引き立てますわねえ。襟は高いものにして、首筋は隠しておきますわね。ああ、そうだ。アクセサリーは真珠にしましょう。エルゼマリンの特産ですし、あなたが持っていてもおかしくない品ですもの」

ということで私もやる気ですわ。キーブを思う存分、飾り立てますわよ！　キーブは何もしなくたって女の子に見える綺麗な子ですけれど、飾ればもっと綺麗になりますのよねえ。ふふふ、飾り甲斐がありますわあ……。

「聖女が着飾るのって、おかしくない？」

「そうね、礼儀としてこの程度ならおかしくありませんわ。それに、多少着飾った方がダクターに『勘違い』させられて丁度よくってよ」

真っ当な聖職者なら、非公式な場であっても王族相手なら、あまりに華美な服装は控えるでしょう。キーブの今までの言動から考えても、華美な恰好はあまりにも不自然ですわ。……でも今回は、ダクターが『普段着飾ることの無い聖女キーブが頑張って着飾ってきた』と勘違いする絶妙なところを狙っていかなくてはね！

ということで、キーブのお着換えも終わったところで王城へ向かいますわ。私とドランとお兄様は、フルフェイス甲冑でキーブの護衛騎士として同席しますわよ。

「ようこそ、聖女キーブ様」

王城の門を抜けてすぐ、出迎えにやってきたダクターと会えましたわねえ。ダクターとしては、ここで何としても聖女をひっかけておきたいんでしょうから、気合の入りようが凄まじくってよ。この熱意、私が婚約者やってた時にも出してほしかったモンですわぁ……。

「遠路遥々、お疲れ様でした。それとも、貴女にかかれば王都と大聖堂との距離など、一足でしょうか？」

「ええ。ドラゴンが運んでくれますから、大した負担ではありません。どうぞ、お気になさらず」

キーブはそつなく微笑んで、ダクターのエスコートを受けつつ城内へ入っていきますわ。私達も早速、キーブの後に続いていきますわよ。……城内に城のものではない武力を入れることに、城の騎士達は若干の抵抗があるでしょうけれど、私達は全く気にせず入城しますわ！　これが当たり前って顔していれば、案外、当たり前に通してもらえるモンなのですわ！

キーブが通されたのは、城の中庭ですわね。王族が非公式な会食を行う時によく使われますわ。私も何度か使いましたけれど……あの時より更に豪華になってますわねえ。これ、フォルテシアから巻き上げたお金で飾り直したのかしら。いよいよ火を掛けたくなってまいりましたわぁ……。まあ、今放火するわけにもいきませんものね。ええ、ディナーはじっくり調理してこそ、美味しく食べられるものですわ。食べ頃になるまでしっかり待ちますわよ。

「お会いできて光栄です、聖女キーブ。こうして実際にお会いしてみると、やはり噂以上ですね」

「え？」

「あなたの魔術の才も、ドラゴンを従える凜々しさも、美貌についても、噂には聞いていましたが……こうしてお会いできて本当によかった。本日は是非、貴女が各地を巡っていた時の話を聞かせてください」

美貌だの見た目だのに留まらず、才能や功績についても讃えてくるあたり、手慣れてますわねえ。ええ、キープを警戒させないように、ということなのでしょう。尤もそんなことしても無駄ですけれど！　何せキープはもう私のですわ！　表面上そうは見えなくても、もう内心ではダクターに向かって舌出してるところですのよ！　おほほほほほ！

それから食事が出されるまでは当たり障りのない会話に終始しましたわね。大聖堂の様子はどうだ、とか。聖女としての業務には慣れてきたか、とか。キープはそれに、緊張しつつ、恥じ入りつつ、上手に回答していきますわ。あくまでもキープは緊張しているだけ、とも見えますけれど、期待しているダクターからしてみれば、『王子に見初《みそ》められて恥じ入る乙女』に見えていることでしょう。ええ。精々勘違いなさいな。

続いて出された食事は非公式な場らしく、あまり格式張っていなくて、軽めのものでしたわね。色鮮やかな野菜にフレッシュチーズを重ねてケーキのように仕立てた前菜に、トマトのスープ。あっさりと蒸した鯛に、ホタテのソテー。デザートは爽やかなオレンジのケーキ。

……聖職者を招く晩餐であることからか、肉っ気を除いてありますわね。まあ、無難な対応でしてよ。それでいて見た目の華やかさを損なわないのですから、流石はお城のお食事ですわ。

キープはダクターとそつなく会話しながら食事を進めていきましたわ。あくまでも、王子という権力者に呼び出されて緊張している聖女、という体でいますけれど、聖女に手ェ出せると思ってる浮かれポンチは存分に勘違いしていることでしょう！

「次回、またお誘いしても？」

「ええ……その時は喜んで、馳せ参じます」

食事の終わりにそんな約束をして、キーブはにっこりと完璧な愛想笑いを浮かべて……ダクターに見えないところ、かつ、城の騎士や使用人達には見えるところで、そっと、暗い表情でため息を吐きますの。

さあ、これが一度ならず、二度、三度と続いたらどうなるかしらね？


……それからも、ダクターの誘いは続きましたわ。

なんと、三回。たった十日の間に三回ですわ！　これはもう、あからさまですわね。あからさまに、キーブを狙っている、と言っているようなものですわ。それに、様子を見る限り、ダクターは明らかにキーブに好意を寄せていますわねえ。今まではキーブの肩書きが自分に相応しいから、という理由でキーブを狙っていたのでしょうけれど、今はキーブ個人を気に入り始めている、というところじゃないかしら。

前回の食事の時は、『いつも遠路遥々呼びつけてしまって申し訳ないから』なんて理由を付けて、白百合をモチーフにしたネックレスを贈っていますのよね。聖職者にアクセサリーはどう考えても贈っちゃいけないヤツなのですけれど、王子から直々に下賜されたものとなれば、断るわけにもいきませんわ。キーブは一応、喜んで受け取るふりをしておいて、それから帰ってきて、すごい早さでジョヴァンに『これ売っといて！』と横流ししてましたわ。

と、まあ、本格的にダクターがキーブにお熱になってきたところで、キーブは動きますのよ。

「最近、ダクター殿下からのお誘いが多くて……でも、王子からのお誘いともなれば、お断りするわけにもいきませんし……」

キーブがため息交じりに大聖堂の中で他の聖職者達に零せば、彼らは『可愛いキーブちゃんが困っている！』と大いに反応してくれましたわ。

「ああ、聖女様、大変ですねえ……」

「もう、お誘いはお断りしてしまってもよいのではありませんか？　大聖堂で行事がある、ということにして……」

こうして少しずつ、大聖堂の中や開拓地なんかで、キーブが『王子がしつこくて困っている』と零していって、証拠を固めておきますわ。その一方で、ダクター相手にはあくまでも愛想よく、『王子に見初められたことを喜んでいる』ような素振りで接してもらって、そうしている間に、キーブと王子の噂は、民衆だけじゃなくて、貴族にまで伝わるようになって……そして、遂にその時が来ましたわ。


「お嬢さん、お嬢さん！　ほらほら、楽しい新聞が出てたから買ってきたぜ！」

私がアジトに居ると、ジョヴァンが嬉々として新聞持ってやってきましたわ。

「あら……まあ、素敵！」

そして記事を読んで私、思わずニッコリですわ。

何といっても、その記事の大見出しが『第七王子ダクター・フィーラ・オーケスタ殿下、聖女を狙う』となっていて、小見出しに『婚約破棄から半年足らず！　恋多きご性分！』だとか『引退前の聖女との恋愛は許されるのか？』だとか、『関係者に突撃取材！　聖女は困っています！』だとか、『王子は聖女への愛を密かに告白していた⁉』だとか、そういう文が並んでいますわ！

しかも、こうした新聞はこの一社だけから出ているわけじゃーなくってよ。醜聞が好きな性質の新聞社はこぞってこれを取り上げていますし、割とお堅めの新聞社からも、多少は『ダクター王子が引退前の聖女に手を出そうとしている件について』の記事が出ていますわ。

……そう。この記事を各新聞社へ匿名で流したのは私ですの！　こんな美味しい醜聞、どの新聞社も食いつかないわけがなくってよ！　計画通りですわ！　おーほほほほ！

『ダクター王子が聖女に手を出そうとしている』という事実はこうして国中に広まっていきましたのよ。特に、聖女キーブはかつてないほどに民衆の心を集めている聖女。国民全員が『可愛いキーブちゃんに手を出そうとするなんて、あの王子は！』と怒り狂いましたし、王家はこれには困ったはずですわねえ。

勿論、これについてダクターは開き直っていましたわ。『聖女とは良好な関係を築いているが、噂されるようなことは全く無い。だが一方で、歴代の聖女が引退後に結婚した例は多く、キーブ・オルド個人との関わりが否定される謂れは無いと考える』と表明して、火消しに臨みましたのよ。まあ、要は、開き直って『キーブちゃんに好意を寄せていますけれど何も問題ないよね？』って言ってるわけですわねえ。

……でも、それを受けて、キーブからも声明を出しましたの。

『王家からの誘いということもあり晩餐の招待を数度受けたが、ダクター殿下個人に何か思いがあるわけではない。聖職者として、今後いかなる男性とも恋愛関係になるつもりはない』とね！

ええ、これでまた、火に油が注がれましたわ！　キーブからはダクターへ手紙で直接『この度はこのような騒動になり申し訳ございません。今後、このような噂にならないよう、以降の個人的なお誘いは全てお断りさせていただきます』と伝えてありますから、ダクターはこれ以上、キーブにちょっかい掛けられませんわね！

……こうして公の場でフラれることになったダクターは、あちこちで大いに噂されることとなりましたわ。醜聞大好き新聞社は『婚約破棄に次いでまたも手痛い失恋！　ダクター王子の次の婚約者候補は誰だ！』と騒いでいますし、比較的王家寄りの新聞社でさえ『今回のことはダクター王子の個人的な行動によって生じた誤解であり、王家と大聖堂の仲は良好』と報じて、遠回しにダクターを切り捨ててますわ。王家寄りの新聞社って、あくまでも王家寄りなだけであって、王族個人に寄り添ってはくれませんのよ！

更に、『ヴァイオリア・ニコ・フォルテシアとの婚約破棄騒動も、ダクター王子に非があったのでは？』なんて噂されるようにもなってきて、私としては楽しい限りですわ。

……別に私、被害者ヅラしたいわけじゃ、ありませんの。

でもね、私を陥れた連中が嫌な思いをしてくれるなら、多少は被害者ヅラしてやることもやぶさかではありませんわっ！

「ちょっぴりすっきりしましたわぁ。うふふ」

ということで私、勝利のティータイムですわ！

場所はキーブの執務室。大聖堂の特等室ですわね！　ああ、今日も窓から見える海と空がとっても綺麗。そして机の上に並べた各社の新聞を見ながらのお茶の美味しいこと美味しいこと！

「これでダクターはしばらく謹慎だろうな。王家としては、ダクターを切り捨てたい考えだろう。連中は大聖堂との繋がりを保ちたいだろうからな。聖女の不興を買った第七王子をわざわざ野放しにしておく理由も無い。第七王子への処分を下したことを手土産に、大聖堂へ取り入ろうとしてくるはずだ」

お兄様は如何にも楽しそうにそう仰って、優雅にティーカップを傾けておいでですわ。考察は中々に鋭くて残酷ですけれど、私も同意見ですわね。多分、ダクターは今、王城の中でも立場が悪くなっているはずでしてよ。ただでさえ価値の低い第七王子がそうなったら、中々大変でしょうねえ。おほほほほ。

「へー。じゃあ、僕は『王家なんてお断り』ってことで、いいんだよね？」

「ええ、勿論！　これから先、大聖堂は貴族からも王家からもそっぽ向いて頂戴ね。そうすることで王家にも貴族院にも、揺さぶりをかけることができますわ。そうやって貴族院に隙が生じれば幾分やりやすくなりますものね」

キーブを撫でつつそう言えば、キーブはまんざらでもなさそうな顔で大人しく撫でられてくれて……それから、ふと、『そうだ忘れてた』とばかりに顔を上げましたわ。

「で、さっさと革命起こしてよ。じゃなきゃ僕、男に戻れないんだけど！」

……ええ。大丈夫でしてよ。忘れてなんていませんわ。

キーブが大聖堂を動かしてくれている間に、こっちもいよいよ貴族院の中枢、この国の中心の一人……私に死刑宣告ぶちかましやがったあの憎きクリスを狙いますわよ！

六話　ヤバい懺悔が来ましたわ！

「クリス・ベイ・クラリノ、か……戦うことすら難しい相手だったな」

「ええ、まあ、引きずり出すのも戦うのも、難しい相手ではありますわよ。ぼちぼち強い奴ですし、そもそも、クラリノ家は私兵をたっぷり抱えていますもの。籠城されたらマジで殺しに行く手段すら失いますわ」

そこら辺を考えると頭が痛いんですけど、でも、やらないわけにはいかないんですのよねえ……。

「そうだな。クリス・ベイ・クラリノを潰すことはどのみち必要だろう。貴族院の頭であるクリスが消えれば、貴族は統制を失い、国は行政の根幹を失い、傾く。どうせこの国をひっくり返すなら、余計な貴族が全員力を失っていることが望ましい。ならば貴族院の崩壊を期待して、クリスを潰すのが最善の策だ」

まあ、どのみちクリスは私に死刑を望んでくれやがった野郎ですものね。殺しますわ。絶対に殺しますわ。私、あいつを許しませんわ！

「俺もクリスとはまともに戦ってみたい。前回の『礼』があるからな」

そしてドランも、銃でやられた時の恨みがありますものねえ。おほほ。

「まあ、そうしてなんとかクリスを潰すことができたら、その後は王家に大砲で攻め込んで、その後王城に放火して、そして王族を全員城から引きずり出して衆人環視の中で火炙りに処しますわ」

「えっ、大砲？　なんで？」

「お兄様が用意してくださいましたのよ。やっぱり革命はお派手にいきたいですものねえ」

「はっはっは！　大砲があればあのセンスの無い城を破壊する良い手段になるだろう！　それに祝砲も撃てるぞ！」

　ああ、考えるだけでうっとりですわぁ……。早くあいつらの城、燃やしたいですわぁ……。

「……えーと、じゃあ、分かった。僕は今後も貴族や王家と対立する方向で大聖堂を動かす。その間に、ヴァイオリア達がクリス・ベイ・クラリノを殺す。そういうことだよね？」

「ええ。そういうことですわ」

　さて。今後の方針も決まりましたわね。これからもちょくちょくキーブとの相談は必要になると思いますけれど、まあ、当面のことは決まりましたから、安心しましたわ。

「……ええ。まあ、方針は、決まりましたのよ。問題は、どうやってクリスを殺すか、ですわね。クリスを誘《おび》き出す必要がある、か？　まあ、大砲があればクラリノ家を襲うこともできなくはないと思うが……」

　ドランも悩み始めましたけれど、そう、そこが問題ですのよ。ちなみに私は、クラリノ家の屋敷に火炎瓶投げ込んで、焼け出されたところをなんとか狙撃しようかしら、って考えてましたわ。考えることが大体一緒ですわね。

「それ、大聖堂の力で誘き出すことってできないかな。僕、やってみようか？」

「うーん、それをやっちゃうと、うっかり失敗した時に大聖堂が糾弾されかねないんですのよ。ですから、あくまでもキーブは、大聖堂と王家にそっぽ向いておくだけにしましょう」

下手に大聖堂と貴族院との間の対立が深まって、いざ戦争、なんてことになったら、大聖堂が負けますわ。ええ。貴族院の兵力全部使える奴には、流石に負けますわよ。

まあ、その時はいよいよ民衆が黙っていないと思いますけれど、そうなるとこの国、ただの混沌と化しますのよねえ……。

「それに、クリス自身も相当に警戒していると思いますわ。自分の立場も価値も、よく分かっているはずですもの」

クリスはあんなんでも一応、貴族院の総裁ですわ。若くしてその地位まで上り詰めたってことは、それなりの能力があるってことですもの。

唯一の弱点は、お綺麗なお育ちなもんだからか、悪事を働く発想が致命的に欠如してるっていうことですわね。ええ。あいつは捕まえた罪人が脱獄することなんて考えてませんでしたけど、実際、私は脱獄しますし放火もしますし強盗だってしてしまいますのよ。おほほほほ。

「誘き出すのは難しく、真正面から戦いに行くと兵力に押し負ける。うーむ、難しいな……やはり屋敷に火炎瓶でも投げ込むか？　あまり粋ではないが……」

お兄様も唸りながらお手上げの状態ですわ。困り顔でお茶を嗜まれて、『うん、美味い！』とやってらっしゃいますわね。開き直り方が素敵ですわ。

「内通者でも居れば、話は別なんだろうがな」

ドランも腕組みしながら考えていますけれど、まあ、正直今考えてもこれ以上の案は出そうにありませんわ。

ということで私達はティータイムをそのまま楽しんで、少ししたところで解散、としましたの。

こればっかりは悩ましいところですわねえ。うーん、何か、いい案が出ればよいのですけれど……。

　さて、翌日は私、キーブに付き従って大聖堂の業務をこなしますわ。

　というのも、『聖女キーブはダクター王子の醜聞に巻き込まれてお疲れでいらっしゃるのだ！』と威嚇する係が一人くらい居た方が良い、というお兄様からの提案がありましたのよ。

　ええ、正にその通りですわ。そうして取材も王家からの謝罪も全部つっぱねてやった方が、王家や貴族院に揺さぶりをかけられますものね！

……ということで、聖女キーブに従う聖騎士のフリをしている私なのですけれど。

「今日はこの後、懺悔室で懺悔を聞くお勤めがありますのでよろしくお願いしますね」

　キーブの説明を聞いて、ああそういうのありましたわねえ、って思い出しましたわ。ジョヴァンがキーブとの情報伝達に使ったヤツですわね。

　懺悔室は人間一人分ぐらいの小さな物置みたいなやつですわ。それが二つ横並びにくっついていて、間にカーテンで仕切られた小窓がありますのよ。その片方に懺悔する側が入って、もう片方に神官が入りますの。その状態で懺悔したりそれを聞いたり祈ったりなんだりするわけですわ。

　私とキーブの二人で入ると本当に狭いのですけれど、キーブは気にしないでくれるみたいですから、私も気にしませんわ。でも狭さに乗じてキーブを抱っこしようとしたら流石にちょっと怒られましたわ。ションボリですわ。

……そうして懺悔室で待機していると、次々に人がやってきては話していきますわね。『大工なのだが職場の棟梁が厳しかったからつい仕事をサボって休んでしまった』とか『隣の家の奥さんに恋をしてしまった』とか『貴族が落とした金貨を使って飲み食いしてしまった』とか……。まあ、色々出てきますわ。ええ。

キーブはそれを丁寧に聞いて、『そういう日もありますよ。明日からいつも以上に頑張ればよいのです』とか『その奥さんは素敵な人なのですね。素敵な人を好きになるのは当たり前です。後は、その気持ちを恋愛ではなく友愛に変えていきましょう』とか『貴族は民に施すのが役目です。あまり気に病まれませんよう』とか返しつつ、ちゃんと聖女様のお仕事をしていますわ。……キーブって本当にちゃんと聖女様の素質がありましたのねえ……。

そうして懺悔を延々と聞いていた、そんな時。

「聖女様……僕は、僕は、臆病者です。悪いことをしている兄を止める勇気が出ないのです」

そんな懺悔が始まりましたのよ。あらあら、今度は何ですの？　と思いつつ、聞いていたら……。

「僕は、僕の兄が聖女様を暗殺するように暗殺者を雇っていたことを知ってしまいました」

……そんなんが、来ましたわ。

どうしましょう、という気持ちでキーブを見たら、キーブも『どうすんのこれ』って顔でこっち見てましたわ。ああ、私達、気が合いますわね……。

「暗殺者には、矢より早く飛んで人を射抜く武器が与えられていたそうです。だから、多くの人達が気づかなかったんです」

ああー、銃のことですわね。ええ。知ってますわぁ……。

「だから、ヴァイオリア様は、本当に濡れ衣なんです。あのお方は、聖女様を暗殺しようとしたのではなく、本当に、他の暗殺者から聖女様をお守りするために矢を放たれたのです！」

ええ。その通りですわ。……えーと、それで、この懺悔してる奴、誰ですの？　誰かの弟、ってとこまでしか分かりませんけれど、ここはなんとか、探りを入れたいところですわね。この情報、握ってるのと握ってないのとで今後の戦況が大分変わりましてよ。

「しかも、兄様はまだ大聖堂に圧力をかけるおつもりなんです」

えええー、まだ情報出てきますの⁉　これ大丈夫ですの⁉　なんか一周回って心配になってきましたわ！　こんなん懺悔しちゃう奴、多分こいつも貴族でしょうけど、こいつ、大丈夫ですの⁉

……と。私とキーブが、なんかソワソワしていたら。

「クリス兄様は！　革命を恐れるあまり、神にまで刃を向けようとしているんです！」

……答えが、出ちゃいましたわ。

こいつ……こいつ、クリスの弟で、クラリノ家の日陰のもやし！　そう！　私とドランがドラゴンから助ける結果になっちゃったあのぽやぽやお坊ちゃん！　リタル・ピア・クラリノですわァーッ！


私が衝撃を受けている横で、キーブもまた、衝撃を受けていましたわ。『クリスの弟なのに、こんな情報漏らしていいの⁉』ってびっくりしてますわ。ええ、敵陣営のことながら、めっちゃ心配になってきましたわ……！

そうして私とキーブが敵の心配をしている間にも、リタルの懺悔は続きますわ。『革命は良くないことかもしれないけれど、この国が傾いていることは事実ですし、今年のスライム被害による飢饉は本来なら大聖堂以前にその領地を治める貴族が助けなければなりませんし、なのにクリス兄様は全然民を助ける意識が無いし、ヴァイオリア様とドラン様は僕の恩人ですから濡れ衣で国に追われているのをお助けすべきだと思うのですが、でも勇気が出ない僕は一体どうすれば』みたいな懺悔ですわ。ヤバいですわ。こいつヤバいですわ。

「え、ええと……」

キーブが『どうする⁉』って目で私を見てますわぁ……。ええ、まあ、しょうがないから私がいきますわッ！

「あなたの心は、もう既に、決まっているのではありませんか？」

聖職者の真似事なんざ性に合いませんけれど、しょーがないですわ。やりますわ。

「あなたは今ここで、神の前に罪を告白している。あなたの中には、お兄さんへの情では消すことのできない正義感が燃えている。違いますか？」

「僕……ああ、そうです。僕は、クリス兄様のやり方に、納得がいっていないのです！」

ええ。それを忘れちゃいけませんわよ。

「それに、僕、約束したんです。いつか強くなって、ヴァイオリア様を必ずお助けする、と！」

ええ。それは忘れてよくってよ。

……あああ、キーブがなんかすごい顔でこっち見てますわ。『どういうこと⁉　こいつ誰⁉』ってお顔ですわ！　でも説明は後にさせてくださいまし！

「ならば今夜、月の出る時刻、エルゼマリン近郊の森で祈りなさい。今宵は神が奇跡を与え給う夜です。静謐な森の中で祈りを捧げれば、あなたの心を落ち着ける良い機会となりましょう」

「はい！　そうします！」

まあ、ひとまず、こうしてリタルの懺悔は終わりましたわ。元気に懺悔室を出ていく音が聞こえて、私は深々とため息を吐きますわ。はあー、こういうこともあるんですのねえー……。

「……ヴァイオリア。今の、誰?」

「クラリノ家の末っ子ですわ。なんか色々ありましたのよ。私とドランがムショから出た日に……」

キーブがちょっとご機嫌斜めなかんじですけど、説明は休憩の時にさせてくださいましっ！

はい。休憩ですわ。私とドランとお兄様、そしてキーブの四人でお食事がてら休憩ですわ。

「成程……あの時のクラリノ家のガキが来たのか」

「ええ。声は聞き覚えがあるかんじでしたし、何よりあの危機感の無いぽやぽや具合！　間違いなく、リタル・ピア・クラリノ本人ですわね」

「はっはっは、クラリノ家も面白いことをしているな！　わざわざ爆弾を抱えておくとは！」

私がリタルの懺悔の内容を伝えると、ドランは頭を抱えて、お兄様は大笑い、という具合ですわ。

「まあ、そういうわけですから今夜、私、ちょぃと森に行ってきますわ。そこでリタルと接触してみようと思いますの」

「なんで?」

「リタルが内通者になってくれれば、クリスを単品で誘き寄せることもできると思いますのよね」

キーブは説明を聞いてもちょぃとご機嫌斜めな様子ですけれど、それはそれとして、クリスを誘導できる可能性は分かってくれたようですわ。

……ええ。これ、とっても重要なことですのよ。

最低限クリスを殺すにあたって、クリスと接触する必要がありますわ。でも警戒しているクリスがただ外に出てきてくれるなんてありえなくってよ。なら、リタルを利用してクリスを誘き出すっていうのは悪い案じゃないはずですわ！

「それ、聖女の立場から会食とかに誘ったらいいんじゃないの？」

「あら、キーブ。忘れちゃいけませんわよ。あなたを暗殺しようとしていたのは他ならないクリス・ベイ・クラリノですわ。あなたを殺そうとしている奴とあなたを引き合わせるわけにはいきませんのよ」

「それくらい、僕、覚悟してるけど」

「それは嬉しいですけれど、でも、駄目ですわ。つまりそれって、クリスがあなたを殺す万全の準備をした上で訪問してくるってことですもの。多分、とんでもない数の兵士を引き連れてきますし、場所の指定ぐらいは相手がしてくることでしょうし」

キーブの覚悟を甘く見るようなことはしませんわ。でも、それはそれとして、やっぱりキーブをダシにしてクリスを引きずり出そうとすると、こっちの不利を招きかねませんのよねえ……。

「となると、最低でもリタル・ピア・クラリノを人質に取る程度のことはしておきたい、か」

「ふふふ、上手くいけば、リタルとやらに、間諜の役を担わせることができるかもしれん。そうなれば向こうの戦略はこちらに筒抜け、ということだからな！　どのみち、リタルを使わない手は無いだろう！」

ま、結局はそういうことですわ。あのお坊ちゃんのことですから、どうせ素直に夜の森に行っちゃうんでしょうし、なら、そこで接触するのは悪くない手でしょうね。

「恩は売っておくものだな」

「あのポヤポヤのお坊ちゃま相手じゃ、やりづらいったらありゃしませんけど……」

……まあ、やりづらいですけど。なんかあのお坊ちゃん相手って、すごく、やりづらいですけど！　でも、でも……復讐のために、私、頑張りますわぁ……。


……そうしてその日の夜。私はドランと一緒にエルゼマリン近郊の森へと向かいましたわ。

聖騎士のフルフェイス甲冑姿で大聖堂を出たら、アジトへ戻って装備を整えて出発しますわ。あっ、今回は甲冑はナシですわね。戦闘予定はありませんし、音の出にくい軽装で参りますわよ。

森へは地下道を通っていきますわ。そうすればフルフェイス甲冑無しでも町の外へ出られますものね。やっぱりこの道、掘ってよかったですわぁ。

地下道を出て森の土を踏んでみると、相変わらず魔物の気配だらけですわ。まあ、魔物が多いと他の人間が近づかない分、都合がよくってよ。それに何より、狩りは貴族の嗜みですもの。優雅に夜の狩りを楽しみながら、血の道を作りつつリタルを探しますわ。

「……誰かが戦っているな」

「ええ……魔法の気配、ですわね」

そんな中、ふと、空気が張り詰めましたわ。私もドランも、それなりにこうした気配には敏感ですのよ。ええ。戦いがあったら乱入したくなる性質《たち》ですもの。おほほほほ。

「魔物狩り、か？　こんな夜に」

「珍しいですわねえ。まあ、別に狩人ごと魔物を狩ってしまってもよろしいのですけれど……」

誰が魔物狩りしていようが関係ないっちゃ関係ないのですけれど、うっかり私達の姿を目撃されたら困りますわね。さて、相手がどんな奴かを確認すべく、私とドランは木々の陰に隠れながら、気配のする方をそっと窺って……。

……滅茶苦茶びっくりしましたわ。

そこに居たのは、魔物と戦う魔法使い。水玉をぷかぷか宙に浮かべてはその中に魔物を取り込んで溺死させる、という戦い方で、同時に五体の魔物を相手取っている……金髪に空色お目々の、可愛い顔した……見覚えのある……いえ、でも、記憶よりもなんか、身長が伸びたように見える……そういうかんじの……。

こっそり逃げ出そうかしら、と思った矢先、ふ、とその魔法使いは私達の方を見ましたわ。そしてその途端、空色のお目々が見開かれて、きらきらして、ぱあーっと表情が明るくなって……あわわわわわ。

「ヴァイオリア様！　ドラン様！　お久しぶりです！」

水玉と魔物の死体を放り出して、リタル・ピア・クラリノは満面の笑みのままこっちに駆けてきましたのよ！　知りませんわァーッ！　こんな奴私は知りませんわァーッ！　いつの間に成長しやがりましたのこいつーッ！

はい。逃げませんでしたわ。そりゃそうですわ。リタルを捕まえに来たってのに私が逃げてちゃ

お話になりませんわ。

……でも正直、逃げ出したい気持ちでいっぱいですわぁー！　なんですのこいつ！　あのお粗末魔法は今やすっかり実用レベルにまで成長して、魔物と渡り合う度胸も身についたようで、そしてそして……身長が！　伸びてやがりますわね！

たった半年足らずですのよ⁉　それだけの間にこいつ、こんなんなりましたのーッ⁉　納得がいきませんわァーッ！　ムキーッ！

「ああ……再びお会いできて、光栄です！」

そして何よりやりづらいのが、このキラキラのお目々ですわ！　そんな、憧れのまなざしでこっち見るんじゃありませんわッ！　こちとら国家転覆ならびに貴族院の解体を謀《たばか》る悪党ですのよ⁉

そしてリタルは貴族院総裁の家門ですのよ⁉　ホントにこいつ何考えてるんですのーッ⁉

「ああ、これも神のお導きなのですね……！」

リタルは手を組んで祈りを捧げてますけど、神のお導きじゃなくって私のお導きですわぁ……。

「僕、あの日の約束を忘れたことはありませんでした。あれから魔法の修練に励み、今では魔物狩りができるくらいになったんです」

リタルは私達にキラキラのまなざしを向けながら、『聞いて聞いて！』ってな具合に話し始めましたわ。久しぶりに飼い主に会えた子犬って多分、こんなかんじですわね。

「あの日、ヴァイオリア様から頂いたドラゴンの素材……あれが本当に、僕にぴったり合ったみたいなんです。あれで杖を作ってから、世界が変わったように感じました」

「それは何よりですわ」

まあ、私、目利きはそれなりにできるつもりですわ。魔物を狩りに狩っていましたから多くの魔物素材を知っていますし、その知識を生かせば、その人その人に合う杖の材料もある程度分かりますの。……でも、その、リタルにドラゴン素材が合うのは分かってましたけど、まさか、ここまでピッタリだとは、思ってませんでしたのよねえ……。

「僕、あなたを守るために強くなったんです！」

ああ、うん、そうですわね。多分、これ、杖が良かっただけじゃなくて、リタルの心持ちが大きく変わってしまったための急成長、でもあるんだと思いますわ……。

今も私とドランへ向けられる、憧れの視線。純粋無垢を絵に描いたような顔。こんなん向けられたら、私達としては、もう、困り果てるしかありませんのよ！

「……大きくなったな」

言うに事欠いて、ドランすらこのザマですわ！　でも笑うことすらできませんわ！　なんかこう、私、私……リタルみたいなキラキラぽやぽや純粋お坊ちゃまが苦手みたいですわーッ！

苦手でもなんでも話はしますわ。ええ、逃げちゃ駄目ですわ……逃げちゃ駄目ですわ……。

「お久しぶりね、リタル。元気そうで何よりだわ」

仕切り直し、ということで改めて再会の挨拶を述べれば、リタルは私とドランの手を握って、もう、それはそれは蕩けるような笑顔を浮かべますのよ。どうすりゃいいんですのこれ。

「ええと……実は私達、神のお告げを受けてここへ来ましたの」

困った時の神頼み、と言いますわね。ええ。ですから今まさにそれを活用しますわ。神様ありがとうですわ。

「神の……実は僕も、今日、大聖堂で懺悔を行ってきたんです。そこで、『夜の森で祈れば心も穏やかになるのでは』と助言を頂いて、こうしてここに来たのです。ああ、やっぱり神のお導きだったんですね……！」

リタルがなんか感動してますわ。まあ嬉しいならよかったですわね、ええ……。

「単刀直入に聞こう。お前はクリス・ベイ・クラリノの弟だったな」

私がもだもだしてたら、代わりにドランが言うべきことを切り出してくれましたわ。持つべきものは仲間ですわ！　ありがとうですわ！

「は、はい。クリス・ベイ・クラリノは僕の兄ですが……」

「なら、兄を裏切る気はあるか？」

「え？」

ずばっ、といったドランの言葉に、リタルの表情が強張りましたわね。まあ、そうでしょうねえ。貴族のいい子ちゃんには、家を裏切るなんて相当に難しいことでしょうし。

「裏切る……兄を、ですか？」

「ええ。リタル。あなた、今のクリス・ベイ・クラリノを見てどう思いますの？」

「それは……」

けれど、リタルの中には間違いなく、裏切りの意思があるのですわ。そうでなきゃ、あんな懺悔しませんし、こんな森になんか来ないでしょうから。

「あの時は言いませんでしたけれど、私、王家と貴族院……つまりクリス・ベイ・クラリノに濡れ衣を着せられて、その濡れ衣によって死刑を宣告されましたのよ」

リタルは黙ったまま、そっと目を伏せて頷きましたわ。……多分、もう、知ってたんですのねえ。自分の兄が、何をしているか。これから、何をしようとしているのか。全部、リタルは知っているから、今、こんなにも苦しんでいるのでしょう。

「今の貴族院と王家のやり方では、遠からずこの国は潰れますわ。ですから私は、王家も、あなたの生家も……許すわけには参りませんのよ」

私はもう、絶対にあの連中を火炙りにするって決めてますわ。心に決めたことはしっかりやり遂げますわ。それがフォルテシア家の教えでしてよ！

「けれどあなたもクラリノ家の一員。家族を裏切れというのは難しい話でしょうし……無理に一緒に来いとは、言いませんわ」

ただ、それをリタルにもやらせる、っていうのは、まあ、難しいだろうと思っていますのよ。

リタルはクラリノ家の一員。無能扱いされていたようですけれど、それだって、家族は家族でしてよ。それを裏切れ、っていうのは……流石の私だって強要できませんわ。

……でも。

「いいえ。やります」

リタルは顔を上げて、青空色の目でじっと私を見つめて、そう、宣言しましたのよ。

「兄様や他の家族を愛していないわけじゃありません。愛されていないわけでも、ないと思います。でも……だからこそ！　僕は、このまま過ちを犯そうとしているクリス兄様を、止めなきゃ」

半年前に見た時とは、大分印象が違いましたわ。くりんとした青空色の瞳は、造形は何も変わっていないはずなのに……随分と強い意志を宿すように、なりましたわね。

「あなたに付きます。ヴァイオリア様とドラン様に頼まれたからじゃなくて。僕自身の意思で……僕は、この国を救うために……新しい国で、生きていくために……家を捨て、兄を裏切ります！」

ああ……私、とんでもない逸材を助けちゃったのかもしれませんわねえ。おほほ。

七話　内通者ですわ！

「ということでクリス・ベイ・クラリノを裏切ってこちらに付くことを決めた、リタル・ピア・クラリノだ」

「リタル、とお呼びください！　家はもう、捨てました！　どうぞよろしくお願いします！」

はい。ということで、私達は『ダスティローズ』に集合してますわ。ここならば裏通りで表立って商売してる店ですから、リタルを連れて入っても問題なし、というわけですわね。ええ、アジトはやめときましたわ。こう、一発目からリタルをカンペキ裏世界へ引きずり込むのは良心が咎めましたのよ……。

ということで、お店の中でリタルを紹介しているのですけれど……。

「……ヴァイオリア」

「どうしましたの？　キーブ」

「……こいつ、誰？」

「リタルですわ。えーと、私とドランがドラゴン狩りしてた時、偶然助けちゃった縁がありますわ」

あら、説明しても、なんだかキーブは納得してない様子ですわねえ。ぶすっとしてますわ。

「あ、あの、僕、何かしてしまいましたか……？　あの、聖女様、ですよね……？」

リタルもキーブの反応に気づいてオロオロしてますけれど、キーブはつん、とそっぽ向いちゃいましたわ。

「なんかこいつ、気に食わない」

……あらぁ。

「あら、キープったら、やきもちですの？」

「ち、違う。こいつも魔法使いみたいだから……その、なんか、気に食わないってだけ」

あらあら。可愛いですこと！　確かにリタルもキープも魔法使いですし、齢の頃も同じくらいかしら。でも、だからといって心配することなんて何も無くってよ。ふふふ。

「ほう。君がクラリノ家の無能と名高いリタル君か」

そこへお兄様がずかずかとやってらっしゃいましたわ。ううーん、お兄様のこのお言葉に、リタルはしゅんとしちゃいましたわねえ！　でもね、リタル。安心なさいな！

「……ふむ。クラリノ家の連中は相当見る目が無いらしいな。今の君を見て『無能』とは！」

「え……？」

「よく鍛錬を積んだ、いい魔力をしている。中々の魔法使いとお見受けした。是非、よろしく頼むぞ。はっはっは！」

ほらね。お兄様は、人の気持ちを鼓舞するのがお得意でらっしゃるのよ！　リタルの目がまたキラキラになりましたわね！

……ついでに、リタルったら、早速お兄様にも懐き始めましたわ。ええ。お兄様はリタルみたいな子を相手にするのも、苦手じゃないようですのよ。私よりも良心が薄いってことかしら。おほほ。

さて、顔合わせもできたところで、早速作戦会議ですわ。絶対にありえないって思ってた内通者づくりに成功してしまったのですもの。これを利用しない手は無くってよ！

「僕はクラリノ家の中で、無能扱いされています。ですから、『ヴァイオリア・ニコ・フォルテシア捕獲作戦』についても大きな役割を与えられているわけじゃないんです」

「えっちょっとお待ちなさいな。そんな作戦あるんですの……？」

「え？　はい！　現時点で、国民感情を最も大きく動かしているのは聖女様と、そして、ヴァイオリア様ですから！　クリス兄様は特に、ヴァイオリア様を警戒しておいでなんです！」

な、なんだかとんでもない話が出て参りましたわね……確かに私、二回も脱獄してますし、白薔薇館を燃やしたり聖女候補をボコボコにしたり、ついでに処刑台の上で演説かましたりしてますから、この国の犯罪者達の中で一、二を争う警戒度なのは理解できますわよ。でも、だからってそんな作戦を立てられる程とは思ってませんわよ！

「ヴァイオリア様の演説、僕も拝聴しておりました！　民の心を揺り動かし引き付ける、素晴らしいものでしたよ、ヴァイオリア様！」

「ああー聞きたくありませんわぁ……」

リタルのキラキラお目々が私の居心地を悪くしてくれますわねえ！　何言ってるんですのこのお坊ちゃまは！

「現時点で、ヴァイオリア様の対策として行われているものは三つです。一つは国内を虱潰しに捜索して、ヴァイオリア様を見つけようというもの。もう一つは、聖女様の懐柔によって、国内情勢を貴族院側へ引き戻すというものです。ヴァイオリア様が民衆に支持されている状況に聖女様まで加わってしまったら、本当に取り返しがつかない、と思っているみたいで……」

「は？　聖女様は貴族なんかに懐柔されないけど。もうその辺りの基盤は整ってるし……」

キーブがむくれてますけど、まあ、そうですわねえ。だって、キーブはもうすっかり私達の仲間ですし、貴族嫌いで居てくれていますし。ふふふ、この状況、最高ですわねえ。

「まあ、問題無い。既に大聖堂はヴァイオリア側に付いている。貴族院がどう動こうが無駄だな」

「成程、それでしたら安心しました……。僕自身、今はクリス兄様や他の貴族の皆さんの言葉に、疑問を覚えるばかりとなってしまっていて……聖女様！」

そこで、リタルはキーブの手を握って、目をキラキラさせましたわ。そしてキーブはものすごく嫌そうな顔をしていますわ！

「僕、あなたのお言葉で、目を覚ましました！　やはり、今の貴族は民のための行動を取れていません！　そんな貴族は、正す必要があります！」

「分かったから。分かったから離して」

キーブが、ちらっと私の方を見て『こいつ何なの？』みたいな顔してますわ。ええ、そうですわね。私達みたいな生き方してると、リタルみたいな子に会う機会、ありませんものね。戸惑うのもしょうがなくってよ。私だってリタルのキラキラお目々には戸惑ってますわ……。

「あっ、た、大変失礼しました！　急に女性の手を握ってしまうなんて！」

しかもリタルったら、キーブの手を離して顔を赤くして、そんなことを言うものですから……。

「いや、僕、男だけど」

「……え？　その、あなたは、聖女様、では……？」

「聖女だけど。で、男」

……すっかりやさぐれちゃったキーブに衝撃の事実を明かされて、リタルは絶句してますわ！

絶句のあまり、固まっちゃってますわねえ！

「ねえ、お嬢さん。本当にこのお坊ちゃん、使えるのかしら」

「ま、まあ……逆に、ここまでポヤポヤしてるなら、裏切りの心配はありませんわね……」

なんか……なんか心配ですわね！　本当にこの子、大丈夫なのかしら。本当にリタルを、内通者として、使えるのかしら……。ああああああ、私、本当にこういうの、苦手ですわーッ！

「ところでお坊ちゃん。最初に『貴族院が展開する作戦は三つ』って言ってたよな？　お嬢さんの捜索と、大聖堂の懐柔と……あと一つは何？」

さて、リタルが固まっちゃったところでジョヴァンがそう尋ねてリタルをゆさゆさしたところ、リタルは我に返って最後の作戦を教えてくれましたわ。

「人狼狩りの強化です。その、ドラン様が人狼だ、ということはクリス兄様もご存じですし、ヴァイオリア様とドラン様がお仲間だということも、知られています。だから……」

「成程な。俺が動きにくくなれば、間接的にヴァイオリアが動きにくくなる、と。まあ、悪くない策だな」

成程ね。確かに、人狼対策をする、というのは有効でしてよ。人狼は元々、人間の敵として駆除の対象にされてきたものですわ。まあ、つまり王家が代々、国民感情の矛先にするために人狼に目を向けた、っていう話ですけど。

元々排斥の歴史があるわけですから、これからまた人狼狩りへ国民を扇動する、ってのは、まあ、そこそこ現実味がある話なんじゃあないかしら。

それに、ドランは現時点で人間の社会に紛れ込んで生活しているわけですけれど、逆に言えば今まで多くの者に姿を見られているわけですし……ドランを辿れば私に辿り着く、と分かっているクリスなら、確かに、ドランを狙うのは妥当なところでしたわね。

「……また人狼狩りを繰り返すのか」

そして狩られる対象であるドランは、眉間に皺を寄せていますわ。彼も、思うところがあるのでしょうね。私だって、多少は思うところがありましてよ。要は、王家が自分達のケツも拭けずにいて、それを誤魔化すために国民の目を人狼へ向けさせた、って話ですもの。無能な王家も、それに扇動される愚かな民衆も、私、嫌いよ。

「ですから、そう遠くなく、このエルゼマリンにも人狼排除令が出るものと思われます。……もし、この町に、ドラン様が人狼だと知っている者が居るなら、その……」

「そいつらが口を割って、ここが割れる可能性もある、ということか。面倒だな」

そうですわねえ。面倒、ですわ。とってもね。

ドランは小さい頃からエルゼマリンの路地裏に居たわけですから、彼が人狼だって知ってる者は、この裏通りにそこそこ居るんじゃないかしら。……或いは、そんなことを知らなくったって、『ガタイの良い、筋肉の塊みたいな男』の存在なら、知っている者は相当多いと思ってよくってよ。

こんな状況ですから、まさか裏通りの住民一人一人を口止めしていくわけにはいきませんし、貴族院へドランの情報が洩れないようにするのは至難の業、ですわねえ……。

私達が大いに悩んでいたところ、パン、と手を打つ音が響きますわね。顔を上げてみれば、ジョヴァンがいつものにやにや顔を浮かべていましたわ。

「ま、先にそれが分かっただけ、よかったじゃない。分かってりゃ、対策のしようがある」

「それはそうですけれど……対策っていうと、お引越しくらいしか無いんじゃなくって？　そして、お引越ししてしまうと、キーブとのやり取りが難しくなりますわ。一長一短じゃありませんこと？」

「なーに、簡単なことよ、お嬢さん。こういう時はね、『俺達の防衛策』なんか考えたって、後手に回るだけ。『相手への嫌がらせ』を考えるのがコツよ」

私達の視線を集めて、ジョヴァンったら、堂々と『嫌がらせ』を発表してくれましたわ。

「大聖堂から人狼の保護を訴えてもらおうぜ」

……ああー！　確かに、今一番、貴族院がやられたくないの、ソレですわねえ！


ということで、三日後。大聖堂前の広場では、キーブから『人狼狩りの歴史に疑問を抱き、今後、大聖堂では人狼を保護するものとする』という声明が発表されましたわ。

これを発表するにあたって、大聖堂の中でもちょいと揉めたのですけれど、最終的にはキーブが『人狼は今まで、王家への不満を逸らすために無為に殺されてきました！　彼ら自身は何も悪いことなどしていません！　ならば私の代で正さねばならない相手は、人狼ではなく、王家なのです！』と明確な意見を述べたことによって、この声明発表まで無事に進みましたの。

ええ。要は、『聖女様は徹底的にやるおつもりだ……』と大聖堂の中で噂されるようになった、というわけですわね。

大聖堂の人間達は、民衆の味方をしたい連中が多いわけですから、聖女が扇動しようとしている『打倒王家』の流れは今後益々大きくなっていくことでしょう。

……ただ、大聖堂の中には、貴族に与《くみ》する者も当然、居ますわ。聖騎士の試験をやり直しても、完全に貴族を排除したわけじゃありませんものね。当然、優秀な貴族だっているわけですし、そういう連中は今回の声明を聞いて、大いに慌てふためきつつ実家へ連絡を入れた、という次第ですの。

『大聖堂が人狼の味方をし始めた』と。

……これを、クリスはどう受け止めるかしらね？


「まあ、自然に考えるならば、内通者の存在を疑うだろうな」

お兄様は聖女の執務室で、誰よりも優雅にティーカップを傾けつつそう笑いましたわ。

「今回の大聖堂の動きは、あまりにも、クリス・ベイ・クラリノにとって都合が悪すぎる。貴族院が人狼狩りを表明しようとした矢先の出来事だからな」

お兄様の言葉に、私とドランとキーブ……つまり、聖女様と聖女様の護衛の聖騎士達、という面子《メンツ》で頷き合いましたわ。

「じゃあ、あのリタルとかいう奴、疑われるんじゃないの？」

「そうねえ。まあ……それは、リタルがクラリノ家でどう振る舞っているか次第、かしら。あまりにも挙動不審ならアレですけど、そうじゃなきゃ、クリスは『無能』な弟が裏切る胆力を持ち合わせているなんて、露ほどにも思わないんじゃないかしら」

お兄様のカップが空になったのを見て、私、ティーポットからお代わりを注《つ》ぎ足しますわ。そこへキープもそっと自分のカップを寄せてきたものですから、その可愛い仕草に免じて、キープにもお代わりを注ぎますわ！

「まあ、警戒はすべきだろうな。あいつ自身も気づかない内に、情報を洩らしかねない」

「そうだな。逆に言えば、リタルが意図して我々を裏切るとは考えにくい。ふむ、つまり、二重スパイの警戒は不要だが、おっちょこちょいへの警戒は必要、と……」

「どっちもどっちじゃないの、それ」

ま、まあ、悪意のあるなしは重要だと思いますわよ。リタルは少なくとも、私達に対して悪意を持っていないと言えますわ。私とドラン、そしてついでにお兄様のことも、聖女であるキープのことも、憧れと尊敬のまなざしで見つめてますもの。

……ちなみにジョヴァンは『ちょっと怖そうな方ですけれど、ドラン様の古くからのご友人なら大丈夫ですよね！』っていうことで許容されてますし、チェスタは『僕が今までに出会ってきた人達の中に彼のような人は居ませんでした！　僕、まだまだ何も知らない子供ですね……』ってことらしいですわ。……リタルをエルゼマリンの裏通りに放り込んでおいたら、一日で身ぐるみ剥がされて転がされること間違いナシの素直さですわ！

「まあ、よいではないか！　今はただ、貴族院の連中が胃を痛めていることを喜ぼうではないか！」

「そうですわね、お兄様！　敵の不幸でお紅茶が数倍美味しくってよ！」

考えすぎたってしょうがなくってよ。連中が人狼狩りに民衆を駆り立てることはこれで不可能となったのですもの。ドランの安全が高まりましたし、間接的に私の安全も高まりましたわ。今はこれで、十分ですわね。

「……まあ、早急に、クリスを誘き出して殺さねばならない。或いは、殺さないにせよ、今後二度と政界へ顔を出せないように処理しなくてはならないからな」

ええ。決戦の時は近づいていますわ。リタルを使って上手くクリスを屋敷から誘き出して、そこでなんとか、奴を処理しなくては。

「……ふふふ。私、ようやく、クリスに『お礼』ができますわねえ」

私、まだまだ忘れていませんわよ。クリスが私に濡れ衣着せて、サラッと死刑まで重ねてきたこと。そして何より……あんな下手を打ったこと。

もっと上手いやり方、幾らでもあったはずですわ。フォルテシア家に濡れ衣を着せるにしたって、銃の製造にかこつけて国家反逆罪をでっち上げるですとか、税率の設定を弄って新興貴族から効率よく徴税できるように調整するとか……そもそも、新興貴族潰しなんかしなくたって国家を運営していけるように、真っ当な行政を進めていくことだって、できたはずですの。

でも、クリスはそれをしませんでしたわ。

フォルテシアを筆頭に、新興貴族を潰して、古く腐敗した上級貴族ばかり優遇して……そして、この国をじわじわ腐らせて、潰そうとしている。

それを許すわけには参りませんのよ。そんな怠慢野郎に、この私が、負けるわけには参りませんの。だから、クリスにはしっかり後悔してもらわなきゃなりませんわねえ。この私に……フォルテシア家に手を出したことを、地獄の底で、後悔してもらいますわよ。

「俺も、奴には礼をしたい」

……そして、そう考える者は、私以外にも居ますのよ。

「俺をムショにぶち込んでくれた礼も、白薔薇館で銃弾を見舞ってくれた分の礼も、キッチリ果たさせてもらおう」

「あらあら、ドランったら。……なら、獲物はあなたと私と、半分こ、かしら？」

「できることなら丸ごと頂きたいところだが、まあ、仕方ない。半々で手を打とう」

私達は半分この提案に笑い合って、楽しい復讐に思いを馳せますわ。

……ええ。復讐は、もうすぐ手が届くところまで来ていますのよ。


さて。これでこちらの防衛策はボチボチいいかんじですわね。

現在、貴族院の連中は私を探していますけれど、ま、当然、見つかりっこありませんわ。そして貴族院と大聖堂との連携も、キーブが聖女様である以上絶対に起こりえない。そして、ドランを狙った人狼狩りも、大聖堂が先手を打って阻止した状況。

こうなるといよいよ、クリスは打つ手がありませんわねえ。なら……下手な誘導に乗ってでも、誘き出されてくれるんじゃないかしら？

「クリスと戦う上で、最も面倒なのが数の暴力なんですのよ」

はい。ということで、ダスティローズで話し合い、ですわ。店のドアには『本日閉店』の札を出してもらって、お店の裏に机と椅子、地図やペン、それにお茶やお菓子を出して、優雅に作戦会議しますわよ。机の上に吊るしたキャンドルランタンがなんともいい雰囲気ですわねえ。室内の薄暗さと相まって、如何にも裏の世界の作戦会議、っていうかんじですわ！

「クラリノ家には私兵がたくさんいますわ。元々が騎士の家系ですから、武力って点においては国内最大級ですわね」

貴族院の頭で、かつ、武力の中枢。……どう考えても頭クルクルパーな王家より、クラリノ家の方が厄介な敵なんですのよねえ……。

「ですから、クラリノ家の全軍と真っ向から衝突するようなことになったら、いくら私達でも負けますわ。流石の私でも、同時に十だの二十だのの兵士を相手に戦うのは難しくってよ」

「まあ、そうだな。やはり数というものはそれだけで脅威だ。舐めてかかっていい相手ではない」

私、これまでに何度か、すごい数の兵士が居る場所で戦ってきましたけれど……それも『できるだけ戦わない』戦略を採ってのことでしたわね。

ドランと一緒に脱獄した時は、真っ先に私達の実力を見せつけて威嚇して、ビビりの兵士共を戦線から退《ひ》かせて最低限の交戦だけで済むようにしましたし、白薔薇館でも、相手の足止めと逃走に注力してなんとか爆破と脱出まで漕ぎつけましたわ。

ですから今回も、同じですの。今回も、『できるだけ戦わない』戦略でいきたいところですわ。

「私達が今回戦うべき相手はただ一人。貴族院の頂点にして、この国の諸悪の根源の一角。クリス・ベイ・クラリノだけですわ。他の兵士連中とはできるだけ戦いたくありませんわね」

「そこで、僕の出番、ということですね！」

はい。リタルが元気に挙手しましたわ。このやる気に満ち溢れたキラキラお目々のお坊ちゃま、見てると若干不安になるのは何故かしらねえ……。

「そうね、リタル。あなたにはクリスを誘導して、どうにか少人数で交戦できるようにしてもらいたいんですのよ」

「分かりました。なんとかやってみます！」

「そうだな、名分としては、『ヴァイオリアに繋がる者の協力を取り付けたので是非お会いしていただきたい』ということにすれば、クリスも乗りやすいだろう」

「はい！」

ま、現状、クリスを釣るための餌として最も有効なのが私、ですものね。大聖堂にそっぽ向かれて人狼狩りも頓挫したクリスに残された希望は、私を捕まえて公開処刑にすることくらいですもの。それくらいしか、もう、民衆の心を貴族へ引き戻す手段はありませんから……まあ、騙されたフリをして、釣られてくれる、とは思いますわ。

「僕、頑張ります！　頑張って、クリス兄様を誘導して……それで、戦いを……」

「ああ、リタル。一つ、言っておかなければならないことがありますの」

ということで、最後に、一つ。私、ちゃんとリタルに言っておかなければならないことが、ありましたわね。

「あなた、戦いへ参加しないで頂戴」

私が言った途端、リタルは衝撃と悲しみにぽかん、として、それから慌て始めましたわ。

「ぼ、僕、戦えます！　戦えるように、強くなったんです！　足手まといにはなりません！　だから……」

「あなたの力を疑うわけじゃ、ありませんわ。あなたは本当に、強くなりましたもの」

そんなリタルを安心させるように言って……それから、ちょっぴり、言うのを迷いましたけれど、でも、結局は言いましたわ。

「でもね、リタル。……やっぱり、家族同士で戦うのは、あんまりですわ」

そう言った途端、リタルは泣きそうな顔で俯きましたわ。

……いくら意志が固くたって、この国の未来を案じていたって。リタルは、長年を共に過ごしてきた家族を躊躇なく殺せるような子じゃ、ないように見えますわ。

それに、もしリタルが躊躇なくクリスを殺せるとしても……まあ、やっぱり、それはあんまりだと、思いますもの。

「あなたはあなたの役割を真っ当しなさいな。あなたの役割はクリスを連れてくること。そこから先は私やドランの領分ですわ。ですから、クリスに警戒を抱かせないためにも、杖の類も持ってこなくて結構よ」

「俺もお前の兄には『借り』があるのでな。お前にこの役を譲るわけにはいかない」

「そういうことですのよ。ふふ、この役、譲って頂戴な？」

ドランと一緒に、あくまでもそういうことだ、って主張しますわ。

私とドランは、クリスをぶっ飛ばしたくてぶっ飛ばしますの。そんな『役得』を、リタルには譲ってあげない。そういうことなんですのよ。

……そうして、しばらくリタルは俯いていましたけれど、次に顔を上げた時には、少し潤んだ青空色の目にはしっかり迷いのない意思が、戻ってきていましたわ。

「……ご厚意に、感謝致します！」

これならきっと、大丈夫でしょう。……頼りにしてますわよ、リタル。


「……ね、お嬢さん。分かってるでしょ？」

「何が、ですの？」

その夜。リタルはクラリノ家の邸宅に戻って、私達はアジトへ戻って……そこで、ジョヴァンがそっと、話しかけてきましたわ。珍しいですわねえ、彼がこういう風に話しかけてくるのって。

「ありゃもう、気づかれてるぜ。リタルは絶対に、クリスから怪しまれてる」

ジョヴァンのじっとりした目を見て、ああ、彼も心配性ですわねえ、なんて思いますわ。彼は心配性で、だからこそ、リタルよりドランや私を優先したいんでしょうね。こういう評価をジョヴァンに下すのは、まあ、嫌がられそうですけれど……『優しい』ってことなんだと、思いますわ。

「まあ、そうだとしても、しょうがなくってよ。それに、それでもクリスはリタルの誘いに乗ると思いますわ。もう後が無い、ってのは確かですもの」

「そうだろうけどね、お嬢さん。流石に無策のまま、ってのはマズいでしょうよ。あいつら貴族だぜ？　金に物言わせて、いくらでも汚い対策ができる！　こっちにリタルが居るって分かってるなら、高価な対魔法装備を一式揃えてくることだって考えられるし、増員してくることだって……」

……と、ジョヴァンが喋っている途中で、ガチャ、とドアが開いて、奥からチェスタがニコニコやってきましたわ。

「なー、ヴァイオリアー。見ろよ見ろよ。これ。な？　落ちてたアオスライムにワイン飲ませたらピンクになった！」

チェスタが手のひらに乗せて持ってきたのは、ロゼピンクの可愛いスライムですわ。ええ。それで、なんで持ってきたんですの……？　スライムがなんか可愛い色になったのを、そんなに自慢したかったんですの……？

な、何ですの？　チェスタったら、こう、何のつもりがあって、この時この瞬間を狙ってきたんですの？　この薬中、何を考えて……いえ、何も考えてませんわねえ、これは！

「見ろよ。なあ、見ろよ。可愛いだろ？　な？　へへへ……」

「あら本当……ロゼワインのそれですわねえ。そしてチェスタ。あなたも顔が大分赤くってよ。飲みすぎなんじゃーありませんこと？」

確かにね？　酔っぱらってくってりしたピンク色のスライム、ちょっぴり可愛いですけどね？でもそれだけですわーッ！　少なくとも、真面目に作戦会議してるところに持ってくるモンじゃー無くってよーッ！　この酔っぱらいーッ！

「……ピンク色のスライム、ねえ」

私がチェスタの顔面に酔っぱらいスライムをぶん投げたところで、ジョヴァンはなんだか、考え込んじゃいましたわね。

……ええ。まあ、ピンク色のスライム、って、実は、本当に居るんですのよ。アオスライムにワインを与えてピンクにする、とかじゃなくて、本当に、生まれつきピンク色の、ピンクスライム、っていうのが。

「……お嬢さん。俺、イイコト考えちゃった」

「奇遇ですわねえ。私も多分、おんなじこと、考えてますわ」

「あ、ホント？　なら俺達相思相愛ってことで……ちょいとお耳を拝借」

……私、ジョヴァンの提案を聞いて、思わず笑っちゃいましたわ。

だって、あんまりにもクリスにぴったりの、素敵な仕掛けだったんですもの！

ええ！　これ、最高ですわね！

閑話　クリス・ベイ・クラリノによる間奏

「クリス兄様。少し、お耳に入れたいことが……」

その夜。執務室に居たクリスの下へ、リタル・ピア・クラリノがやってきた。

「なんだ」

書類から顔を上げずにそう問えば、リタルはもじもじ、とした後、意を決したように、言うのだ。

「ヴァイオリア・ニコ・フォルテシアと繋がりのある人物との接触に、成功しました」

「……あの悪魔と、か？」

「はい。僕も、ヴァイオリア・ニコ・フォルテシアの捜索担当でしたので……その……」

クリスは嫌々、顔を上げる。するとそこには、緊張に満ち満ちたリタルの顔があった。

……確かに、クリスはリタルに、大罪人ヴァイオリア・ニコ・フォルテシアの捜索を割り当てていた。だが、それはあくまでも名目だけのものであった。どうせリタルが何か成果を挙げることは無いだろうと思っていたし、それ故に、どの隊にも所属させず、『独自で動け』と指示し……実質、何も働けないようにしておいたのだ。

だが、リタルは一人で、ヴァイオリア・ニコ・フォルテシアに関する情報を手に入れた、という。

……クリスは笑った。笑って、リタルの頭に手を伸ばし、びくり、と身を竦ませたリタルの頭を撫でてやる。

「そうか。それは大手柄だ」

「あ、ありがとうございます！　あの、つきましては、明後日、その人物と接触するのですが、クリス兄様も、ご一緒に……」

「分かった。時間を空けておこう」

そう答えてやれば、リタルはほっとしたような、妙に思いつめたような表情を浮かべて頷いた。

退室していくリタルの背中を途中まで見送って、クリスはふと、表情に冷たいものを過《よぎ》らせた。

……クリスはもう、知っている。

この無能な弟が、恥知らずにも、クラリノ家を裏切っている、ということを。

「……愚かな」

気に入らない。実に、気に入らない。

リタルが既に寝返ったことなど、分かっている。あまりに挙動不審な弟の姿を見れば、ああ、こいつはこちらの情報を洩らしたのだな、とすぐに分かった。

にもかかわらず、リタルは未だ、自分は信頼されているなどと思い上がって、クリスを敵の下へ誘導しようとしている。

無能な弟だ。気づかれていることに、気づいていない。そして、この程度でこのクリス・ベイ・クラリノを出し抜けると思っている。

……だから、クリスはリタルを殺すつもりである。クラリノ家の名に泥を塗ろうとする裏切者に、慈悲など必要ない。元より、血の繋がった弟だとも思っていない。

ここで殺せるなら丁度いい。

そうして、翌々日の夜。クリスはリタルと共に、護衛を付け、エルゼマリン近郊の森の中を歩いていた。

護衛は数名しか付けていない。というのも、リタルが『護衛は最少人数でお願いします。目立つわけにはいかないのです』と強硬に主張したからだ。クリスはこれを内心で嘲笑いながら、承諾してやった。そしてリタルに知られぬよう、既にクラリノ家の軍をこの森に配備してある。

そんなことも知らずに、愚かなリタルは迷いのない足取りで歩いていた。妙に慣れた足取りで、前を向いて、森の中を進んでいく。……その背中が、一瞬、歴戦の魔法使いのように見えた気がして、すぐ、その考えを振り払う。リタルは無能だ。魔法の能力もごく弱いものしか無いと報告を受けている。何も、危惧する必要は無い。

「あの、この辺りです」

そうして、リタルはついに、森の奥で立ち止まった。

「この辺りで、落ち合うことになっていて……」

「……そうか」

リタルがおどおどと、そう言ってクリスを見た時……クリスは懐から銃を取り出して、リタルに突き付けていた。

「ご苦労だったな、裏切者」

「え……？」

驚愕に目を見開くリタルを見て、クリスは何とも思わない。強いて言うならば、多少、すがすがしい気分ではあるが、実の弟を殺す悲愴感《ひそうかん》などは、まるで無い。ただ、鬱陶しい敵を殺すだけだ。

「死ね」

　そしてクリスは、引き金を引く。

　だが、引き金を引いたはずの銃は、クリスの手から弾き飛ばされていた。

　寸分狂わぬ、矢の狙撃によって。

「……あらあら。銃に弓矢が勝ってしまいましたわねえ。おほほほほ」

　ぞっとしながら声のする方を振り向けば……そこには、不気味な赤い目を細めて笑う、悪魔の姿があった。

「ごきげんよう。ヴァイオリア・ニコ・フォルテシアよ。本日はお越しいただき感謝申し上げますわ、これから負け犬になる予定のクリス・ベイ・クラリノ様？」

八話　強敵ほどぶちのめすのが楽しくてよ！

はい。というわけで、リタルは無事にやってくれましたわね。ええ。リタルったら、大手柄ですわ。やっぱり侮られているリタルはこういう時、強くってよ。

……クリスの一連の行動は、森の中で見ていましたわ。リタルを殺そうとしたことも、ね。

要は、クリスはリタルを侮っているというわけですのよ。侮って、『この程度の相手なら容易に出し抜ける』と高を括っていやがりますのよね。

だから、ああいう油断たっぷりな行動をとっちゃいましたのね。クリスはリタルを追い詰めて、殺す、という、ただそれだけに集中しちゃいましたのよ。

……フォルテシアの銃は、対人戦に実践投入されたことはありませんの。そりゃーそうですわ。開発途中だったんですから。

でも、今回のこれで、ちょっぴり銃の性質が分かったかもしれませんわ。

引き金を引いたら、弾が出る。引き金を引いただけで、人を殺せる。

そんな単純かつ強力すぎる仕組みだからこそ……人は、引き金を引く時、それに集中してしまうのでしょうね。おかげでクリス相手に、狙撃し放題でしたもの。おほほほほ。

「読めてましたわよ、あなたの行動くらい。騙されたフリをしてついてきて、途中でリタルを殺そうとするだろうと思ってましたわ」

私が木から降りていって、クリスの方へ堂々と歩いて近寄れば、クリスは苦々し気ながらも、私とリタルを嘲笑いますのよねぇ。

「なら、貴様もこいつを見殺しにするつもりだった、ということか」

「いいえ？　私ならリタルを救える、という自信がありましたの。私をあなたみたいな臆病者と一緒になさらないで頂戴な」

　私がそう言った途端、クリスはぎろり、とこちらに敵意の視線を向けてきましたわ。

「……臆病者、だと？」

「ええ。私なら、自分達の身内に裏切者が居たなら、もうちょいとばかり泳がせておきますわ。少なくとも、今宵、標的がちゃんと来るのか分かるところまでは、ね」

　私がそう言ってやれば、クリスは随分と嫌そうな顔をしますわ。大方、その通りだとでも思ってるんじゃないかしら。

「そこで裏切者の排除を優先しちゃうあたり、あなたってやっぱり臆病ですのよ。それに……あらあら、随分と数が居ますのねえ。これ全部、クラリノ家の私兵ですの？　本当に、臆病だこと」

「黙れ、犯罪者！」

　なんというか、もう、笑うしかありませんわぁ……。クリスはリタルとの約束を守るわきゃーありませんから、まあ当然、クラリノ家の私兵をある程度連れてくるんだろうと思っていたのですけれど……結構な数、連れてきましたのねえ。これじゃー屋敷がガラ空きでしょうに。

「私はここで、貴様を倒す！　そしてこの国に平和と安寧を再び、取り戻すのだ！　……さあ、総員、準備！」

　クリスがそう言うと、クラリノ家の私兵達が、ぞろぞろと……まあ、大量に出てきましたわねえ。

これはやりがいがありますわぁ。

「……逃げ場は無いぞ、ヴァイオリア・ニコ・フォルテシア！」

クリスも、他の兵士達も、皆が私を見つめていますわ。私はそれらの視線をたっぷりと浴びて、ゆっくりと、抜刀して……そこで、クリスがもう一つ、懐から出した銃を構えて……さあ、そろそろ、ですわね。

「あらあら。そんなに私を見つめていては、大切なことを見落としますわよ？」

「え」

クリスが引き金を引く一瞬前。

上から、とんでもない量のピンクスライムが降り注いで、私達もクリスも護衛の兵士達も皆、それに呑み込まれましたのよ。


ピンクスライムっていうのは、こう、なんか、こだわりの強い謎の魔物ですわ。

こいつら、生き物には一切手を出さない割に、人間の装備品……服や鎧、剣や盾といったものを溶かして食べるんですの。ええ、謎ですわ。どっからどう考えても謎ですわ。

まあ、ですから、ピンクスライムに命を取られることは無いんですけれど、装備をやられてはその後、他の魔物と戦えなくなりますでしょ？　そういう意味で、間接的な死因としてよく挙げられる魔物ではありますわねえ。

「ほらほらほら、クリス・ベイ・クラリノ！　あなた、そのままじゃ装備を全部やられてしまいますわよー？」

ちなみに私は平気ですわ。私のドレス、スライム忌避剤をしっかり染み込ませて参りましたの。こうしておけばスライムに装備をやられることは無い、というわけですわね。まあ、その分、スライム忌避剤で多少しっとりしてますけど……。

ピンクスライムに呑み込まれた、と気づいたらしいクリスは瞬時に青ざめ、なんとかピンクスライムを振り払おうと動き出しますわ。私兵連中も同様ですわね。

でも、遅くってよ。奴らがピンクスライムを振り払ったり、火の魔法で焼き払ったりする間にも、次から次へと、ピンクスライムは降って参りますの。

一体どこから？　ええ、そんなの簡単ですわ。丁度、クリスもピンクスライムの出所を探して上を見上げて……そこで、気づいたわけですわね。

「あ、どうも。お邪魔してますよ。へへへ……」

木の上に居るジョヴァンが不気味な笑みを浮かべつつ、ピンクスライムをすさまじい勢いで降り注がせていることに。

「なっ……いつの間に……おのれ！」

大方、クリスは『いつの間に』とか『さっき確認した時はあんな男居なかった』とか思ってるんでしょうね。ええ、人間の気配がしなかったのは当然のことでしてよ。だってジョヴァンは、あそこにしれっと設置してある超小型空間鞄から、今さっき出てきたところなんですもの。今まで気配も何もあったわけがありませんのよ。

そしてピンクスライムも当然、空間鞄から出していますわ。ですからピンクスライムはほぼほぼ無尽蔵にありますのよ。おほほほほ。

「あらあら、クリス。あなた、随分とみすぼらしい恰好になりましたわねえ」

そうしてピンクスライムの餌食となって揉みくちゃになったクリスとクラリノ家の私兵共は、もう、装備をすっかり失っていましたわ。剣も、銃も、鎧も……衣類も、ね！

「なっ……」

ええ！　当然、服も消えますわ！　案外知られていないことではありますけれど、ピンクスライムが溶かすのは、剣や鎧に限らなくってよ！　衣類だって立派な人間の装備！　服と鎧の区別なんざ、スライムがつけてくれるわきゃーありませんわねえ！

普通は鎧が全部やられるまでピンクスライムを処理できない、なんてことはありませんから、こんなことになるのは稀ですけれど……臆病にも私兵をたくさん連れてきたせいで身動きが取れなくなって、咄嗟に対処もできず、その『稀な状況』になったというわけですわねえ！　おほほほほほ！　中々に愉快な恰好でしてよ！

「お、おのれ……！」

というわけで、クリス達は装備をほぼ全部失いましたわ。まあ、下着だけは助かった奴とそれも助からなかった奴と、半々、といったところかしら。まあ、実質装備全損ですわね。

そう。騎士ってのは、剣と盾と鎧があるからこその騎士ですわ。今までずっと一途に剣の訓練ばかりしてきた騎士連中は、いきなり徒手空拳で戦えるようにはならなくってよ。それに、剣で戦う時とステゴロの時とでは、有効な隊列の組み方だって異なりますわ。お行儀のいい騎士連中が、咄嗟にそんな切り替え、できっこありませんわね！

「こ、このような屈辱……許さん！　必ずや貴様を地獄へ叩き落としてくれる！」

……それに、ね。戦略も、武器や防具の有無も、一切合切抜きにしたってね。戦力ガタ落ちは待ったなしですわ。だって……。

「あのね……クリス。あなた、ちんたま丸出しで凄んで見せても、全く迫力がなくってよ……」

剣を失っても徒手空拳で戦える奴は居るでしょうけれど！

……フルチンで凛々しく戦える奴なんて、そうは居ませんのよ！


見苦しいですわぁ。この光景、とっても見苦しいですわぁ……。仕方ありませんけど。仕方ありませんけど……全裸のむくつけき男共がもじもじしてる場面を見なきゃいけないってのは、こう……私の精神にも間違いなくダメージ入っていてよッ！

ま、まあ、よくってよ！　精神的なダメージは私の強靭な精神で撥ね返して、と……。

「さて。あなた達はマッパですけど、一方の私には剣がございますのよ。……これがどういうことか、お分かりかしら？」

私が剣を出せば、連中は一気に竦み上がりましたわね。もう、士気も何もありゃーしなくってよ。

「逃げられるとも、お思いにならないでね。あなたは私兵を使って私を逃がさないように取り囲んだと思っていたようですけれど……こっちだって、同じことができますのよ」

そんな兵士連中とクリスに追い打ちをかけるように、私が合図を出せば……それぞれの方向から、ドランとチェスタとお兄様が、やってきますのよ。

更に、姿は見せないまま、キーブが周囲に風と雷の結界を張ってくれますわ。これでクリス達は、逃げることすら許されなくなりましたわねえ！

私達四人の姿と結界とを確認して、クリスが益々緊張してきましたわねえ。あらあら、もしかしたら、生まれて初めて予感する敗北に怯えているのかしら？

「さあ、無様に敗北なさいな！」

ま、無様と言えば、既に無様ですけど。でも、下には下があるってことを……これ以上の屈辱があるってことを、思い知って頂きましょうね！


ということで戦闘開始、ですわ！

兵士達の数は、百を下らないほどですわね。対する私達は四人ですわ。ええ、ジョヴァンは戦闘員に勘定できませんもの。

……でも、人数による圧倒的劣勢なんて気になりませんわね。

だって、兵士の数はとんでもないですけれど、その全員が武器も防具も失った状態、かつ、こちらには剣も魔法もある、となれば……ねえ？

最初にキーブの雷で一気に数十名が落ちれば、奴らの精神はそれだけで折れていきますの。

「他愛ない戦いですわねえ！　あらあらあら、どうなさいましたの？　王都最強と名高いクラリノ家の私兵団はこの程度だったんですの？」

そこへ適当に煽り文句を言いながら、バンバン斬り込んでいけば、あっさりと私兵団を崩していけますわ。……まるで歯ごたえがありませんけれど、まあ、こういう一方的な戦いも、たまには悪くありませんわ。

「多少は骨があるかと期待していたが……なんだ、大したことは無いな！」

一方、ドランは見事に徒手空拳ですけれど、こう、クラリノ家の私兵共とドラン、どちらも徒手空拳で居ながらにして、こんなにも差が生じるものなんですのねえ。

ドランがちゃんと服を着てるってことはまあ当然の差異ですけれど……それ以上にやっぱり、戦い方が全然、違いますわ。

ドランのはね、拳で、脚で、ちゃんと人を殺せる戦い方ですのよ。護身術とか、そういうチャチなもんじゃありませんの。……ちょっぴり寒気がするくらい、武術が冴え渡っていますわね。

「奴は悪しき人狼だぞ！　怯むな！　戦え！」

クリスが一生懸命ドランを狙って兵士を鼓舞していますけれど、兵士連中はすっかりドランに怯えていますわ。そりゃそうですわ。殺人拳の筋肉男を前にして、普段から剣に頼ってる兵士連中が怯えないわけがありませんもの。無様ですわねえ。おほほほほ。

「死ね！　死ね！　死ね！　ひゃははははははは！」

その間、チェスタは狂ったように戦ってますわ。というかアレはもう、完全に狂ってますわ。多分、戦闘の興奮かお薬かでガンギマリですし、そうでなくったってフルチンで何の躊躇いも無く戦ってる奴が居たら、そいつは間違いなくそいつが一等賞ですわ。

……そう。何故か、チェスタも今、フルチンですわ。フルチンで、義手の仕込みナイフぶん回して、尋常じゃない戦い方してますわぁ……。

あの、なんでチェスタは義手にしかスライム忌避剤を塗らなかったんですの？　私、説明しましたわよね？　なんですの？　あいつ、バカですの？　それとも、露出狂……？

「な、なんだこいつは！　なんて戦い方をするんだ⁉」

「そもそも本当に人間か⁉　お、おい、来るな、来るなぁああああ！」

「ひゃはは！　俺は！　大きくなったら！　お城の騎士になるのが！　夢なんだよぉおおおお！」

……ま、まあ、そんな状態ですから、迫力だけでも優勝ですわ。下手すりゃドランより怯えられてますわ。もうあなたがナンバーワンでよくってよ。


「ふむ……つまらんな。これなら私も武器を捨てた方が楽しめるか？」

そしてお兄様はというと、優雅に鉄パイプぶん回して兵士の頭蓋を叩き割ったところでらっしゃいますわね。でもやっぱり、少々のつまらなさも感じてらっしゃるみたい。

「……よし。折角だ。親玉はヴァイオリアに譲ってやりたいし、なら、私は私で楽しむ工夫をしなければな」

お兄様はそう言って笑うと……鉄パイプをしまって、徒手空拳の構えを取りましたわ。

「さあ、クラリノ家私兵団の諸君。私は武器を捨てたぞ。これで君達も奮起してくれるかな？」

明らかな挑発に、兵士達は乗っかりましたわね。お兄様めがけて、複数名で襲い掛かっていきましたわ。

……そして次の瞬間、連中、吹っ飛んでましたわ。そりゃそうですわ。お兄様は幼少の頃からエルゼマリンの裏通りでステゴロの喧嘩に明け暮れて、その内人間相手に飽きて魔物相手にもステゴロ始めちゃったお方ですもの！　流石はお兄様ですわね！

「ふーむ、つまらん。実につまらん……ああ、そうだ。なら剣を与えてやるから、もう少し楽しませてくれ。ほら。起きろ」

ぶっ倒れた兵士の脇腹を靴のつま先でつんつんやりながら、お兄様は空間鞄から剣を出してかざして見せましたわ。まあ、兵士達はもう全員気絶していて、誰も反応しませんでしたけれど……。


「あ、あああ、ヴァイオリア様ぁ！　見ないで！　見ないでくださいぃぃい！」

クリスの隣にいたリタルも、当然ピンクスライムの餌食ですわ。既に下着すら失って、きゃあきゃあと悲鳴を上げていますわね。うるさいったらありゃしませんわね！　誰も見ませんわよ！

「あなた、魔法使いなら自力でなんとかなさいなッ！」

「えっ⁉　あっ、そ、そうでした！　ええと……」

一喝してやったら、リタルはすぐ自分の力を思い出したらしく……杖無しではありましたけれど、ちゃんと魔法を使いましたのよ。

リタルの十八番、水玉が宙に浮かぶ魔法を応用して、水で服を作って着ていますわ。水も案外、上手く制御すると乱反射で全く透けない服にできますのねえ。

「や、やりました！　できましたよ、ヴァイオリア様！」

「いい腕ですわね！　さあ、ならあなたはその服が脱げないように気を付けながら引っ込んでなさいな！」

私が声を掛けてやれば、リタルは元気に『はい！』とお返事して、隅っこで大人しくし始めましたわ。うーん、ちょっぴり心配になるくらいのいい子ですわねえ……。


……さて。

こうして私達が戦ったり戦わなかったりしている間に、クラリノ家の兵士はどんどん数を減らしていって……遂には、クリスを残すばかりとなりましたわ。

「あらあら。あなた、随分と優秀なスリでいらっしゃいますのね。どこから下着を調達なさいましたの？」

「お、おのれ……！」

適当に煽ってやるのも楽しい圧倒的な状況ですわね。クリスは剣も鎧も当然失って、誰かのを剥いだのか上手く応急処置したのか、ボロボロの下着一枚だけでなんとか立っている哀れな姿ですわ。

「さて……クリス・ベイ・クラリノ。あなた、覚悟はよくって？」

私が真正面から見つめてそう言ってやれば、クリスは動揺と憎悪に揺れる目で、それでも何とか、私を睨み返してきましたわねえ。ええ、中々よくってよ。気力の折れた奴と戦ったって楽しくありませんもの。どうせなら楽しみたいっていうのは、お兄様だけじゃありませんのよ？

「ま、折角ですわ。私も武器は捨てて差し上げましょう」

ということで、私、お兄様に倣って剣を捨てましたわ。

「なっ……」

これにはクリスも驚いたようですわね。驚いて、それから続いて疑いの目を私へ向けてきますわ。

「……何を考えている？」

疑いの目って、要は、怯え、ですわね。

クリスは今、理解できない私の行動を見て、怯えているんですのよ。分からないものは怖い。ええ、真理ですわ。

「簡単なことよ」

私は、クリスから怯えを取り除いてあげるために、優しく教えてあげますの。

「後から『卑怯な手を使われたから負けた』なんて、言い訳の余地が残らないように、ですわ。あなたには完全に敗北していただかなくては」

クリスは私の言葉に顔を歪めて、如何にも憎々し気に私を睨んできましたわねえ。ええ、よくってよ！　元気な方が倒し甲斐があるってモンですわ！

「私、ステゴロでもボチボチ強くってよ。あなたはどうかしらね？　……参りますわッ！」

そして私、地面を蹴ってクリスへと突っ込んでいきますわ！

さあ！　精々楽しませて頂戴なッ！


私はステゴロでもボチボチいけますけど、クリスもそれなりに格闘を学んできたようですわね。

クリスの戦い方は、疵の無いものでしたわ。教科書にある通りの完璧な動きと、それらの繋ぎ方。滑らかに、完璧な、整った動作で繰り出される『対人格闘術』は、師範にしてもいいくらいの、素晴らしいものですわね。

流石、如才なく色々こなす貴族随一の秀才ですわ。相手にとって不足なし、といったところかしら。兵士が全員、クリス並みに格闘術を身につけていたら、もしかしたら負けていたのは私達だったかもしれませんわね。

……でも、そこまでですわね。

「あらあらあら！　もう一撃入ってしまいましたわねえ！　あなた、どこに目ン玉付いてますの？」

クリスが学んだのはあくまでも『対人格闘術』。兵士が学ぶそれを突き詰めていっただけの、ある種お上品な学問の一派ですわ。

一方、私が学んできたのは『ステゴロ』。素手で殴り合い、蹴り合って、殺し合う。そういう、お上品さからはかけ離れた……そしてどこまでも実用美に満ちた、戦闘の知識と経験の集合体ですのよ。

……要は、私は教科書に載っていないようなことを平気でできて、一方のクリスは、教科書に載っていないようなことには対処できませんのよ。

「ほら、また一撃入りましたわよ！　……ふふ、大丈夫かしら？　さっきの蹴りであなたの脳ミソ、揺れてますでしょう？」

「黙れ……黙れ！」

「あーら、乱暴な動きですこと。それじゃああなた、私には勝てませんわねえ」

そして何よりも、この戦いの勝敗を決定づけたのは……戦いに向かう、精神。

失うものがあって、怯えと緊張の極限状態に居るクリス。既に失っていて、戦うことを楽しむ余裕がある私。どちらが勝つのかなんて、分かり切ったことじゃなくって？

……そうして。

「はい、チェックメイト」

私は、うつ伏せに倒れたクリスの延髄に踵を載せて、勝利宣言致しましたわ。


クリスはぜえぜえと荒い呼吸を繰り返しながら、首を回して、血走った目で私を睨んできますわね。でも、足元でそんなことされたって、まるで怖くなくってよ。

「このままあなたの延髄、踏み折って差し上げたらよろしいかしら」

「この……」

クリスは生まれて初めて味わうであろう敗北と屈辱、そして死の恐怖に、すっかり極限状態、ってかんじですわね。

「ね、クリス。あなた、知らなかったでしょう？　死刑宣告って、こういうかんじですのよ」

ですから私、そこへ囁いて差し上げますわ。

「あなたが私に下さった死刑宣告。ようやく倍にしてお返しして差し上げられますわね」

クリスが目を見開いて、いよいよ暴れようとしたのを見て、私、踵にぐっと力を込めましたわ。

大人しくしておきなさいね、という意思と殺意をたっぷり込めて。

……今、クリスは何を考えているのかしら。自分の過ちを振り返っているのかしら？　あの時あしておけばよかった、なんて後悔しているかしら？　それとも……。

それから私達はクラリノ家の兵士共を鎖に繋いでいくお仕事をしましたわ。

「これで兵士共の処理はいいか」

「いやー、俺ってば先見の明があるね。普通、これだけの数の手錠なんざ持ってないぜ?」

気絶している兵士全員に手錠をかけて、それを直列に繋いでいって、全員が誰かとくっついている状態にしてやりましたの。これでそうそう、脱走はできませんわね。

「これだけ繋がってるとちょっぴり壮観ですわねえ」

「そうだな。私もこのような光景は初めて見る。奴隷を載せた船を襲った時ですら、繋がっている人間はこの半分程度だったからな。はっはっは!」

ま、クラリノ家の兵士の皆さんにはこういう形で敗北を味わって頂きましょうね。彼らはクラリノ家なんかに雇われているもんだから、エリート兵士を気取っていた連中ですのよ。当然、それに見合う能力もあったのでしょうけれど……マッパで手錠掛けられて鎖で繋がれちゃえば、エリートの名が泣きますわねえ!

「さて、残るはクリス・ベイ・クラリノだが……おい、ヴァイオリア。俺は『半分こ』と聞いていたが?」

「うっかりやっちゃいましたわぁ……ごめんあそばせ。埋め合わせは何かしますわ」

ドランがじっとりした目で私を見てきますわぁ……。ああ、まあ、ドランも一発クリスをぶん殴りたかったんでしょうけれど、でも、戦いの途中で交代するわけにもいきませんもの。しょーがなくってよ!

「埋め合わせ、か……」

ドランは少し考えるそぶりを見せて……それから、にやり、と笑って、言いましたわ。

「それなら、お前の血を一瓶、もらおうか」

「エッ、ま、まさかドラン、あなた、ラリるつもりですの⁉」

「いや、毒として使いたい用事があるだけだ。妙な誤解はするな」

あ、そうですの……？　まあ、ならよくってよ。私の血って見た目は血ですから、隠し持っていてもまさかそれが毒だとは思われませんし、使い勝手はいいかもしれませんわね。ええ、強すぎて使い勝手が悪いってことはあるかもしれませんけれど……。

「じゃあ、はい。忘れないうちに渡しておきますわね。後でモッチリウニョーンの涙を入れておくとよくってよ。そうすれば血が固まらないままにできますわ」

その場で血を採って小瓶に入れて渡せば、ドランはなんだか上機嫌に笑ってそれを受け取って、月明かりに瓶を透かして見てますわねえ。見たって只の血ですわよ、それ。

「さて、クリスの処理を進めるか。どうする、手足を折っておくか？」

ドランは血の小瓶を懐にしまい込みながらそう提案してくれましたけれど、まあ、それじゃ勿体なくってよ。

「実は私、決めている処理がございますの。これからこの王国が崩壊することを大いに予感させるための素敵な演出の一つとして、クリスを使いたいのですけれど……」

よっこいしょ、とクリスに手錠をかけてやりながら、ちょっと考えますわ。今後のクリスの処遇ですけれど、やっぱり……。

……と、その瞬間。

ばっ、とクリスが動きましたわ。咄嗟に私も反応できない速度の、死に物狂いの挙動でしたわ。

「動くな！」

そしてクリスは……自分にかけられた手錠の鎖を使って、ジョヴァンの首を絞めていましたのよ。

クリスの目はすっかり血走って、ギリギリとジョヴァンの首を絞め上げていきますわね。

「こいつの命が惜しいなら、全員、抵抗せず……」

……けれど、クリスがそう、言い終わる前に。

何の躊躇も無く、ドランが、クリスの横っ面に一撃、決めてましたのよ。


クリスが吹っ飛んで、ジョヴァンは私がさっと救出して、その間にお兄様がクリスの脚にも枷を嵌めてしまいましたわ。はー、びっくりしましたわあ。くたばり損ないのクリスでも、案外動きますのねえ。

「よし、『礼』は一旦、これでよしとするか。……ジョヴァン、骨は折れていないだろうな？」

ジョヴァンは首を絞められた影響か、一頻り咳き込んでいましたけれど、それもやがて落ち着いてきましたわ。あーよかったですわ。ジョヴァンの骨みたいな首じゃ、下手に絞められたら呼吸血流云々より先にポキッと折れてたかもしれませんものね。おほほほほ。

「……おいおいおい、ドラン。何、お前、俺の命が惜しくなかったってワケ？」

ジョヴァンはじっとりした目をドランに向けていますわねえ。さっきまで人質にとられていた緊張感とか、まるきり無くってよ。慣れてますわねえ。

「クリスがお前を殺すより、俺がクリスに一撃入れる方が早いと踏んだ」

「一撃でクリスが昏倒してくれてなかったら俺、死んでたけど？」

「その時は二撃目に移る。……どうせこいつには剣や銃以外で人を殺す覚悟など無かっただろう」

ドランがにやりと笑うと、ジョヴァンはクリスをちら、と見てから盛大にため息を吐きましたわ。

「ま、このお坊ちゃんは、確かにそうかもね。ったく、殺すのに躊躇するんなら、こんなことすべきじゃないったら……はあ、それにしてもドラン。お前、つるみ甲斐の無い野郎だぜ、全く」

「言ってろ」

ジョヴァンがドランを小突いて、ドランが笑って、まあ、落ち着いたところで……さて。

「リタル」

「ひゃいっ！」

リタルを呼んでみたら、裏返ったお返事がきましてよ。大丈夫かしらこの子……。

「クリスに水ぶっかけて頂けますこと？　この野郎、伸びてやがりますわ」

「わ、分かりました！」

このままじゃ面白くありませんから、リタルの魔法でクリスを起こしてもらいますわ。折角なら、仕上げまでしっかり楽しみたいですものね。

バシャン、と水がぶっかかって、クリスは流石に起きましたわね。

「クリス・ベイ・クラリノ。私、あなたに感謝申し上げますわ」

さて、クリスは意識を取り戻してすぐ抵抗しようとしましたけれど、もう手だけじゃなくて足にも枷がついていますものね。そうそう動けませんわ。

……一度は面白いから許してあげてもいいけれど、二度目はもう、無くってよ。

「あなた、『卑怯な勝負じゃなかったのに負けた』だけじゃなくて、自ら『卑怯な手を使ったのに負けた』っていうところにまで身を落としてくださったんですものね」

面白いことしてくれた分はしっかりと分からせるようにそう言って、私はクリスの前に、首輪を出して見せてやりますわ。

「……それは」

ええ。クリスもこれの存在は知っているはずですわ。これ、奴隷に嵌められるものですものね。

「そうよ。奴隷の首輪ですわ。ご存じでしょう？」

「そ、それを扱うには、国の承認が必要なはずだ！　違法だぞ！」

そうですわね。これを私が使ってたら違法ですわね。

……そうなんですのよ。一応、そういうことになってますわ。国が承認した場合じゃないと、人間を新たに奴隷にすることはできませんの。じゃなきゃ、そこらへんで人を攫って奴隷にし放題ですものね。

ついでに、奴隷の首輪は生産される時、ちょいと複雑な魔法を使えないと開錠施錠ができないように加工されていますの。その上、奴隷の首輪の流通は非常に厳しく制限されていますわ。……まあ、開錠施錠についてはお兄様が魔法でなんとかできちゃうらしいですし、入手については、エルゼマリンの裏通りでボチボチ購入できますのよね。

多分、キーブが奴隷にされていたのも、そういう『非合法』なやり方だったんでしょうし、クリスをはじめとした貴族連中はそれをずっと見過ごしてきたのですけれど。

「あら、面白いことを言いますのねえ。今更私が法律なんざ守ってやる義理があると思いまして？」

そして何より、私、法を守ってやる義理はもうありませんわ。

法に守られるなら、法を守ってやってもよかったわ。……でも、法は私を守ってくれませんでしたものね。

「それに……法を無視して私に死刑吹っ掛けた野郎が、違法合法を語るなんて、滑稽でしてよ」

私、何よりも筋が通ってない奴が嫌いですわ。

法を破るくせに法を守れと言ったり。殺されたくないのに殺したり。その上、その矛盾を矛盾とも思わずに生きている。……そういう奴、大嫌いですのよ。

ですから、クリスには一切容赦しませんわ。

「よく御覧なさい。あなたのような畜生にも劣る生き物には、これがお似合いでしてよ」

クリスにもよく分かるように、ゆっくり、首輪を嵌めてやりますわ。

ぱちん、と留め金がかかる音が、クリスには死刑宣告のように聞こえたかもしれませんわねえ。

おほほほ。

それからお兄様に、奴隷の首輪の施錠をやっていただきましたわ。暴れるクリスをドランに押さえておいてもらって、その間にチョチョイ、ですのよ。お兄様って本当に器用でらっしゃるんですのよねえ。やっぱり自慢の家族ですわ！

　更に続いて、私兵共にも同じく奴隷処理を施していきますわ。兵士達は、自分達の主人が奴隷落ちしたのを目の当たりにしていましたから、すっかり諦めて大人しく奴隷にされるか……はたまた、『クリス・ベイ・クラリノに仕えるのをやめるから奴隷落ちは勘弁してくれ！』と主人を売って足掻こうとするか、どちらかでしたわねえ。ええ、まあ、どっちもどっちですわ。分類が面倒ですからどっちも等しく奴隷にしましたわ。後でちゃんと分類し直して、奴隷から解放してやる奴とそうじゃない奴とに分けましょうね。


「……殺せ」

　そんな部下達の様子に目もくれず、ずっと自分の状況を咀嚼していたらしいクリスが、呟くようにそう、言いましたわ。

「殺せ！　貴様の勝ちだ！　もういいだろう！」

　あらあらあら……これには私、思わず笑っちゃいますわ。おほほほ。

「あら、私、ちゃーんと申し上げましたわよね？　死刑宣告を倍返しして差し上げる、と。あなたは二度、死にますわ。私を死刑にしようとしたのですから、それくらいは覚悟なさっていただかなきゃね」

　クリスが目を見開いて、この世の終わりみたいな顔してますわね。ええ。クリスにとっては、正にこの世の終わりでしょう。彼がこの国で好き勝手する未来は潰えましたものね。

「殺されたくないのに殺したいのなら、負けちゃいけませんのよ」

ま、結局はそういうことですわ。

クリスは負けた。正しい行いをしていたわけでもなかった。だから滅ぶ。それだけのこと。

……私もこうならないようにしなきゃいけませんわねえ。ふふ。


「ヴァイオリア。こいつら、どうやって運ぶ？　馬車なら出せるけれど」

「あら、流石キーブですわ。気が利きますのね」

「当然でしょ」

さて。キーブがずっと隠れていた空間鞄の中から出てきて、同時に、鞄からたくさんの馬車と馬車馬を出してくれましたわ。クラリノ家の紋が入った、金装飾の立派なやつですわ。これでクラリノ家私兵団御一行様を堂々と護送することができましてよ！

「ほら、さっさと服着ろよ。いつまでその恰好でいるつもり？」

「わ、わわわっ……ありがとうございます、キーブ様！」

キーブが服を投げて寄越してやったことで、リタルは物陰に引っ込んで、お着換えを始めましたわね。まあ、ずっと水の服で居るわけにはいきませんものねえ……。

「えーと、そーね。馬車は五台だから、キーブに護衛をやってもらって俺達で御者、かしら」

さて。では早速、馬車で彼らを王都へ運びたいのですけれど……御者が、居ませんのよねえ。

「ジョヴァン。チェスタが使い物にならん」

「げっ、もうラリってんの？　勘弁してよ」

ええ。御者にしたかったチェスタが、この通りですの。ラリラリですわ。今もドランに担ぎ上げられた状態でヘラヘラララリラリしてますわぁ……。

「……えーと、どうするかな。じゃあ、キーブが御者やりながら結界を維持？　できる？」

「あの！　でしたら、僕が御者を務めます！　あと、ドラン様とヴァイオリア様、ジョヴァン様とコントラウス様にもお願いできれば、これで御者が五名です！」

悩んでいたところにリタルが名乗り出てくれましたけれど……うーん、リタルは、使いたくありませんのよねえ……。

「御者はキーブにお願いしましょう。結界は不要ね。何か近づいてきたら殺しゃーよくってよ……それで、リタル。あなたには別の用事をお願いしますわ」

「えっ、な、何故ですか⁉　……僕では、信用に足りませんか？」

リタルは不安そうな目で私を見つめてくるのですけれど、こればっかりは譲れませんわよ。

「あなた、一応クラリノ家の一員だったわけでしょう？　ですからあなたを王都には入れたくありませんの。あなたが居るところでクラリノ家を断罪するのは、ちょっと、ね？　……あなたを信じていないわけじゃ、なくってよ。それは分かって頂戴な」

理由を説明すれば、リタルはようやく合点がいったらしくて、大人しく頷きましたわ。

さて。ならば早速、ということで、リタルに空間鞄と彼の杖とを渡しますわ。

「そういうことで、リタル。あなたにはこの森に放ってしまったピンクスライムの回収をお願いしますわ」

「……へっ？」

ええ。撒いちゃったピンクスライム、このままにしておくわけにはいきませんわよ。元々ちょいと珍しいスライムなのに、それを空間鞄の中で育てに育てて増やしちゃったわけですから……。このままだと、この森の生態系、一気に崩れそうで嫌なんですのよねえ。

「今ここで動けるあなたにしかお願いできないことでしてよ。やってくれるかしら？」

「僕にしか、できないこと……はい！　勿論です！　任せてください！」

お願いしたら、リタルは快諾してくれましたわ。空間鞄と杖を手に、早速、森を走っていきましたわね。元気ですこと。

……後で、「あいつちょろすぎない？」なんてキーブが言ってましたけど。おほほほほ。


ま、ちょいとすったもんだありましたけれど、そろそろ出発しなくてはね。

早速、繋いだ兵士達を馬車に詰めて、クリスも設置して、自殺なんかしないようにちゃんとしっかり拘束して、準備完了ですわ。

「……お嬢さん。このまま出発するの？」

「当然ですわ。そうでなきゃ、わざわざ馬車なんて使いませんわ。空間鞄にこいつら詰めてドラゴンで運んだ方が簡単ですもの」

ジョヴァンが何とも言えない顔してますけど、私は晴れ晴れとした顔をしていますわ！

「クリスには馬車のてっぺんに乗った状態でエルゼマリンから王都までの街道、そして王都の中を進んでもらいますわ！」

ああ、クリスがまた『殺せ！』って喚いてますわねえ。でも殺してあげませんわよ。奴隷になった以上、自殺は当然禁じていますわ。私につまらない死刑を吹っ掛けてきた上、フォルテシアの屋敷を燃やし、私達の研究成果である銃を奪ってつまらない使い方をした罪……その分は、彼の名誉と尊厳でお支払いいただかなくてはね！

「敵ながら同情するぜ。ま、助けてやんないけどね」

「そういうわけですわ。さ、参りますわよ」

私は早速、馬に優しく鞭を入れてやって、馬車を進めることにしましたわ。王都に到着するのが楽しみですわねえ。おほほほほ。

九話　私に逆らうとこうですわよ

私達の馬車はゆったりと進んでいきましたわ。できるだけ、人通りの多いところをね。

まず、森を出てエルゼマリンの中を凱旋しましたの。折角、エルゼマリン近郊の森に居たのですから、まっすぐ王都へ向かうんじゃなくて、エルゼマリンを凱旋しなくちゃ勿体なくってよ。

今日も朝からエルゼマリンは賑わっていますわ。港では船が荷を積んだり降ろしたりしていますし、それ以外でも人々が行き交っておりますの。貴族街がありますから、貴族も多くってよ。そして何より、エルゼマリンはクラリノ家が治める土地ですから、クラリノ家の関係者も多いんじゃないかしらね。

「あ、あれは……お、おいおい、マジかよ！」

「なんてこと！　あれはクリス様なんじゃなくって……!?」

そしてそんな中、広場に馬車が停まれば、目立ちますわねえ。商人らしい者達や貴族の令嬢なんかもこちらに注目していますわ。

「皆様、ごきげんよう！　ヴァイオリア・ニコ・フォルテシアよ！」

そんな中、私は御者のマントと仮面を外して、しっかりご挨拶申し上げますわよ。民衆の注目をしっかり集めて、伝えるべきことをしっかり伝えておかなければね。

「ここに居るのはクリス・ベイ・クラリノ。クラリノ家の長子にして、貴族院総裁を務める貴族中の貴族ですわ！」

私が名乗りを上げれば民衆はざわめきますし、更にクリスを紹介すればもっとざわめきますわ。それもそのはず。クリスは今、とっても無様な恰好。これを見て民衆は非常に驚いた様子ですわね え。一方、クリス本人はこんな自分の姿を民衆に晒す羽目になって、今にも自害しそうな顔をしていますわ。当然、自害なんて許しませんけど。おほほほほ。

「クリス・ベイ・クラリノは私に『王子暗殺未遂』などという無実の罪を着せ、フォルテシア家を燃やすよう指示した張本人ですの！　そうしてフォルテシア家の財産を盗んで私的に利用した上、私には死刑を吹っ掛けてくださいましたわ！」

私の言葉に、民衆がまたざわめきますわ。

……愚かな民衆からしてみると、恐らく、まるで理解できていないと思いますわぁ。なんでフォルテシア家が無実の罪を着せられたのか、とか、何故クリス・ベイ・クラリノは私を処分したかったのか、とか。全然理解できてないと思いますわ。ええ。ですから、その辺の理屈は分からなくって結構よ。民衆を動かすものは筋道だった理屈ではなく分かりやすい感情論ですものね！

「皆様、想像してみてくださいな。愛する家族に会おうと帰宅してみたら……自分の家が燃やされていた、という場面を。そして裁判すら無く理不尽に罪を着せられ、愛する婚約者にさえ裏切られ、死刑宣告されることを……その絶望も、悲しみも、全て、想像していただきたいの」

感情に訴えかけるように話し続ければ、民衆はそれに流されますわ。クリスの姿にショックを受けていたらしい民衆達も、私には同情的になって参りましたわねえ。

「私は深い悲しみと絶望の底から、這いあがって参りましたわ。そして、決意しましたの。悪は正さねばならない、と。……しかし、この国の頂点に立つ者が皆悪に染まっているのならば、正しようがありませんわね。こうでもしない限り」

私は『こう』でクリスを示して、続けますわ。

「皆様の中には、私の言葉を覚えている方もいらっしゃるかしら。私、先日、王都の処刑台の上で、『革命を起こす』と宣言致しましたわ。そして私は今までの上級貴族達のように、言葉を発するだけで行動しないような、そんな連中とは違いますのよ」

私の言葉は、民衆にとっては希望、そして貴族にとっては絶望、ですわね。きっと。

「これは革命の始まりですわ。私は、この国を正しますわよ」


わっ、と上がった歓声は、平民達から上がったものですわ。そりゃそうですわ。ぽちぽち混ざってる貴族連中はクリスの姿にショックを受けているばかりで、私の話なんざ聞いちゃいませんわ。

「……ですから、これからこの国は動乱の時を迎えますの。皆様、その準備はよろしいかしら？特に、今まで只々暴利を貪ってきた貴族連中は、しっかり覚悟しておいてくださいましね？」

私が釘を刺してようやく、貴族連中もドキリとした顔で私の方を見ましたわ。ええ。しっかり身の振り方を考えておきなさいね！　さもないとクリスみたいに奴隷にされた挙句、全裸で馬車の上に設置されて晒し者にされますのよ！


……エルゼマリンでの演説とクリスの敗北お披露目会によって、その後数日で貴族達が亡命を始めたらしいですわ。エルゼマリンは丁度港町ですし、海を越えて国外へ逃げるにはうってつけですのよね。まあ、逃げ出すならそれでよくってよ。

ただ、私達が育てた海賊市場が彼らの行く手を阻んだらしいんですの。貴族が船で亡命しようとしているところなんて、襲えば大金待ったなしですものね。ええ。ということで、実際には亡命に成功した貴族はそう多くなかったらしいですわ。おほほほほ。

さて、エルゼマリンでの演説を終えたら、のんびり王都へ向かいますわ。そうして王都に到着したのは翌々日の昼下がり。丁度いい時間ですわね。

エルゼマリンから王都までの街道も、それなりに人通りがあって素敵でしたわ。道行く人々が皆、クリスの醜態をまじまじと見つめていきますの。クリスはもう意識を失ったふりをしてやり過ごしていましたわ。愉快ですわねえ。

……さて、王都の検問では、当然、私を捕えようと動きがありますわ。でもこっちにはクリス・ベイ・クラリノが居ますの。彼を人質に取れば、衛兵達も対応に困って道を開けてくれる、というわけですのよ。クリスって便利ですわね。

そうして王都の中へ入り込んだ私達は、エルゼマリンの時よりずっとずっと多くの人々に見つめられることになりますわね。ええ、是非ご覧になって頂戴な。クリスの醜態が晒されれば晒されるほど、私は愉快な気分になりますのよ！

王都の中心広場まで馬車を動かしたら、その後は簡単ですわ。エルゼマリンの時と同じように、演説を始めるだけですわ。

「皆様、ごきげんよう！　ヴァイオリア・ニコ・フォルテシアよ！」

さあ、ここでもしっかり、『革命』という大義名分を主張して民意を集めてやりますし、貴族連中をビビらせて差し上げますわよ！　おほほほほ！

王都での演説も終えた私達は、王城の衛兵が駆けつけてきたのを機に、さっさと逃げましたわ。途中で馬車を捨てて、あらかじめ鞄にしまっておいた兵士達とクリスとを連れて、ドラゴンで移動することにしましたの。

キーブが聖女様の時に使うドラゴンは真っ白な美しいドラゴンですわね。けれど私が移動に使うのは、深紅の鱗を持つドラゴンですわ。鮮やかな赤が、はっとするほど美しくってよ。ちなみに、チェスタいわく『ヴァイオリアみてーな色のドラゴン』とのことでしたわ。まあ、そうですわね。私、赤色が大好きですから文句はありませんわよ。

ドラゴンはすっかり私に平服して、私を乗せて飛ぶことを栄誉あることだと思っているようですの。おかげで随分と快適に空の旅を楽しむことができましたわね。

そうしてエルゼマリンへ戻ってきた私達は、丁度ピンクスライムを回収し終えたらしいリタルを拾って、そろそろ正気に戻ってきたチェスタを引っ張って、アジトへ帰りましたわ。

アジトへ帰ったら、まずは、ささやかながらお祝いのパーティを開きましょうね。

何せ、あの貴族院を落とすことができたんですもの。クリスを失った貴族院がこれからどうなるのかはまだ分かりませんけれど、何にせよ、滅びへ向かっていくことは間違いありませんものね。

ジョヴァンがお持ち帰り用の食事をいくらか買って帰ってきてくれて、キーブとリタルがそれをテーブルに並べていきますわ。チキンのサラダにお肉の串焼き、アサリのワイン蒸しにエビのフリッターに、焼き立てパン……。美味しそうな香りですこと！

チェスタはこういう時、専らお酒係ですわね。特に組み合わせも何も考えずに色々なお酒の瓶を抱えて持ってきて、お兄様に『これは今日の食事に合わないからやめておきたまえ。こちらは最適な組み合わせだ。アサリやエビによく合うからな。ドラゴン肉に合わせるならそれだな』ってあれこれ助言されては、『へー』って聞いてますわねえ……。

簡易的な厨房では、ドランがドラゴン肉を焼き始めていて、私はその横でケーキを切り分け始めますわ。……ケーキは私とキーブとお兄様とリタルの四人分ですわ。チェスタあたりは気が向いたら食べるかもしれませんけど、自分で切り分けりゃいいので私は切り分けませんわ！

……と、手早く準備が終わったら、早速、乾杯ですわ！

「では、私達の勝利と貴族院の滅びを祝って、乾杯しましょう！」

私が音頭を取れば、皆がそれぞれの飲み物の入ったグラスを掲げて、私達のパーティが始まりましたのよ！


ささやかながら、素敵なパーティでしたわ。エルゼマリンって大抵そうですけれど、持ち帰りでもご飯が美味しいんですのよね。王都の近くの町で、かつクラリノ家のお膝元、貴族街まであるような町ですから、洗練された技術を持った料理人が集まってきますし、町の人間達の舌も肥えていますし。ええ。よっぽど気取った貴族でもなければ、エルゼマリンの街角のお持ち帰りメニューには大満足だと思いますわよ！

それにケーキもとっても素敵。今日は贅沢にいくつかのケーキを一切れずつ盛り合わせてみましたの。ベリーのタルトにオレンジのシフォンケーキ、濃厚なクリームとチョコレートのケーキ……色んなケーキを少しずつ楽しんでやりますわよ！　たくさんのケーキは、甘いものが好きらしいキーブへの労いも兼ねてますの。だって彼、聖女業でも忙しい中、折角こっちにも顔を出してくれるんですものね。このくらいはさせてくださいな。

そして、あちこちから頂いてきた高級なお酒を合わせて楽しめば、もう最高のディナーですわね。勝利の美酒って、どうしてこんなに美味しいのかしら。幸せですわぁ……。

さて。幸せなディナーを楽しむ中、ちょこ、とキーブが私の服の裾を引っ張ってきましたわ。

「ねえ、ヴァイオリア。奴隷にした連中、どうするの？　クリスはともかく、他の兵士連中は世話するのも面倒じゃない？」

そうねえ。奴隷ばっかり大量に増えちゃいましたけれど、私達、別に、奴隷を集める趣味があるでもありませんもの。居たって面倒なだけと言えばその通り、なのですけれど……。

「使いどころはありますもの。当面はこのまま、飼っておくことにしますわ」

「そうなの？」

「ええ。これから王城を落とすにあたって、兵力は必要ですもの。その点、クラリノ家の私兵が丸ごと手に入ったっていうのは非常に朗報でしてよ！」

これから先は、兵力の差で攻めあぐねることもありませんわねえ。奴隷は言うことをしっかり聞いてくれますから、とてもいい兵士になりますわ！

ほら、私達、これから、王城を破壊しにかかるわけですけれど……お兄様が折角用意してくださった大砲も、砲手が居なかったらタダの鉄の置物になっちゃいますものね！　常に人手不足な私達としては、人手が増えるならそれに越したことはないのですわーッ！

「それに、本当に不要になったら適当に売り捌けばよくってよ」

「……売れるの？」

「そーそー。これは間違いなく儲かるぜ。何せ、貴族の家の私兵は、下級中級の貴族の次男三男が多い！　だからこそ、次男三男は切り捨ててもいいや、って考える家もあるだろうけど、ま、マトモなお家なら、買い戻そうとするんじゃない？」

この辺りはジョヴァンが詳しいんですのねえ。……彼、貴族のあれこれに結構詳しいんですのよねえ。ええ……。

「まあ、希望した奴隷が居たら、そいつは新しい国で使うことにしましょうね」

……兵士達はクリスに仕えていたからといって、クリスのやり方に賛同していた奴ばかりとは限りませんわ。クリスを積極的に裏切って、私達と共に上級貴族や王族をぶち殺そうとしてくれる兵士が居るなら、彼らは是非、私達の側に迎え入れて共に新たな国を作っていく仲間にしたいと思いますのよ。

「ふむ、これで砲手は揃ったか。そうだな。そろそろ大砲を国内へ持ち込んでおかなければ」

新聞を読んでいたお兄様が、ふと、そう言って笑みを浮かべられましたわ。ちなみに新聞には『貴族の亡命　しかし海賊被害の悲劇！』って見出しが出てますわ。亡命しようとして海賊に襲われた貴族の記事ですわね。ちょっぴり愉快ですわ！

「いよいよ、あの趣味の悪い王城を破壊してやる時が来たな、ヴァイオリア」

「ええ。ずっとずっと、これを楽しみに私、頑張って参りましたのよ」

お兄様の言葉に、私、思わずニッコリですわ。

思えば私、随分と色々なことをしてきましたわねえ。

王城の間で革命宣言して。ドランと一緒にムショを出て。ドラゴンを狩って食べて、リタルに懐かれて。ジョヴァンの発案でお薬を作って、そのお薬を流通させて。チェスタにねだられて葉っぱも作ることになって。海賊もやりましたし、白薔薇館を爆破してやりましたし……それに、キーブを聖女様にしちゃいましたし、処刑台で演説しましたし、クリスを奴隷落ちさせてやりましたわ！

そしてこれらは全て、最後の目的を達成するためにあったこと。

そう！　つまり！

「ようやく私、王城と王族連中を燃やしてやることができますのね……」

燃やすことですわ！　この国の汚物を燃やしてやることですわ！


「なー、ヴァイオリアってモノ燃やすの好きだよな。なんで？」

「だって私、冬生まれですもの。炎の暖かさと美しさに慣れ親しんで育って参りましたのよ」

「あのね、お嬢さん。『冬生まれは放火好き』っていう方程式を生み出さないでくれる？　前も言った気がするけど、俺まで放火魔になっちまうでしょーが」

ええ。ですからジョヴァンも放火魔になればよくってよ。楽しいですわよ？　嫌いなものを燃やしてやるのって……。

「俺は夏生まれだけど放火、嫌いじゃないぜ！」

「僕は秋生まれだから、焚火の季節ってことで、いいよね？」

「あ、あの、僕は春の生まれなのですが……あの、放火、とは一体……？」

まあ、四季折々、放火はいつだって素晴らしいものですわ。ええ。自分が火を付ける側ならね！

さあ、お楽しみは目前ですわ。この国を終わらせてやるまで、徹底的に走り抜けましょうね。

「私を、そしてフォルテシアを裏切ったこと……必ず後悔させてやりますわ」

……私が王城を破壊する時、あの連中はどういう顔をするかしら。『下賤な新興貴族如き』が国をひっくり返すことを、どう思うかしらね。

そして……クリスや国王の言いなりになって婚約破棄したあのタコは、元気にしているかしら。元気じゃなきゃ、困りますわ。シナシナしてたら燃やし甲斐がありませんものね。これからしっかり地獄の底で後悔を味わっていただかなくてはならないんですもの。その分、今は元気で居てほしいものですわね。おほほほほほ。


……それから数日。

エルゼマリンでも王都でも、人々の噂はクラリノ家のことばかり。何せ、新聞記事は連日連日、クリス・ベイ・クラリノの無様な奴隷落ちを報じていますもの。それだけ、人々にとってはクリスの敗北が衝撃的だったのでしょうね。

クリスの敗北と奴隷落ちを受けて、貴族院は大混乱。いままで貴族院の無能共を引っ張っていたクリスが急に消えた以上、混乱は免れないとは思っていましたけれど……どうも、貴族共は『クリスが消えた今、自分こそが頂点に立つのだ！』と意気込んでいるらしくて、それが余計に混乱を加速させているようなんですのよ。醜い争いですわぁ……。

「ほら、あなたのことが新聞に出てますわよ」

ということで、そんな新聞記事をクリスにもちゃんと見せてあげますわ。彼、奴隷になりましたから、私の命令には逆らえませんの。新聞記事も読めと言われたら読まないわけにはいかなくってよ。

「くそ……こんなことをして、ただで済むと思うなよ！」

「あらあら、随分と生意気なことを言いますわねえ。まあ、それくらいイキがいい方が楽しめますから、あなた、是非そのままで居なさいな」

クリスはなんとか私を不愉快にさせたいらしいんですけれど、残念ながら、こいつの価値観と私の価値観は大きく異なりますの。クリスが私に嫌味を言ったって、私からしてみればただ面白いだけなのですわぁ。おほほほほ。

「いいか!? 王はお前を許さない！ この国にお前の居場所など無くなるのだぞ！」

「そもそもこの国が無くなりそうですよ、クリス兄様……」

さて、更に面白いことに、リタルもクリスに物を言うようになったのですわ。

「なるべくしてなったことです。この国は、王も、貴族達も、あまりに愚かすぎました。変わる機会はきっといくらでもあったのに、それに気づけなかった。だから、この国はもう、おしまいです」

ああ、リタルったら、本当に成長しましたのねえ。……あの、ぷるぷるしてただけのおチビが、随分逞しく、しっかりしましたこと。

「リタル……貴様、恥を知れ！　貴様に貴族としての誇りは無いのか！」

「……僕、あなたに銃を向けられたこと、忘れていませんよ」

ええ。本当に、本当に、逞しくなりましたわね。あのリタルが、クリスを青ざめさせているんだもの。クリスは今、どんな気持ちかしら。今まで散々冷遇して、邪険に扱って……そうして成長を見逃して侮っていた弟に、こうして見下ろされて、今、どんな気持ちかしらねえ。

「貴族の誇りなら、僕の中に確かにあります。弱者を守り導くのが貴族の務めであり、僕の誇りです。……クリス兄様は、もう、本来の誇りを忘れてしまわれたようですが」

私、ちょっとびっくりしていますわ。……クリスがリタルに言い返せなくて、ただ、黙っているんですもの。

「僕はこの誇りを、ヴァイオリア様から賜りました！　強くなって、誰かを助けることが、僕にもできるのだと……そう、教えて頂いたのです！　ですから僕の誇りは、ヴァイオリア様と共にある！　僕は、ヴァイオリア様と共に行きます！」

リタルがクリスを見下ろす目が……きっと、クリスに対する一番の罰に、なりましたわね。

「この国がどうして滅ぶのか、もう一度、お考えになってください」

クリスの怒りと憎しみばかりの表情に、ようやく別の感情が見え始めましたわ。

さて、新聞や噂、その他諸々から貴族院の情報を手に入れるのは、クリスを煽るためだけじゃなくってよ。

　いよいよこの国をひっくり返す、という時ですもの。折角なら、今ごたついてる貴族連中は全員お掃除してからこの国をひっくり返したいところですわね。

　ということで、今まで散々私達がやってきたことがようやく実を結びますわ。

「貴族院は今、どれくらいの財力を失っているのかしら」

「そうねー、全体で言えば、流石に半分はいかないと思うけれど。でも、バカな連中に限って言えば、半分は超えたね」

「なら、連中をこの国から叩き出すことも可能かしらね」

　私達が今までに貴族連中から毟ってきたお金が、ここで役に立ちますわ。

　貴族の領地は貴族の私兵によって守られますの。ですから、金のない貴族の領地の防衛力はどうせほぼゼロですわ。私達からしてみると、ご馳走が目の前に用意してあるだけの状態なのですわ！

「各地から革命を起こしていきましょうね。民衆がついてくることは全く期待できませんけれど、貴族連中を脅かして、私兵がボチボチ居るような貴族をサッサと国外逃亡させることはできますでしょ？」

　ふふふ、考えるだけでも楽しくってよ。

　この国は地方からじわじわと潰れていきますの。王はそれを王城から眺めて、戦々恐々と待ちますのよ。いずれ自分達へ届く刃を眺めて過ごすのは、中々楽しい時間になることでしょうねえ。おほほほほ。

「なー、先に王城潰したらまずいのかよ。めんどくせえからもうサッサと燃やそうぜ」

チェスタはちょいと短絡的ですから、もう、何もせずにさっさと王城を潰しに行きたいみたいですわ。放火魔の鑑と言えばそうですわねえ。でも私、最高のディナーのためにも下ごしらえは怠らない主義ですの。

「あら、チェスタ。このまま行くと、王城の兵士達と正面衝突するハメになりますわよ？　そうなったら私達の少人数だと、流石にちょいと厳しいいんじゃないかしら。なら、せめてもの策として、兵士達が王家を見限って逃亡するような状況にしておかなければなりませんわ」

「ま、王族が消えても、貴族が残っていたらそいつらが次の王になろうと騒ぎ出すだろうからね。同じことの繰り返しを防ぐって意味でも、貴族は潰しておいた方がいいの。お分かり？」

ジョヴァンも続いて説明したら、チェスタは『よく分からねえけどまあいいや』と納得しましたわ。まあ、何か燃やしたいなら、地方貴族の家とか燃やせばよくってよ。アレはアレで燃やし甲斐があると思いますわ。


「えーと、そういうわけで、リタル。あなたは……」

さて、そういうわけでちょいと困るのがリタルの処遇なのですけれど……。

「僕はヴァイオリア様と共に参ります！　もう、家は捨てた覚悟です！　僕は、ぐずぐずと腐っていく貴族のままで居るのではなく、この間違った国を変えるための一員で居たい！」

これは、心配する必要なんて、無かったかもしれませんわね。リタルは勢いよくそう言ってくれましたわ。

「……我儘で、貴族としての自覚に欠けることは承知の上です。でも、僕は……僕を人とも思っていない家に居るよりも、価値を初めて認めてくださった方のお側に居たいのです。そして、本来の貴族が果たすべき務めを、少しでも、果たしたいのです……」

これについては、少しばかり、私、思うところがありますわねえ。私があの時、ドラゴンから助けちゃったリタルに妙なことを言わなければ、彼は道を踏み外さずに、立派な貴族の一員で居られたのでしょうけれど……。

……いえ、考えるだけ無駄ですわね。過去は変えられませんわ。それに、もし私が何もしなかったとしたら、今、リタルは兄と私兵団の不名誉のとばっちりでそれはそれで大変だったでしょうから、これでよかったんだって思うしかありませんわね……。

「その意気やよし、ですわ！　他の皆も、よろしいかしら？　もう後戻りなんてできませんけれど、後戻りしようと足掻くなら今の内ですわよ？」

後腐れの無いように一応聞いておこうと思ってそう投げかけてみたら、真っ先にドランが私の肩を軽く叩いて笑いましたわ。

「俺は降りる気は無い。この国を潰すのが、俺の復讐であり、生きる意味だからな」

そうね。彼の目標は、復讐でしたわ。

今の貴族王族が消えたら、この国を導くのは、当面の間、大聖堂になると思いますわ。その間に人狼保護の風潮を高めてしまえば、ドランの悲願である人狼狩りの終結も近いと思いますわ。

「お前はどうだ、ジョヴァン。最初は乗り気ではなかったように思うが」

ドランがにやりと笑ってそう言えば、ジョヴァンはわざとらしく驚いたような素振りを見せましたわね。

「おいおい、俺は今更降りる気なんて無いぜ。勝ち馬に乗るのが俺の主義！　……ってことで、お嬢さん。俺の勝利の女神様で居てね？」

ついでに私の手の甲に口づけて、にたりと笑えば、まあ、実に彼らしくってよ。……彼のこの調子にも、大分慣れましたわねえ。

「当然だが私はフォルテシア家の一員として、必ずや王家に復讐を果たさねばならない。フォルテシアに手を出すとどうなるか、王家には身をもって知ってもらわなければな！」

続いてお兄様が力の籠もったお言葉をくださいましたわ。ええ、我らフォルテシア、目的とするところは同じくこの国のド腐れ王家の滅亡ですものね！

「それに何より、我らフォルテシアは仲良し家族だ！　愛する妹と共に行動するぞ！」

「あら、お兄様！　そういうことでしたら、王城への放火も仲良くやりましょうね！」

「父上と母上は不在だが、久しぶりの家族行事ということにするか！　ふははははは！」

王城で行うキャンプファイヤーを囲んでの家族団欒、というわけですわね！　楽しみですわ！

「俺も降りる気はねえ。お前と一緒に居た方がいい薬いっぱい手に入るし、いい酒いっぱい手に入るし、なんか楽しいし」

チェスタはにやにや笑いながら、『ってことでよろしくな』と私の背中を叩いていきましたわ。淑女への接し方としてはいささか乱暴ですわねえ。まあ、チェスタに紳士的な振る舞いは求めませんし、気にしませんわ。

「僕も当然、ヴァイオリアについていくよ。そうじゃないと、僕、延々と聖女様のままで居させられそうだし」

そうして最後にやってきたキーブはそう言うと……ふと、眉根を寄せて、首を傾げましたわ。

「……ところで僕って、いつまで聖女様やればいいの？」

えーと。そ、そうですわねえ。私が王族連中を火炙りにして、この国をひっくり返すまで、って話、でしたわね。でも……。

「この国、王族も貴族も消えちゃったら、その後に残るのは混乱だけですわ。そして大聖堂には、その混乱を鎮める役割が期待されると思いますの。ですから、その間は、キーブには聖女様で居てもらいたい、ですわねえ……」

「……話が違うんだけど」

え、ええ、そうですわね。話がちょぃと違うかもしれませんわねえ！　でも国がひっくり返るってそういうことですわ！　流石の私も後始末を一切せずにひっくり返すだけひっくり返してサヨナラバイバイってわけには参りませんのよっ！

「それに、ほら、ひっくり返った後の国を先導する聖女様が居れば、ドランの目標も達成しやすいんですの！　聖女様から滅びた王家の批判と人狼狩りの終結を宣言してしまえば、愚かな国王が推進していた人狼狩りをわざわざ復活させようとする奴なんて居ないはずですわ！」

「僕、別にドランを喜ばせたくて聖女様やってるわけじゃないんだけど」

あ、あらっ、そういうこと言いますの⁉　ほら御覧なさいな！　ドランが何とも言えない苦笑を浮かべてますわよ、キーブ！

「……国王が居なくなった後の国の舵取りをする人が居ない、っていうことならさあ」

そして、キーブはじとっ、とした目で私を見つめて……言いましたのよ。

「ヴァイオリアが女王様やればよくない？」

十話　だって私、悪党ですもの

……じょおうさま。女王様、ですの？　私が？

「よくないですわあ……」

ちょ、ちょっとばっかし、びっくりしてしまいましてよ！　ねえ、だって、私が女王様、だなんて……流石の私だって、身の程は弁えていますわよ！

「あー、いいじゃんいいじゃん。お前、女王様とか似合いそうだし。ひゃひゃひゃ、おもしれー」

「何も面白くありませんわよッ！」

チェスタがゲタゲタ笑いだしてますけど、似合う似合わないで国王を決めていいわけがありませんわよッ！

「俺は、お前が女王になるつもりで国家転覆を謀っているものだと思っていたが」

「そーね。いいじゃない、お嬢さん。あなた、女王様になってよ。あなたみたいなのが女王様だったら俺も、心より女王にお仕えする善良な一国民で居られそうだし」

ドランとジョヴァンも無責任なこと言いますのねえ！　こいつら頭大丈夫ですの⁉

「確かに今の国王よりはマシかもしれませんわよ⁉　けれど、そこまでですわ！　能力の点で言えば間違いなくお兄様の方が適任でらっしゃいますし、私がお兄様より優れている点なんて、絶対に毒殺されない点と、血が毒であることくらいしか……アッ、私、そもそも私の子孫を残せませんわね⁉　となると一代限りの王になりますから、余計に都合が悪くってよ！」

王は世襲にしておいた方がゴタゴタがありませんわ！　けれど私、『血が毒』という性質の副産物として『ヤッたらちんたまが毒で腐り落ちて死ぬ』っていう最強の性質を兼ね備えていますもの！　もう駄目ですわ！　王にしていい要素がどこにもありませんわ！

諦めの悪いことに『いいじゃん女王様やれよ女王様ー』と絡んできたチェスタをひっくり返していたら、ふと、お兄様が、仰いましたの。

「そうだな、ヴァイオリア。少し、二人で話さないか？」

＊

私とお兄様は二人、連れ立ってアジトを出て、私の居城へ向かいましたわ。地下道の中に作った私の部屋は、お兄様から見ても中々良い出来だということですの。褒められてちょっぴり嬉しくってよ。

部屋の中、ランプに明かりを灯して、それからお茶を淹れてテーブルに向かい合って座って……ふと、懐かしい気分になりますわね。

「久しぶりだな。このように話すのは」

「ええ……色々ありましたものねえ」

思えば、フォルテシアの屋敷が燃やされて私が冤罪吹っ掛けられた頃から、もう、一年近く経ちますのよね。相当早く進んできたとは思いますけれど……まあ、そんなこんなで忙しくしていたら、お兄様とゆっくりお話しする時間なんて取れなかった、というわけですわ。

「もっと早くこうしてお話ししていればよかったですわ。折角お兄様がいらっしゃるんですもの。もう少しゆっくりゆとりを持って行動してもよかったかもしれませんわね」

「ははは、そうか？　お前が忙しくくるくる動き回っているのは、それはそれで見ていて楽しかったが」

お兄様は笑ってティーカップに口を付けて……それから、ふと、優しい目で私に問いかけてきます。

「それで、ヴァイオリア。お前は何が不安なんだ？」

……お兄様相手ですと、いつものことですわ。こういう風に、心の内を見透かされて、私自身も上手く言葉にできなかったものを問いかけられる、というのは。

「不安……そう、私、不安なんですのね」

「兄からしてみると、そのように見えたな。見誤ったか」

お兄様はいつだって優しいんですの。私を追い詰めるようなやり方は絶対になさらなくて、常に私に逃げ場を残してくださって、それで、私が私にとって納得のいく結論へ辿り着けるように、導いてくださいますのよ。

「お前が王に不向きだとは、思わないが」

……お兄様はそう言って、楽し気に目を細められましたわ。全く、意地悪なお兄様ですわねえ。

「それでも、ですわ。ねえ、私、お兄様の方が上手くおやりになるって思っていますのよ。私が王に不向きでなかったとしても、お兄様の方が向いてらっしゃることは確かでしょう？」

「さて、どうだかな。私は、私こそ王には不向きであると考えている」

私の訴えに苦笑して、お兄様は仰いましたわ。

「王になるために必要な能力とは何だ？　それが単純な武力や知力ではないことくらい、お前も分かっているだろう？」

「……ええ」

私だって、多少は学び、考えてきた身ですわ。今の王家に思うところは多々ありましたもの。私の中で、結論は出ておりますの。

「王が手にしなければならないものは、ゆるぎない権力。それを維持する賢さ。そして……民の心。そうでしょう？」

逆に言えば、今の王家に足りないものが、それらなのですわ。

貴族院に権力を半ば許してしまいましたし、その上で王が絶対的な権力を持ち続けるための賢さは持ち合わせていなかった。そうして、民の心をどんどん取り零していった。……それが今の王家ね。こんなんだから、私に革命なんざ起こされるんですわ。

「その通りだ。王に何より必要なものは、人を惹き付ける力。求心力。カリスマ性。そういったものが、お前には全て備わっている」

お兄様は満足げに笑って、随分と買い被られたことを仰いますのよ。

確かに私、自分にカリスマ性が無いとは、思いませんわ。人並以上には、あるでしょう。でも、そこまでですよ。

「私がそれらを持っているというのなら、お兄様だってお持ちですわ、それくらい」

私程度のもの、持っている者は少なくありませんわ。今、私の目の前にいらっしゃるお兄様なら、私よりももっと優れたものをいくらでもお持ちですもの。

「そうか？　だが、私には説得力が無い」

でも……お兄様は、そう仰いますのよねえ。

「……説得力」

「そうだ」

お兄様は深く頷いて、私の目をじっと見つめて仰いましたの。

「次の王がお前だ、と決まった時、民衆は納得するだろう。白薔薇館で声明を出し、処刑台の上で演説し、王家を斃すために戦ってきたお前には、確かな説得力がある。……私には、それが無い」

深い赤色の、お兄様の瞳に私が映っていますわ。お兄様と同じ赤色の瞳を持ちながら、お兄様のように思いきれない、私の姿が。

「誇れ、ヴァイオリア。お前は立派にやり遂げた。そしてこれからも、立派にやるだろう。民衆はお前を望む。他の誰でも納得しないだろうが、お前ならば、と思うだろう」

お兄様の言葉は、私に自信と勇気を与えてくださるようですわ。……でも、それでも、どうにも、思いきれない私が居ますのよ。

「それでも……国を治められるとは、思えませんわ。私の手には余ります」

お兄様から目を逸らして、私……やっと、言えましたわ。

「私、自信がありませんのよ。不安、ですの」

ずっと言いたかった言葉を。やっと、言えましたわ。

「そうか。なら、この兄の目に間違いは無かったということだな！　やはりさっきのお前は、どうにも不安そうな……まるで子ウサギのように見えた！」

「もう！　お兄様ったら、意地悪を仰らないでくださいまし！」

子ウサギは可愛くってふわふわで大好きですけれど！　私自身が子ウサギってのはナシですわ！

お兄様は一頻り笑ってから、『そういえば茶菓子も欲しいな』と仰って、懐から様々なお菓子が載ったケーキスタンドを取り出されましたわ。……ジャケットの内側が空間鞄仕様になっていると分かってはいても、中々ビックリな光景ですわぁ……。

「……ねえ、お兄様。私ね、この国を治める、なんてことになったら、困ってしまいますわ」

ビックリなケーキスタンドから、早速一つ焼き菓子を取って、お茶と一緒に頂いて……それから私、打ち明けますわ。

「だって私、悪党ですもの」


私は悪ですの。

悪名を着せられた悲劇の被害者ではなく、悪役を演じた役者でもなく、純粋にただ、悪ですのよ。

そう。悪。決して、国を創り、育て、慈しむ者ではありませんわ。あくまでも国を食いものにしてのさばる悪党ですのよ。

それにね、私は選んでこうなりましたの。自らの意思で、他者を食い物にして楽しく生きることを選んでいますのよ。そこに後悔も罪悪感も、全くありませんの。私は純粋な悪ですから。

……ですから、正義の表舞台になんて立つべきではないと、そう思いますのよ。

「成程な。悪党、か。実にその通りかもしれんな。それを言うなら、私もそうだが」

お兄様もスタンドから小さなキッシュとケーキとを取って召し上がりつつ、私の言葉に妙に嬉しそうにしてらっしゃいますわ。こういう風に聞いてくださるから、お兄様には話しやすいんですのよねえ。昔っからずっと、そうでしたわ。

「そうだな……だが、為政の善悪と為政者の善悪は必ずしも一致しない。お前が悪であるとして、為政までもが悪になるとは限らん。そうだろう？」

お兄様は楽し気に何か考えて、考えながらお話しになりますわね。

「そもそも、悪とは何だ？　正義とは？　……三世代も前まで遡れば、他国の人間を殺し続けることこそがこの国、この世界の正義であったが、今も同じものが正義と言えるか？」

「ああ……難しいお話ですわねえ。ええ、確かに、正義なんて、普遍的なものでは、ありませんけれど……」

「その通りだ。ついでに言うならば、これから正義はひっくり返るぞ。かつて正義であったオーケスタ王家は、悪の腐れ外道一味として火刑に処されることになる」

お兄様のお言葉が、皮肉るように、それでいて優しく、強く、私へ向けられますわ。

「正しさなど追い求めるな。婦女のドレスの流行のようにコロコロと変わるものなど、追いかけたとして何も得られん」

「……そうね」

確かに、そうですわ。絶対的な『正しさ』が存在するというのは、ただの幻想なのかもしれませんわね。

『正義』については、それこそコロコロと移り変わり続けるものですわね。時代と共に、風潮と共に、そしてその場面場面で、どんどん変わっていきますわ。大罪人である私が革命家としての正義面をしているように、ね。

「そもそも、為政に『正しさ』など必要あるまい？　愚民共が望むことといえば、『目に見える変化』と、『多少マシな待遇』だけだ。そこに美しく輝かしき王の微笑みが添えられれば、それで十二分だろうな」

……たとえ、『正しさ』というものが確固として存在していたとして、それを望む者は、確かに、そうは居ませんわね。自分に関係ないことならばどうでもいいのが人間の常ですし、知らないことならば存在しないも同じというのも人間の常。民衆のほとんどは、政治からは遠い位置に居ますわ。ですから彼らは最初から、『正しさ』なんて求めない。彼らが求めるのは、彼らにも分かるものだけ……。

「それでも必要な『正しさ』があるのだとすれば、適当に上手くやって『正義』を名乗ってしまえばいい。早い者勝ちだ。そして、上手くやった者の勝ちだ。そうだろう？　ヴァイオリア」

……ええ。理解できますわ。そして同時に、思いますの。つまり、私が今までにやってきたことと一緒ね、と。

「今の王家は滅びる。新たに名乗りを上げる『正義』によって、彼らは滅びるのだ。そう。これからの善悪を決めるのは、これから『正義』を名乗るお前なのだ。お前のやりたいことをやれ。それを民衆は望んでいる！」

……お兄様はそこまで仰ると、唐突に、苦笑いを浮かべて、こう付け加えられましたのよ。

「それで下手を打って、新たな『正義』が生まれたなら……その時は潔く滅ぼされよう。それが悪党たる我々の宿命だ」

「……そうね」

自然と、納得がいきましたの。腑に落ちた、というのは、こういうことなのでしょうね。

私は悪で、『正しさ』からはきっと一番遠い。でも、それと同時に『正義』ですのよ。コロコロと変わる『正義』にこれから選ばれるのは私なのですわ。

そして上手くやることだけが、私に望まれること。それが正しいことかどうかなんて、関係ないのね。あとは……私が決めるのですわ。『正義』も。『悪』も。

私が決めるのですから……悪党こそが正義、ですわ。勿論、私が上手くやっている限りで、ね！

「決めましたわ！　私！　女王となって新たな国を創りますわよ！」

「その意気やよし！　流石は我が妹だ！」

なんだか一気に霧が晴れたような気分ですわ！　私がこれから王になるなんて、まるで考えていませんでしたけれど……私が好き勝手やるために、これからも開き直って悪党を続けるために、自分勝手にそうするのだって決めてしまったら、大分気が楽になりましてよ！

さあ、民衆達よ！　恨むのならば、悪党を王にしてしまう自分達を恨みなさい！　私はもう止まりませんわよ！　私を止めたくなったのなら……いつか、私が下手を打った時にでも、私を処刑台に上らせればよくってよ！

勿論、易々と処刑台に上る気はありませんけれど！　だって私、悪党ですもの！　おほほほほ！

……その後アジトに戻って、女王になる決意を表明しましたわ。

愉快な野郎共はそれを歓迎してくれましたの。『その方が収まりがいい』とか『国の頂点が麗しのレディなら気分も明るくなる』とか『おもしれー』とか『これで聖女退任できる！』とか『誠心誠意お仕えします！』とか、感想はそれぞれでしたけれど。ええ、実に個性豊かですわね……。

……いつか、私が滅ぼされる日には、彼らも滅びますわね。だから、滅ぼされないように、頑張らなきゃなりませんわ。

……ま、そんなことを考えるのは後でもよくってよ。今は、私が女王になるために……今の王家を、さっさと潰してやりましょうね！　おほほほほ！


「で、僕が聖女を続けなきゃいけないことについて、何か言うことは無いの？」

「ごめんなさいですわ」

……ま、まあ、キーブについては本当にごめんなさいですわねえ。彼、予想していたより長く、女の子のフリをしなきゃいけなくなっちゃいましたもの。

「何か、埋め合わせさせてくださいまし？　何か欲しいもの、ありませんの？」

「なんでも物で釣ろうとしないでほしいんだけど」

ああ、キーブの言うこと、ド正論ですわぁ……。あああ、確かにそもそも今、キーブが欲しいものって、もう無いですわよねえ……。装備も魔導書千冊の図書室も、キーブは持ってますもの。

他に彼が欲しいものって何かしら……。

「……じゃあ、ヴァイオリアの血、頂戴。ドランにはあげたんでしょ？」

と、思っていたら、大分予想外なのが来ましてよ。

「へっ？　何かに使いますの？」

「魔法薬の研究に使いたいから」

はー、成程。最近、キーブは聖女としての業務の間に、魔導書を読んだり、魔法薬の研究をしたりしているみたいですから、それで興味が湧いた、のかしら？

「ええ、よくってよ。瓶一本分で構わないかしら？」

「うん。……へへ、やった」

まあ、キーブが欲しいならあげますわ。むしろ、私の血程度でいいのかしら。……あっ、よく考えたらこれ、お薬の原液ですから、これ小瓶一本で金貨百万枚ぐらいの価値はありますのねえ！

そう考えればまあ、悪くない、のかしら……？

それにしても、ドランといい、キーブといい、私の血、流行ってますの……？　まあ、下手な使い方さえしないでくれれば、後はどうでもいいのですけど……。


さて。そうして私達の革命が幕を開けましたわ。

予定通り、地方の貴族から狙っていっては、主に『民衆から不当に贅を貪っていた罪』で裁いてやりましたわ。ええ、裁くって言ったって、今のこの国にはマトモな司法なんざ働いていませんから、適当に貴族をとっ捕まえて、首に縄かけて、大聖堂で懺悔させる、っていう一連の示威を民衆に見せてやっただけですわね。

大聖堂では聖女キーブちゃんが構えていて、罪を認めた貴族達に『貴族位の返納』を宣言させてバンバン貴族をただの平民にしてくれましたわ。

彼らはこれから自らの罪を神の御前で償うことが許されていますの。ということで、聖女選挙用にこしらえた開拓地。あそこに人間を送り込んで、どんどん発展させていきますわよ！　これにはキーブもニッコリですわ！


と、こういうことを半月ほどやっていれば、貴族連中はバンバン国外逃亡するようになりましたわね。ええ。勿論、逃がしていい奴は逃がしますけれど、逃がしたくない奴は逃がしませんわ。

何と言ってもこのエルゼマリン、今のクラリノ家には統治する余裕がありませんの。そこへ聖女キーブちゃんが声明を発表して、『貴族の海外渡航を禁ずる』なんてことを言っておけば、民衆は皆、貴族が出航しようとしているのを全部止めてくれる、というわけですわね！　クラリノ家はこれに文句を言ってきましたけれど、クリスが居ない今、そんな文句をマトモに聞いてくれる奴はどこにも居ないのですわ！

こうして国一番の港を押さえてしまえば、後は簡単なことですわ。各地にある小さな港へ先回りしておいて、やってきた貴族を鞄に詰めてお持ち帰りすればいいってことですわ！

ちなみに、陸路の方は私達が塞ぐまでも無く、なんと、王家が塞いでくれましたわ！

そりゃーそうですわね。王家としては、自らの国の弱体化をみすみす見逃すわけにはいきませんもの。貴族の国外逃亡を一番許したくないのは、他ならぬ王家なのですわ！

王城の騎士達が国境付近を警備するようになったら、いよいよ国内の貴族はにっちもさっちもいかなくなって、結局は私達に捕まりますわ！

「いやー、もうね、国中、大混乱。いいねー、如何にも革命ってカンジ。ほらほら、お嬢さん、見てよこの記事。王都で民衆が暴動を起こしてるってさ」

ジョヴァンに見せられた新聞記事には、各地で起こっている民衆の暴動の様子が書いてありますわね。

勿論、それらの暴動って、『特に目的も分からず、とりあえず暴れた』ってくらいなモンですわ。彼らにとってはこれ、お祭りなんですのよねぇ。革命にちょこっとだけ参加したっていう名分欲しさに、或いは単に騒ぐ口実があったから騒いだ、くらいの、軽ーい感覚なんだと思いますわぁ……。

「どうも、『王家が潰れた後、貴族は粛清されるらしい』と噂が立っている。ならば今の内に貴族ではなくなっておこう、と考える貴族が多いらしいな。貴族位を捨てる者ばかりで、ありがたい限りだが……奴らに誇りは無いのか？」

ドランの報告を聞いて、ちょいと頭が痛くなってきましてよ。貴族が自らその地位を投げ出してくれるっていうならそれは私にとっては喜ばしいことですけれど……なんですの？　あいつら、心底この国に愛想尽かしてますの？　あれだけ国王に媚びておいて、変わり身が早すぎるんじゃなくって……？

ま、まあ、よくってよ！　逃げたい貴族は有り金全部置いて逃げりゃよくってよ！　そうすれば命だけは助けてやりますわ！

「ヴァイオリア！　大砲を取ってきたぞ！」

「あら、お兄様……素敵！　いい大砲ですわねえ！」

そして王城に大砲の弾をぶち込んでやるっていう楽しみは、まだありますもの！　いよいよ滅びの雰囲気を纏ったこの国に、最後の祝砲を上げてやるのですわーッ！

閑話　王城の間奏

……その日、王城は揺れていた。

「本日も王城前の広場には民衆が詰めかけております。皆口を揃えて『革命だ』と申しており……」

「ああ、言うな、言うな！　耳障りだ！」

玉座の間に集まった王や王子王女達、それに王城の重鎮達は皆、暗い顔で報告の兵を追い返した。

報告を受けても、最早どうすることもできない。国王をはじめとした王家の者達は、この『革命』を前に、只々困惑していた。

連日連夜、どこかの領地で貴族達が襲われ、或いは逃亡し、更に或いは寝返っていると聞く。更に、ここ数日、『革命』の波は王都にまで押し寄せ、民衆が広場で声を上げているような状況なのだ。民衆の耳障りな声は、玉座の間にまで遠く微かに聞こえてくるほどである。

「……くそ、貴族院は何をしている！　こうした事態を収めるのが貴族院の役割だろうに！」

本来、こうなるはずではなかった。王都にまでこの波が押し寄せてくる前に、貴族院が民衆を粛清して黙らせておくべきだったのだ。

だが、王家を守り、この国を守る立場にあるはずの貴族院も今、混迷を極めている。

総裁であったクリス・ベイ・クラリノが無残な姿で王都に現れたことは、人々の記憶に新しい。

クリスと婚約を結んでいた王女は報告を受けてあまりの衝撃に失神し、その日以来、ずっと臥せっている。
そうしてクリスを失った貴族院は、本来の役割を果たそうとすることも無く、揉めに揉めている
と聞く。貴族院に携わる上級貴族達は最早、国外へ逃亡するか、はたまた貴族院総裁の座を狙って
内輪揉めを繰り返すか、そのどちらかとなってしまっているのだ。
「くそ、何か手立てはないものか……」
王が頭を悩ませ、重鎮達も皆、暗い面持ちで視線を彷徨わせる。
……最早、誰も有効な手立てを考えることができない。真っ先に思いついたのは大聖堂に救援を
求めることであったが、その大聖堂はダクターとの騒ぎのせいで王家への印象が悪いらしい。すっ
かりそっぽを向かれてしまっている。
次に考えられることは他国に掛け合うことであったが、こちらは公的な書簡を送っても何故か、
隣国ウィンドリィからもアサンブラからも、返事が無い。書簡が届いていない可能性を考え、公的
な書簡の他に秘匿書簡も送ったのだが、それでも返事が無いのである。最早、諸外国にも見放され
たということであろう。
……となると、残された手段はそう多くない。
「亡命、するしかないのでは……」
王子の一人がそう呟いた時、それを諫める者は誰も居なかった。
そう。最早、この国は、悪魔の手に落ちた。何故こんなにも早く、とも思うが、仕方がない。
間の悪いことに、各地の貴族達がスライムの食害や山賊の襲来、その他何かしらかの浪費によっ
て丁度財政難に陥っているところに、ヴァイオリア・ニコ・フォルテシアが攻めてきたようなのだ。

これはあまりにも、王家にとって不運なことだった。

それに加えて、大聖堂のことも不運である。王家に従順な貴族の聖女を据えることに失敗し、更に、新たな聖女は何故か、王家に反感を覚えているときている。これによって王家の望むように大聖堂を動かすこともできなくなった。

そして何より、ありえないことに、貴族院のクリス・ベイ・クラリノがやられた。

あの、国一番の私兵を持つクラリノ家が敗北するなど、誰が考えただろう。

しかもこれが、クリス・ベイ・クラリノ一人が居るところを急襲されたわけでもなく、クラリノ家の兵士達が揃っているところで敗北したらしいのだ。兵士達の多くが奴隷にされていることも、確認されている。

……そう。このように、あまりにも不可解なことが起こりすぎた。不運と不運が重なり、王家はすっかり身動きが取れなくなってしまっている。

こうなっては最早、仕方がないだろう。

王は、口を開きかけた。『今は他国へ逃げ延び、再起を図るべきだ』と。

……だが。


「さあ、皆、お聞きなさい！　いよいよ革命はここまで来ましたのよ！」

外から、そんな声が聞こえてくる。拡声効果のある魔法を使っているのか、実によく聞こえてくる声は、否応なしに王城の外の様子を伝えてくる。

「私はこの国を作り変えますわ！　フォルテシアをはじめとした新興貴族を蹴落とすことしか頭に

ない能無し上級貴族共も！　この国の未来より自分達の暮らしが大切な王族も！　皆殺しにしますわよー！」

わっ、と上がる歓声が、王に絶望を齎した。フォルテシアの悪魔は、いよいよこの王城に攻めてくるのだ。そして信じがたいことに、民衆もそれを、喜んでいる！

何故だ、と王は自問する。ぐるぐると同じ問いが頭の中を駆け巡るも、まるで答えが出ない。出るはずもない。何故この国が滅ぶのかなど、王には理由が分からない。

「さあ御覧なさい！　腐った国が滅ぶ瞬間を！　そして、新たな国の、誕生を！」

……だが、そんな王を絶望に塗れた現実へ、引き戻す音がする。

ヒュウ、と風を切る音。そして、続いて、ドン、ドカン、と凄まじい音が響き、更に、衝撃に城が揺れる。

「な、何の音だ⁉」

一体何が起こっているのか。皆がたまらず窓へ駆け寄って……そこで、愕然とした。

城門の前には多くの民衆が詰めかけており……彼らの最前列には、何かが並んでいた。それは、フォルテシア家から押収した資料の中にあった、『大砲』なるものによく似ており……それら大砲から次々に鉄球が放たれては、城門を崩し、その奥にある庭園を抉り……今や、王城の正面扉までもが、破壊されている。

そして。

「こんな趣味の悪い城は破壊してやりますわー！　おほほほほほ！」

……ヴァイオリア・ニコ・フォルテシアが、高笑いしていた。

この光景を見て、王はようやく、悟る。

最早、逃げることすら叶わないのだ、と。

十一話　火を！

　ということでごきげんよう！　私は今、城を破壊していますわ！

　……ここまで来るのに、大変でしたわ。王城を守る兵士は、それなりの数が既に逃げていましたけれど、それでも残っている者がありましたの。仕方がありませんから、それら王城の兵士には、クラリノ家の奴隷共をぶつけましたわ。

　奴隷ですから、彼らは命令されたらそれに従うしかありませんの。ですから彼ら、実によく戦ってくれましたわ。かつて仕えていた王家に文字通り反旗を翻してくれましたし、城を守る兵士達をバンバン倒してくれましたわ。何せ数が居ますものね。やっぱりこういう時には数が居た方が何かと有利ですのよ。いっぱい奴隷にしておいてよかったですわ！

「くっ……何故、私がこのようなことを」

　ちなみに当然、クリスも戦っていますわ！　本人は不服なようですけれど、それもまた楽しくってよ。自らの手でこの国の最後の砦を滅ぼしなさいな。おほほほほ。

「大砲って案外楽しいものですわねえ」

　さて。そんな露払いはクリスとクラリノ家の奴隷共に任せておいて、私はこっちですわ。大砲ですわ。私の他に数名、クラリノ家の奴隷が大砲を操作して、王城に砲弾をぶち込んでいますのよ。おほほほほ。

　ひゅう、どかん、とまた一発、砲弾が王城に直撃しましたわ。中々爽快ですわ。たまりませんわ。

ああ、大砲を用意してくださったお兄様に感謝しなくてはね！

……こうして王城が崩れていくのを見ると、なんとも感慨深いものがありますわねえ。私、一年前にここへ連れてこられて、無実の罪で玉座の前へ引き立てられていって、そして、死刑を言い渡されて……裏切られましたのよね。ええ。よく覚えていますわ。その玉座の間も、もうじき破壊されることでしょうけれど。

「裏切ったのですから、殺されたって文句は言えませんわよねえ」

王城の中は今、どうなっているかしら。王は逃げる算段でもつけているかしら。今更動いたってどうせ間に合いませんけれど。

……ようやく、あいつらを殺せますのねえ。感慨深くってよ。


「ヴァイオリア。そろそろ王城の中に踏み込んでおくべきではないか？　放っておくと王族共が逃げそうだ」

崩れていく王城を眺めながら感慨に浸っていたら、

「そうね、お兄様。あいつら、一匹たりとも逃がしたくありませんもの。ちょいと行って参りますわね」

さて、いつまでも大砲で遊んでいるわけにはいきませんわね。このままだと王族は逃げるか、はたまた自害するか。自ら死を選ぶ気概があるとは思えませんけれど、ま、急いだ方がいいのは確かでしょうし、さっさと突入すべきですわね。

「では私、突入しますわ！」

「俺も行こう」

私が剣を手に取れば、ドランが横に並び立ちましたわ。彼もまた、今の王家に恨みがある立場ですものね。ええ、よくってよ。一緒に王家の連中を引きずり出しましょうね！

「俺も行こうかなー。へへへ、城の中に酒があったら回収していいか？」

チェスタは動機が不純ですけれど、ま、まあ、よくってよ！　好きになさいな！

「僕も行く。ねえ、ヴァイオリア。当然、僕も連れていくよね？」

「ええ。一緒に参りましょうね。くれぐれも、怪我には気をつけて」

キーブは『当然』とばかりに堂々と私の横へやってきましたわ。チェスタをそっと押しのけてきたのがなんとも可愛らしいですわねえ……。

「お兄様はどうされますの？」

「うむ。ここまで頑張ってきたお前にご褒美として、王は譲ろうじゃないか。なら私は……そうだな、折角だ、王城の中に入って国宝の類を盗み出してこようかな」

あら、素敵。お兄様って、こうして私に花を持たせてくださるし、私が気になっていても手を出しにくいところを助けてくださいますのよねえ。

ちょっぴり申し訳ない気持ちもありますけれど、今回はお兄様に甘えさせていただきましょうね。

ふふ、お兄様が王城を漁ったら、ぺんぺん草一本残りませんわよ！

「あ、あの、ヴァイオリア様。僕もお供します！」

そしてリタルもキーブの後ろにそっと並びましたわ。所作は控え目ですけれど、すっかり行く気満々ですわよ、これ。

「今日は、この国が新しく生まれ変わる日です。僕にも是非、そのお手伝いをさせてください」

リタルの真面目なやる気に触れて、私も気持ちを新たにしますわ。

そう。今日、この国は潰える。私の復讐という、至極個人的な理由で国が死にますの。

……でも、私だって貴族ですわ。殺した国をそのままになんて、しませんわ。新たに生まれ変わらせて、導きますわよ。私が滅ぼされるまでは、ね。

「ところでジョヴァンはお留守番かしら？」

「当然！　俺が前線に行って役に立つと思う？」

「思いませんわ！」

「言ってくれるじゃないお嬢さん。俺のプライドが今ちょっぴり傷ついちゃったぜ」

あら、それはごめんあそばせ。ま、適材適所というやつですわね。ジョヴァンには城の外で大砲の係とクラリノ家の奴隷達の指揮をお願いしますわ。

……ということで、いざ。

「野郎共！　出陣ですわよ！」

私達は一斉に、王城へ向かっていきましたのよ！


「ごめんくださいましー」

王城の中に入ってみると、まあ、既に崩れて瓦礫まみれになってましたわ。そんな様子を見てお兄様は面白そうにけらけら笑って、それから『あっちから宝の気配がする！』とどこかへ行かれましたわ。流石お兄様ですわ。

「さて、王はどこにいるだろうな」

「普通に考えれば会議室か玉座の間ね。どうせ一族郎党固まって、ブルブル震えていますわよ」

「それは楽しみだ。連中を一人ずつ引きずり出して磔にしてやる。かつて、人狼にそうしていたように」

ドランが狼みたいなぎらぎらした目で、じっと王城の奥……玉座の間へ続く方を、睨んでいますわ。いい表情ですこと。

「いよいよあなたの敵討ちも叶うというわけですわね」

「……まあ、そうだな」

ドランはふと、感慨深げに表情を緩めて、でも、それからすぐ、にやり、と如何にも悪党らしい笑みを浮かべましたわ。

「だが俺は、復讐も何もなくとも、気に食わないから潰す。……お前もそうだろう?」

「あら、よく分かってるじゃありませんの」

そうね。私もドランと同じよ。当然、きっかけは復讐ですし、根底にあるのは恨みと憎しみですわ。でも、『気に食わないから潰す』んですのよ。復讐は復讐ですけれど、楽しいからやりますの。苦しみながらやる復讐なんて、馬鹿げてますわ。

「まあ、そういう者同士、楽しくやりましょう」

「そうだな。折角だ、楽しまないのは惜しい」

ドランと笑い合って、私達は玉座の間の扉を開けましたわ。

玉座の間には、案の定、国王が居ましたわ。それに、王子王女の類に、側近の類も固まって、皆揃って武器を持っていますわ。最後の抵抗を試みるつもりなのでしょうけれど……士気が高いようには見えませんわねえ。まともに戦闘訓練なんて受けてるはずもない王子王女は特に、へっぴり腰で如何にも弱そうですわぁ……。

……彼らが私に勝つことができたとしたら、それは、私が踏み入ってきた瞬間に奇襲を仕掛けた場合だけだったでしょうね。そして彼らはその機を逃した。もう、勝機はありませんわね。

「改めまして、ごきげんよう、国王陛下。私を陥れてくださった時以来ですわねえ？」

一歩、国王へ近づけば、国王は御大層な宝石飾りのついた剣をへっぴり腰で構えながら、ブルブル震えてくれますわ。面白い見世物ですわねえ。まるで珍獣ですわ。

「あの日のこと、覚えておられますこと？　私、確かに『地獄の底で後悔なさい』と申し上げましたけれど」

ガタガタ震える国王に向けて、私、にっこり笑ってみせますわ。それが奴らにとって一番恐ろしいのだと、よく分かっていますもの。

「今、あなたは後悔してくださってるのかしら」

そう聞いてみたら、国王も王子も王女も側近達も、皆揃って、恐怖や憎しみといったものを見せてくれましたわ。

……まあ、分かっていましたわ。彼らが『後悔』する時は、私への罪悪感故の後悔なんかじゃなくて、『もっと早く殺しておくべきだった』ぐらいなものだって、分かっていましたわ。

ええ、それでよくってよ。私だってそんな殊勝な後悔、望んでませんわ。

ただ彼らには、心底絶望していただきたいの。それで充分よ。憎しみを込めた視線は大歓迎。だって、これで安心して、遠慮なくぶっ潰せますものね。


かつん、と靴音をさせてまた一歩、踏み出しますわ。そこで私、国王をじっと見つめて申し上げますの。

「では、お覚悟はよろしいかしら?」

私は剣を抜いて、国王へ突き付けますわ。ああ、玉座の間で抜刀するのって快感ですわねえ。不敬も不敬。普段でしたら、玉座の間で抜刀なんてしたら即座に逮捕でムショ入り、悪けりゃその場で処刑ですもの。ですから、玉座の間での抜刀って、如何にも革命、っていうかんじですわね。

……そう。革命。価値はいつだってひっくり返るのですわ。

昨日まで守られていた玉座の間が、ただの殺戮の場となる。昨日まで重んじられていた王が、今日は無残な躯《むくろ》となる。こんなに容易く。こんなにあっさりと。

これを、忘れないようにしなくちゃね。この国にはこれから、私が君臨するのだもの。私だって、一夜にしてひっくり返される可能性があるんだって、いつかはきっとそうなるんだって、忘れないようにしなくちゃいけませんわね。

「さあ、少しくらいは楽しませてくれるのかしらッ⁉」

私は吠えて、早速剣を繰り出しましたわ。

「楽しめませんでしたわぁ……」

そして五分もしない内に、私達の戦いは終わりましたわ。

「……あまりに呆気ないな」

「ええ。そうなんですのよ。こいつら本当に……本当に、鍛えてましたの？　ねえ、あなた達、本当に剣術を学んできましたのッ⁉　だとしたらこの国の教育ってどうなってますのッ⁉」

そう。私もドランも、全く！　全く、楽しめませんでしたのよ！　弱すぎて！　王子も王女も、そして当然のように国王本人も弱すぎて！　全く、楽しめませんでしたの！

ということで今、王子も王女も国王も、側近も何もかも、この玉座の間に居た連中は全員、半殺しにした上で縛って転がしてありますわ！

……私、この後この国を治める立場になったら、教育を徹底的に変えますわぁ……。

「まあ……俺は、こんなものか、と思うが」

ドランも返り血に塗れた拳を見つめて、ため息を吐きましたわ。

「殺される時は苦しむ。仲間を殺されるのであれば、それは生涯続く苦しみだ。だが、殺す側はまるでそうじゃない」

「……そうね。ま、こんなもんかもしれませんわ」

少し残念ではありますけれど、そうね。こんなもん、ですわね。……でも、だからといって楽しむことを諦めるわけじゃありませんわ！　戦いを楽しめないくらいこいつらが弱くても、その後どうするかで楽しむことは可能ですものね！

ということで、私は早速、国王の前に立ってにっこり笑いかけてやりましたわ。それだけで面白いくらいビビりやがりますのよねえ、こいつ。おほほ。

「確かあなた、私の罪状について『ダクターに毒の入った香水瓶を贈った』なんて言ってましたわよねえ。ヘタクソな嘘ですけれど……まあ、折角だもの。それ、真実にして差し上げますわ」

「な、何を言っている⁉」

当然、困惑されましたわ。でもそれすら楽しくて、私、意識せずともニッコリしちゃいますわね。

私は早速、懐に手を突っ込んで……取り出したそれを、見せましたわ。

それは、そこらへんの露店で買った、安物の香水瓶ですわ。あの時、玉座の間で『ヴァイオリア・ニコ・フォルテシアの犯行の証拠』として使われた小道具は、こういう奴でしたわよね。

「でも勿論、私はあなた達みたいな下手は打ちませんわ。ですから『暗殺未遂』にはなりませんの」

私は手に持っていた香水瓶をゆっくりと掲げてみせますわ。愚かな奴らによく見えるように。彼らの罪が、分かるようにね。

「私がやるなら、『未遂』なんかで終わらせませんもの」

「な、何を言って……」

国王は狼狽えていましたけれど、私はにっこりするだけにしましたわ。

毒の効能なんて、想像してもらうだけ想像してもらった方が楽しくってよ。おほほほ。

さて。

それから私達、王城の大掃除に出ましたの。

とはいっても……あんまり、私とドランの出る幕はありませんでしたわねえ。

「ね、僕のこと、連れてきてよかったでしょ？」

「ええ、本当に。ありがとう、キーブ」

キーブがやってくれましたわ。ええ。キーブがやってくれましたのよ！

彼、城の中に雷の結界を張り巡らせて、万が一にも玉座の間から誰も逃げられないようにしておいてくれたのですけれど……そのついでに、玉座の間ではない場所に隠れていた王女や、城から脱出しようとしていた大臣なんかも結界で見つけてくれましたのよ！　ああ、やっぱり頼りになりますわねえ！

「あ、あの、ヴァイオリア様！　僕も執政官と研究者達を見つけましたよ！」

「あら、リタルもお手柄ね。そうねえ、彼らはこちらに寝返ってくれるなら生かしておこうかしら。執政の手が足りなくなるのは目に見えていますし、研究者は国の宝ですものね」

リタルはリタルで、ぱたぱた城内を走り回って頑張って残党を探してくれたんですのね。お手本みたいに綺麗に拘束してある人間達を見るだけで、リタルがちゃんと諸々の訓練を積んできたことが分かりますわねえ。本当に良い子ですこと！

「さて、国王はどうする？　殺すなら公開処刑だな？」

「勿論。そのためにこいつら、半殺しで止《とど》めておいたんですもの」

さてさてさて。こいつは殺す、こいつは殺さない、っていうのを分別していけば、国王に王子王女、それにそれの側近達……まあ、国民もある程度知っているであろう面子が揃いましたわねえ。これは盛大な公開処刑が楽しめますわ。

「……あら？　ダクターが居ませんわねえ」

けれど、不思議なことにこの中に、ダクターが居ませんのよ。ええ。私の元婚約者、どこ行きやがったのかしら。絶対に殺してやると決めていますのに。まったくもう。

「城内にはいなかったけれど……まさか、もう逃げた？」

「可能性はありますわねえ。うーん……あなた達、ダクターの居場所を知りませんこと？　真っ先に正解を喋ってくれた奴は公開処刑を免除してやりますわ」

試しに連中にそう聞いてみたら、奴ら、すごい勢いで皆同時に喋り出しましたわ。すごいですわ。予想以上でしたわ。こいつらに家族愛ってありませんのね……？


……まあ、ダクターはひとまず、聖女を口説き落とすことに失敗した時点で立場が悪くなって、それを挽回するために城を出て働いている、ということが分かりましたわ。ううーん、ということは、今後、国中を捜索してダクターを見つけなきゃいけませんのね？　ああ、面倒ですわぁ……。

「ま、まあ、ひとまず今日のところは国王を公開処刑できるというだけでも儲けものですわね！」

でも面倒を厭うヒマはありませんのよ！　今日は素晴らしい革命の日！　シケたツラしてるわけには参りませんの！

「早速、フィナーレと参りましょう！」

私は城を出て、颯爽と歩きますわ。古い国の死と、新たな国の誕生とを、国民に知らしめるためにね！

さて。私達が外に出たら、いよいよ、城の終わりがやって参りましたわ。王城の宝物は全て回収済み。生き残りも全て回収済み。ということで……。

「火を！」

満を持して！

放火！

放火！　ですわーッ！　やりましたわーッ！　やっとこの時が来ましたのね！　放火ですわ！　放火ですわーッ！

私が直接、王城に火を掛けますわ！　既に大砲で壊れかけの王城ですけれど、それでもやっぱり、火が回ると中々見栄えがしますわねえ！

炎が赤々と燃えて、夜空を照らしていきますわ。これは一つの時代の終わりに相応しい華やかさなんじゃなくって？　ああ……それにしても感無量ですわ！　やっとこの城、燃やせましたわ！

フォルテシアの屋敷を燃やされたあの日から、王族連中の家も燃やしてやろうとずっと思っていましたけれど！　実際にこうして燃やせると、今まで頑張ってきたことが報われる思いですわ！　ああ、ああ……放火ってやっぱり最高ですわね！

「ああ、城が燃えて……」

「なんということだ……この世の終わりだ……」

王族連中は燃える城を涙しながら眺めているのですけれど、それすら私にはデザートみたいなも

のですわ！　放火がメインディッシュで！　奴らの涙がデザート！　ええ、贅沢フルコースな気分ですわねえ！

「ああ、城が……王よ、どうか、どうかお許しください……」

ちなみに、今も砲撃は続いておりますの。燃え盛る王城へ容赦なく砲弾が叩き込まれているのですけれど、それを担う砲撃手の中にはクリスも居ますわ。自分が守るべきであった城を自分の手で砲撃して破壊してもらっていますのよ。

クリスは『フォルテシア潰し』という愚かな手段を講じて、この国を破滅へ導いた功労者ですもの。自分がこの国を破滅させたってことを自覚させるためにも、これは相応しい処遇ですわね。

さて、こうして派手な砲撃の音と共に城が壊れていくのを、民衆は歓声を上げて見ていますわ。……この連中、多分、意味なんて分かっていませんわ。城が何故破壊されているのかすら分からないまま、ただ、『何かが変わる』っていう期待だけで歓声を上げていますのよね、きっと。

でもよくってよ。愚民を率いてやるのも王の務め。私、こいつらをこれから立派に先導してみせますわ！

その夜はそのまま、宴となりましたわ。王城跡地の前の広場に、チェスタが城から拾ってきた酒樽を設置していけば、民衆は勝手にそれを飲んで酔っ払って、楽しく騒ぎ始めますのよ。

私はそれを遠巻きに眺めながら、こちらはこちらでのんびり酒盛りしていますわ。こちらもチェスタが持ってきた最高級のワインを楽しみながらね。ちなみに、今、私の横に座っているキーブはお酒じゃなくてジュースを飲んでいますわ。私が見ている限り、キーブはもうちょっとの間はお酒じゃなくてジュースですわ！

「飲んでいるか」

「ええ。楽しく頂いていますわ」

近づいてきたドランが、断りを入れてから私の横、キーブの反対隣に腰を下ろしましたわ。私はグラスに注いでワインを頂いていますけれど、ドランは案の定のラッパ飲みですわねえ……。

「その割に酔っていないようだな」

「あら、私、酔えませんもの。忘れましたの？」

「ああ、そうだったな」

ええ。残念ながら私、毒は効きませんし、その都合でお酒でも酔えませんのよねえ……。まあ、そのおかげで、『いくら飲んでも酔わない新女王』を演出できますから、これはこれでよかったかもしれませんけれど。

「……結局ダクターは見つからなかったのか」

それから、ドランがふと、そう聞いてきましたわ。

ええ……そうなんですの。最高級のワインは勝利の美酒のお味ではありますけれど、どうにもスッキリしませんのよねえ。ええ。ダクターが見つからなかった、というその一点において！

「ええ……殺す前にどこかで野垂れ死んでいたら嫌ですわぁ……」

「きっと見つかるよ。元気出してね」

はい、とキーブがワインを注いでくれましたから、それをグラスで受けて、次の一杯を頂きますわ。ワインが美味しいのとキーブが可愛いのとが救いですわ……。

「ダクター探しも、明日の公開処刑を終えて、この国の基盤を作ってから、になるかしらね」

「長引きそうだな……」

ええ、そうなんですのよ。ひとまず明日の公開処刑は大いに楽しむとして、その次に来るのはこの国の立て直しですわ。もう、この国は私が率いるしかありませんものね。それなりに長い時間が必要でしょうし、当面は忙しくするしかありませんわね。はあ、ちょっぴり憂鬱ですわぁ……。

「なーなー、ドラン。色々拾ってきたから見てくれよ。ほら！」

私がちびちびワインをやっていたら、そこに元気なチェスタがやってきましたわ。……今日は一般人がたくさんいるからか、お薬はキメていないようですわねえ。その分、お酒は飲んでいるんでしょうけれど。

「随分と色々、持ってきたな」

「ヴァイオリアがさあ、こういうのも拾ってきてたじゃん。だから持ってきた。あ、こっちはコントラウスが拾った分な」

チェスタが空間鞄からどんどん出してくるのは、金銀に宝石といったものばかりじゃなくってよ。精緻な彫刻が施されたティーテーブルや、クリスタルの煌めきが美しいシャンデリアといった家具の類もありましたの。あっ、このソファ、気に入りましたわ！　薔薇模様の布が張ってあって、脚が優雅な曲線で、なんとも品が良くってよ！　これ、新しく作る私の執務室に設置しますわ！

「こっちはドレスばっかりだね」

お兄様が持ってきてくださった、という鞄の中身は、ドレスに装飾品に……香水やマニキュアなんかも入っていますわねえ。鏡台も立派なのがありますし、衣裳部屋の中身を一式持ってきた、ということかしら。

「あら素敵。キーブ、着ますこと？」

「絶対着ない！」

あら、残念。絶対に似合いそうな空色のドレスがありますのにぃ……。

「じゃあリタル、着ますこと？」

「えっ⁉　えっ、あ、あのっ、ぼ、僕が、そのドレスを、ですか⁉」

そこらへんをぱたぱた走り回っていたリタルにドレスを見せつつ言ってみたら、あわあわ慌て始めてなんとも可愛らしいことですわねえ。最終的に「ヴァイオリア様がお望みとあらば！」と言い出したのですけれど、キーブに「こいつも着ないから！」と連れていかれてしまいましたわ。残念ですわぁ……。

「こちらは武具か？」

「中々いいものが揃っていますわねえ。この短剣は私の好みですわ！」

それから、次の鞄には武器や防具がたっぷり入っていましたわ。対魔法装備であろうマントやローブ、それに魔法の杖なんかの魔法関係の装備も充実していますし、流石、王城の武器庫ですわ！

「これは今後の取り扱いに注意が必要だな……」

「そうですわねえ。良い武具って、敵の手に渡ると厄介ですものね」

戦いにおいて何よりも大切なのは戦略だと思いますわ。そしてその次が戦士一人一人の性能、なのでしょうけれど……その性能って、技能や経験だけじゃなくて、武具によっても結構左右されますのよねえ。

「扱いはジョヴァンに任せるか」

「そうね。持ってきたものについては、気に入ったものだけそれぞれ取り分けて、後はジョヴァンの取り分ということにしましょう」

これから先、きっとお金はいくらでも必要になりますわ。ですから今回の収穫はジョヴァンに任せて売り捌くなりなんなりしてもらって、お金にしてもらいましょうね。

ドランが色々詰まった空間鞄をいくつか持ってジョヴァンを探しに行ったところで、私はもうちょっとワインを楽しもうと思ったのですけれど……。

「あ、あと、こんなん見つけた！　なーなー、見ろよ！　おもしれーから！」

……チェスタはまだ、収穫物の自慢をしたいようですわねえ。あなたの大好きなドランはもう行きましたわよ？　って言ってやりたいのですけれど、多分本人、酔っ払っててその辺り気づいてませんわ。或いは気づいててもどうでもいいやってなってますわね。ええ。これ、私にとっては巻き込まれ事故ですわ。

「なんですの？　これ……あ、義手ですの？」

チェスタが見せてきているのは……義手、ですわねえ。あー、恐らくは、かつての王族の誰かが使っていたもの、でしょうね。数代前の王族の誰かが戦で失った腕の代わりに義手を使っていた、と歴史書で読んだことがありますわ。

「それ、どうしますの？　あなたの腕にしますの？」

「え？　あー、いや、俺、これ多分使えねえし」

あらっ？　そうなんですの？　自慢してきた割にゴミだったんですの？　……大きさは概ね、合っているように見えますけれど。調整さえすれば十分に使えそうにも、見えるのだけれど……。

「あー、こういう義手って、魔法使えねえと動かせないだろ？　でも俺、魔法使えねえじゃん」

「……そうですわねえ」

あ、嫌な予感がしてきましたわ。めっちゃ嫌な予感がしてきましたわッ！　これ絶対とんでもない話が続きますわよ！

「だからさー、俺の義手って、腕斬られたとこから腕の神経ほじくり出して、直接魔銀の線とか繋いでるんだってよ」

……ヒェッ。

やっぱりきましたわ。とんでもない話ですわ。嫌ですわ。背筋が凍りますわぁ……。

チェスタは他人事《ひとごと》みたいにアッサリ話しますけど、それ、相当に惨いお話ですわよ？　腕の断面から神経ほじくり出して、それを、金属線に繋ぐぅ？　どっからどう考えてもヤバいやつですわ！　治療っていうより拷問ですわァーッ！

「あー、お前もそういう顔、すんのな」

ちょいとばかり表情が引き攣っていた自覚はありますけれど、でも、それをなんだか素面っぽい顔したチェスタに言われてしまうと、ちょいと気まずくってよ。

「ドランにもそういう顔、された。俺は何も覚えてねえんだけどな」

「施術中は気絶してましたのね。……幸運でしたわね、それは」

チェスタが腕を失った経緯は、ドランから聞いたことがありましたわね。その経緯も含めると、余計に、やるせない気分になりますわ。子供が腕の神経ほじくられて義手に繋いだ、なんて、あんまりな話ですわ。

「いや、薬でぶっ飛んでたからさー、俺は何も覚えてねえんだけど」

……アッ、やっぱり気まずさもやるせなさもありませんでしたわ！　そうでしたわ！　チェスタは立派な薬中でしたわッ！

「なんか、痛み止め？　麻酔？　ってのが無くて、それで薬キメさせて義手付けた、って聞いた」

「ああ……成程ですわぁ……」

な、なんというか、色々ともう、私は考えるのをやめますわ。状況を考えたら悲劇ですけれど、当のチェスタはあんまり気にしてなさそうですものね！

「なんかさ、これ見て、俺、普通の義手が使えてたら薬中になってなかったんだよな、って思ってさー……どーなってたんだろうな。その時の俺」

チェスタは、自分には使えない魔法仕掛けの義手を眺めていますわね。チェスタがどういう奴か知らなかったら、只々気まずいだけでしてよこんなん。私は彼のことが大分分かってきましたから、特に悲観的なわけでもなく、ただ純粋な興味だけで眺めてるんだって分かりますわ。

「あー……まあ、どうせ、薬に手ェ出さなくったって、俺、碌な生き方しなかっただろうし。そもそも、薬が無かったら、あそこで死んでたんだろうし。文句はねえし、嫌だと思ったこともねえんだけどよお。……でも、ドランが、たまに悲しそうな顔、すっからさあー」

「まあ、あなたが薬中じゃなかったら、間違いなくつまらない奴だったでしょうねえ」

悲しそうな顔をするというドランには悪いですけれど、ま、私まで悲しくなってやることもありませんわね。

「ぶっ飛んでるのもあなたの特徴ですわ。他者と同じ特徴持ってたって、役に立てられるほどの知能があなた、ありませんもの。だったら他者とは全く異なる性質を持っていて、それで突き進んでいく方がきっと、あなたの性に合っていてよ」

「そっか？　ま、そうだな。へへ」

チェスタは私の答えになんだかちょっぴり嬉しそうに笑っていましたわ。そんなチェスタにワインの瓶を一本渡してやって、それからふと、私、思いましたのよ。

「それに……そうね、チェスタ。あなた今、幸せですの？　楽しいって思って過ごせていますの？」

「うん。楽しいぜ。当然！」

「なら、それでいいじゃありませんの。薬中だって、真っ当じゃなくったって、悪党だって……楽しい奴が優勝ですわ！」

傍から見たらどんなに悲劇的なことだって、本人からしてみたら喜劇かもしれませんわ。そして最終的に、本人が楽しけりゃーなんだっていいんじゃないかしら。ね。私だって、そうですもの。

「ま、そういうわけであなたは楽しくやってなさいな。国は滅びましたもの。折角だから、今こそあなた、お城の騎士になればいいんじゃないかしら？」

「は？　城の騎士ぃ？　そんなの興味ねえって」

「ふーん。そうですの？　あなた、ラリる度に『俺、大きくなったらお城の騎士になるんだ』って言ってますけど……」

「え、マジで？　やっべえじゃんそれ」

ヤバいですわ。ええ。自覚が多少なりとも追いついてきて喜ばしいことですわね！

……まあ、あくまでも、本人が望むなら、ですけれど。

お城の騎士になることだって、今はもう、夢じゃありませんのよ。だって、国は新しくなったのですものね。おほほほ。

十二話　破壊から創造が始まりますのよね

そうして、翌朝。

「それではこれより、オーケスタ一族ならびにその側近共の公開処刑を始めますわ！」

私が宣言すると、民衆が、わっ、と沸きましたわ。公開処刑は民衆の娯楽ですものねえ。……私が国王になったら、その時はもうちょっと他に色々な娯楽を用意したいものですわぁ……。

「彼らはこの国を腐敗させ、貴族ばかりを優遇し、そして、民を導く立場ながら民を虐げた愚か者でしてよ！　当然、死ぬ理由がございますわね！」

民衆の歓声と興奮は留まることを知りませんわね。王城前の広場は、崩れた城を背景にして、多くの民衆が詰めかけるお祭り騒ぎの様相ですのよ。

「それに、個人的なことを申し上げますと、私は婚約者暗殺未遂の濡れ衣を着せられて、死刑宣告されましたわ。ただ国を良くしていこうと動いていた新興貴族を陥れて、その財産を巻き上げた罪、そして、王子と婚約していた私を陥れた不義理な行い！　それらの清算のため、こいつらには死んで頂きますわよ！」

私の脚元で蹲る国王や王子王女達は、今、どういう気分かしら。

民衆が皆、自分達の死を望んでいるというこの状況。最早脱出は叶わず、ただ、私の筋書き通りに処刑されるしかないこの状況。ああ、ちゃんと絶望してくれているかしら？　自分達の行いの愚かさを、ちゃんと理解してくれているのかしらね？

「そして、新しい国は私が率いますわ」

私は民衆へ呼びかけるようにして、そう、明るくも凛々しく、声を張り上げますわ。

その実は、民衆への呼びかけではなく……この国を率いる権利を失ったのだと、国王へ思い知らせるための言葉ですけれど。

「私は決して、理不尽な搾取などしませんわ。あなた達が今まで以上の水準の生活を送れるよう、手配する準備は整っておりますの。そして、古さだけが取り柄の貴族ばかりを重用するような愚かな真似は決して致しませんわよ。……皆様、私についてきてくださるかしら？」

わっ、と民衆が沸きますわ。皆が私の統治を望んでくれていますわね。……当然、民衆に私と国王の違いなんざ、碌に分かりゃーしないのでしょうね。

ですから私、『私は悪党ですわよ』とも、『万人の幸福なんて願いませんわよ』とも、『もし私がヘマをしたら滅ぼしに来なさい』とも、言いませんわ。私が王としてやっていくための意志は、私だけに必要なもの。民衆に教えてやる必要はありませんものね。

民衆はこれから、精々私に振り回されるといいですわ。そして、悪党の、悪党による、悪党のための政治を目の当たりにしながら……振り回されていることにも気づかず、国が変わっていくことにも気づかないまま、のうのうと暮らしていればいいんですのよ。

大丈夫よ。私、上手くやりますわ。民衆には不満を感じさせないようにしながら、たっぷりしっかり、悪辣なことをしてやりますわ！

それに……ほらね？　民衆の歓声を聞いている国王が、いよいよ絶望に満ちた表情を浮かべてくれていますもの。民衆にただ手放しに歓迎される私の姿を、しっかりと見て頂かなくちゃね。

……私、国王にそっと、囁きましたわ。

「ね、見えますかしら？　民衆は皆、あなたの処刑を望んでいますわ。そして、今後の国を私が率いることも、こんなに歓迎してくれていますのよ」

国王は目を見開いて、わなわなと震えながら、涙を流し始めましたわ。

「お、おお……なんと、なんと、恩知らずな民だ……今までの恩も、忘れて……」

「そう思うなら、よくご覧になってね。これが、あなたが腐らせた国の姿よ」

昨日まで統治していた民衆が、今、自分の死を望んでいる。これが国王に突き付けられた現実。いいえ……ずっと前から国王に突き付けられていたのに、見ないふりをしていただけですわね。

「さあ、夢の終わりですわ。フォルテシアに手を出したことを悔やみながら、死になさいな」

民衆の歓声の中、私は懐から取り出した香水瓶を、国王の目の前で開封しましたわ。

国王達は、私が香水瓶を出した瞬間に一気に恐怖しましたわ。ええ、それもそのはず。彼らには「そ、それは……」

一晩掛けてビビッて頂きましたもの。

……彼らきっと、私が香水瓶の予告をしてから今に至るまでずっと、『あの香水瓶をどう使うつもりなのか』って想像してくれていたはずですわ。ですから彼らはとっても怖がってくれる、というわけですわね。

瓶の中身は、私の血の千倍希釈。それを、民衆には見えない位置で、剣の先へ垂らしましたわ。

「あなたが吐いた嘘を真実にして差し上げますわ。……この香水瓶に毒を仕込んで、私は王族を皆殺しにしますのよ」

私は笑って、毒の剣の先端で、王の首筋を軽ーく、刺してやりましたわ。

毒が回った王は、暴れ苦しみながら運ばれて、そして火刑に処されましたわ。民衆の目には、死にたくないあまり暴れ狂う醜い王の姿に見えていたことでしょうけれど、その実は私の血千倍希釈で苦しんでいた、というわけですのよねえ。おほほほほ。

……本当なら、毒は無しでもよかったのですけれど。でも、どうしても私、こうしてやりたかったのですわ。

国王も、その国王のやり方に乗っていた側近達も王子王女も、皆、軽い気持ちで私に濡れ衣を着せて、軽い気持ちでフォルテシア家を燃やしましたのよね。

彼らにとっては軽い軽い判断だったんだと思いますわ。私を裏切って死刑にすることにだって、何ら罪悪感を覚えなかったはず。……だからこそ、彼らにはその分、不要な苦しみを増やすべきだと思いましたのよ。他ならぬ、私の血で。苦しめてやりたかったんですのよ。

「さあ、悪しき王は死にましたわ！　これからは新たな時代がやって参りますわよ！」

私の言葉に、民衆は歓声を上げますわ。この歓声は、新たな国の始まりを祝するファンファーレですわね。おほほほほ。

……ということで、私は無事、新たな国の女王となりましたわ。

まずは、国中へお触れを出しましたわ。『悪しき王は死に、新たな女王が誕生した』とね。

えーと……そうなんですの。こういうの、一々言ってあげないと、地方の人間はまるでこういうの、無頓着ですの。新聞が連日私の即位を報じていたとしても、そもそも文字を読めない人間は新聞なんざ読みませんし、そういう奴らにはこういう大きな事件ですら伝わりませんの……。

このように地方の人間にまで情報を伝えてやることで、地方の人間に『新たな女王は自分達も大切にしてくれている！』と思わせる効果がありますわ。まあ、そのためなら多少の手間は掛けてやってもよくってよ。

それから次に、大聖堂との協力関係を構築しましたわ。

これは簡単ですわね。元々、私とキーブは味方同士なんですもの。でも、それを民衆にしっかり見せつける、というのはまた別の話ですものね。これもしっかり情報伝達、して参りますわ。

大聖堂の民衆人気はすさまじいものがありますわ。聖女キーブは史上最高の聖女として名を馳せていますし、その聖女キーブが新たな女王を認め、共に国を良くしていこうと声明を発表したならば……当然、民衆は『あの聖女様が言うなら……』と、私の即位を喜んでくれますのよ！　キーブ様様ですわね！

ちなみに……その、キーブには、文句を言われていますわ。『もう引退したいんだけど！』と。ま、まあ、キーブが引退できるように色々準備はしていますから、そう遠くなくキーブは引退になりますし、以前、聖女をやってもらう埋め合わせに私の血をプレゼントしたわけですけれど。

でも、キーブがぷりぷり怒っているならご機嫌にしてあげたいですし……ですから私、週に一度は時間を作って、美味しいお菓子を手土産に大聖堂を訪問していますわ。或いは、キーブが私を訪ねてくることもあって……それで、一緒にお茶を楽しみますの。

　こうしていれば大聖堂と新女王との関係の良さを民衆へ知らしめることもできますし、何より、キーブがちょっぴりご機嫌になりますもの！　やっぱり甘くて美味しいものは人をご機嫌にしますわ！　……そして、美味しいお菓子を嬉しそうに食べるキーブを見ていると、私の疲れが吹き飛びますのよ！　キーブには付き合わせてしまっていますけれど、でも、もうしばらくこうさせていてくださいなっ！


　そうして最低限の基盤が整ったら、クラリノ家の奴隷達を使って、城の再建を始めますわ。

新しい城は、エルゼマリンと王都の間あたりに建てることにしましたわ。大聖堂とより一層行き来しやすくなって丁度よくってよ。

　そして城よりも優先して、国立図書館と国立研究所を立ち上げましたわ。国民全員が賢くある必要なんてありませんけれど、国を引っ張っていく賢い者達は重要ですものね。研究者はしっかり優遇して、外国に逃げようなんて気にならないくらい手厚く囲い込んでいきますわ！

　……ここで一つ誤算だったのが、なんと、白薔薇館での出来事がここでちょいと役立った、ということですわね。

　ほら、私、白薔薇館で人攫いしていた時、殺さない方がいい奴は全員、鞄に詰めて持ち帰りましたでしょ？　それって大抵、優秀な人材だったのですけれど……なんと、彼ら、私が鞄から彼らを出して逃がした時のことを覚えていて、『助けていただいた恩がある』なんて言って、すぐさま研究所に集まってくれましたのよ！

……私達が爆破した白薔薇館から私達が救助したって、それ、助けた内に入りませんわよね？原因が私達ですものね？　でも彼らは何故か、私に最初からある程度好意的でしたわ……。な、なんだか人を騙している妙な罪悪感がありますわ……これ、いいのかしら……？　ま、まあ、いいことにしますわ！　彼らが幸せならそれでよくってよ！　私が色々考える義理はありませんわッ！


ああ、それから……私は、私直属の騎士を、採用することにしましたわ。

「ということで、ドラン、チェスタ、リタル。あなた達は私直属の騎士として働くように」

ええ。任命するのはこの三人、ですわね！　ちなみに、リタルについては文官も兼任させますわ。ほら、リタルって表で使ってもいい人材ですから、こういう時に便利ですのよねえ……。

「は、はあ？　俺が？　俺が城の騎士ぃ？」

「ええ、そうよ。私とすぐさま手を切れるとでも思っていたのかしら？」

真っ先に反応して、真っ先にぽかんとしてくれたチェスタが可笑しくて、ついつい笑っちゃいますわねえ。チェスタはしばらくぽかんとした後、なんだかもじもじしながら『そっか、俺、お城の騎士か……』とかなんとかもにょもにょ言って、なんだか嬉しそうな顔してくれましたわ。こうして見ると、チェスタって案外可愛い奴ですのよねえ……。

「……その、本当にいいのかよ。考えが無さすぎるんじゃねえの？」

「考えなしだなんてあなたに言われたくはないですわねえ……」

チェスタを騎士として採用することはよくても、今の発言は許しがたいですわ。なんですのこいつ。無礼ですわよ無礼。不敬ですわよ不敬。

「……俺、薬中だぜ？」

「そうですわねえ」

「チンピラだし」

「学もありませんわねえ」

「学も……って先に言うんじゃねえよ」

あらごめんあそばせ。おほほほほ。

「いや……なんでだ？　俺なんか雇っていい事、あるか？」

「そうね。まあ、あなたが居た方が楽しそうだと思いましたの。それにあなた、学のないチンピラで薬中ですけれど、全くの無能というわけではありませんものね」

ちょっぴり不安そうなチェスタにそう言ってやれば、チェスタは義手の手のひらを握って、開いて、それから、さっきみたいなもじもじした顔になって、そっぽ向きながら言いましたわ。

「まあ……お前がいいならいいけどよ」

ええ。私がいいのでいいってことにしますわ。ということで一人、採用決定ですわね！

「俺がお前の騎士、か。俺はてっきり、ここでお役御免かと思っていたが」

「不服でしたら断って頂いても結構よ。それはあなたの自由ですわ。……勿論、私としては、今後とも信頼のおける強者が居てくれると助かるのだけれど」

女王になってすぐ、汚れ仕事と手を切れるはずはありませんわね。鞄農園で葉っぱを生産させているのをやめるつもりはありませんし、エルゼマリンの裏通りの居心地の良さを捨てる気もありませんし。ですから、そういうところと私とを繋ぐ、信頼のおける者達を『女王直属の騎士』にしたいんですのよね。

……国の汚い部分を見て見ぬふりで押し通すのは愚かですわ。汚い部分があるのなら、自分が汚い手を使ってでも知りに行かなければなりませんの。そして汚い部分さえも手中に収めて初めて、まともに国が動かせるんじゃないかしら。

「ね、ドラン。どうかしら。私と共に参りませんこと?」

もう一度、そう尋ねてみたら、ドランは少し笑って頷いてくれましたわ。

「女王になるお前の傍に、俺達のような日陰者は必要無いかと思ったが。……お前が必要とするなら、共に楽しませてもらうとしよう」

ええ。是非、よろしくね。これからもドランが必要になること、たくさんあると思いますもの。

「人狼を悪とした王家が滅び、これからきっと、この国は大きく変わっていく。今までの王家が積み重ねてきたもの全てを消していけば、ようやく、人狼は当たり前に生活できるようになるだろうな」

そうね。今までの王家は『悪』ですわ。そういうことになりましたの。何と言っても歴史を作るのは勝者、つまり私なのですから。……ということで、悪しき旧王家の思想は全部、消えますのよ。

私が残そうとしなければ、全て、消えていきますの。

それは王家に対する最後の嫌がらせになるかしらね。ええ。そう思うとちょっぴり楽しみですわ。

「これからが楽しみだ。期待しているぞ、女王」

「私もあなたの働きに期待していますわ。よろしくね」

まあ、これからを楽しみにしてくれているのならば、ドランは大丈夫でしょう。ふらりと消えていくには、目標がありすぎますものね！

「リタルは……ああ、お返事を聞くまでも無さそうね」

「はい！　僕、僕……光栄です！　誠心誠意、この命尽きるまで、ヴァイオリア様にお仕えします！」

リタルは感極まって空色のお目々をうるうるさせながら、元気にお返事してくれましたわ。心配ですわ。私やっぱりこの子が心配ですわッ！

うう、せめて、私が女王としてこの子に良い暮らしをさせてやるしかありませんわ……。責任取って、この子のためにも、ちゃんといい政治をしていかなきゃいけませんわ。責任重大ですわぁ……。

「なーなー、ヴァイオリア。ジョヴァンは？　ジョヴァンは騎士じゃねーの？」

「どう考えても彼、騎士ってガラじゃなくってよ」

ちなみに、ジョヴァンにはこれからお話しに行くところ、ですわね。どうせ騎士は断られると思ってましたし、彼にはもっと相応しい役職がありますもの。

「ところでクリスはどうするんだ」

「奴隷のまま雇いますわ。とりあえず、兵士長、ということにしておきますわ」

何といっても、前王家から寝返ってきた兵士達や、そもそものクラリノ家の奴隷達はクリスと顔見知りですものね。扱いが上手いのは当然ですわ。そしてクリスですから、多少扱いが雑でも大丈夫ですわ。便利に使ってやりますわ！

さて。無事に私の騎士達が揃ったところで、彼らには早速、この国の暗部……逃げ出したダクターの行方を追ってもらうと同時に、旧国王派の殲滅をお願いしましたわ。

そう。私、ダクターを探さなきゃ、ならないんですのよねえ。あいつが死ぬまで、私の復讐は終わりませんもの。まだまだエピローグには早くってよ！

……ということで、私、騎士としては声掛けしなかったジョヴァンを呼び寄せましたわ。

「ねえ、ジョヴァン。あなた、騎士ってガラじゃーありませんわよねぇ」

「開口一番、随分と随分なこと言ってくれるじゃない、お嬢さん。俺、誠心誠意、貴女にお仕えするナイトになりますよ？　まあ、碌に戦えない騎士になるけど」

「そうですわよねえ。まあ、爵位としての『ナイト』は授けてもいいのですけれど……あ、でもどうせ授けるならもうちょっと上の爵位を授けますからやっぱり騎士は無しね」

まあ思っていた通りですわねえ、と考えながらペンを動かしていると、ジョヴァンは首を傾げましたわ。

「えっ何、何、お嬢さん。あなた俺をどうするつもり？」

「あら。どうって、ただの平民をお抱え商人にするよりは、名目だけでも上位の爵位がある者をそうした方が通りがよろしいでしょう？」

これでこの件は解決ですわね。……と思っていたら、『ちょっと待ってちょっと待って』とジョヴァンがずいずいやってきましたわね。何ですの？　今日の彼は物分かりが悪いですわねえ。

「おいおいおい、お嬢さん。何？　お抱え商人？　俺みたいな奴を、爵位与えてまでお抱えにしちゃっていいわけ？」

「その方が便利ですもの。女王が隠れてコソコソやり取りするわけにはいきませんものね。その点、あなたは元々が貴族ですし、新たに爵位を授けるのに丁度いいじゃありませんの」

「いや、そういうのはリタルみたいな奴に任せて頂戴よ、お嬢さん。そりゃ、金で貴族位は買ったよ。買いましたとも。でも」

「いいえ。その前からあなた、貴族でしょう？　或いは、貴族の血筋、ってところかしら」

今更ですの？　と思いつつ言ってみたら、ジョヴァンは表情引き攣らせて固まってくれましたわ。あら、これ、ナイショでしたの？　それは失礼しましたわぁ。

「……参ったね。何、いつから気づいてたの」

「ミスティックルビーの販売を始めようとしていた頃にはなんとなくそんな気がしてましたわよ。だってあなた、ずっと裏通りに居た人間にしては、あんまりにも上品で所作が洗練されすぎてますもの。そこから推察すれば、十分分かることですわ」

毒の耐性が妙にあるところも、貴族を妙に憎んでいるところだって、推察の材料でしたわね。私の推理力を舐めてもらっちゃ困りますわよ！

「大方、どこかの貴族の不義の子か何かでしょう？　あなた。それで、適当なところで追い出された、っていう具合かしら？」

「えっ、やだやだ怖い怖い怖い。お嬢さん、何⁉　あなた諜報員でもやってたの⁉」

やってませんわぁ……。むしろ諜報員はどちらかといえばジョヴァンの方ですわぁ……。

「まあ、そういうわけであなたには貴族位を授与することになりますわ。後は適当にドラン達と協力して上手くやって頂戴な」

ジョヴァンは何とも言えない顔をしていましたけれど、やがて肩を竦めて『やれやれ』というような身振りをしてみせて、それから、とっても綺麗な所作で傅いてくれましたわ。

「はいはい。女王陛下の御心のままに」

「それでよくってよ」

さて、これでいよいよ、この国の暗部も掌握する準備が整いましたわね！　つまり……。

「いよいよ、ダクター捜索に向けて動き出しますわよ」

私の復讐が終わる時が来た。そういうことですわ。

閑話　ダクター・フィーラ・オーケスタによる間奏

ダクター・フィーラ・オーケスタはその日、王城が落ちたことを新聞の報道で知った。

「公開処刑……父上も、兄上達も……」

新聞の記事には、燃え落ちる王城の様子、そして処刑された父王の様子などが記されている。それを読んで、ダクターはいよいよ、自分自身の身分が落ちぶれたことを知った。

……思えば、ダクターは今まで、碌な身分ではなかった。一応は王族であったが、第七王子。王位継承権は当然のように遠く、居ても居なくても変わらない存在である。

そんな『どうでもいい』ダクターは、新興貴族のフォルテシア家という、下賤な家との婚約をする羽目になった。如何に父王がダクターをどうでもいいと思っていたかがよく分かる。

尤も……実際にヴァイオリアと会ってみたら、然程、悪くはないと思うようになったが。何せ彼女は、生まれついての貴族の娘と比べてみても遜色ない程、優雅に振る舞った。彼女は、ダクターの姉妹である王女達と比べてみても遜色ない程、美しかった。彼女は、献身的にダクターを愛し、ダクターの愛を得ようと努力していた。

……懸命に自分を気遣い、自分を愛し、自分の愛を得ようとする健気な娘を前にして、ダクターの気は変わっていった。ヴァイオリア・ニコ・フォルテシアであるならば、まあ、結婚することもやぶさかではない、と。

だがそれも、王家の財政の悪化によって立ち消えることとなった。手っ取り早く金を手に入れるには、新興貴族であるフォルテシア家を取り潰すのが丁度よかったのだ。

ダクターは当然、困惑したが、王は『お前にはきちんとした家柄の娘を与えよう』と言ってきたこともあり、承諾した。

そうして、ダクターはその後の茶番劇に一枚噛むことで、ヴァイオリア・ニコ・フォルテシアに婚約破棄を言い渡し……晴れて、自由の身となるはず、だった。

だが結局、次の婚約者探しは上手くいかなかった。何故か、婚約者を選ぼうとしていた家が没落したり、白薔薇館の事件で行方不明になってしまったりして、ダクターの婚約者探しは難航したのである。

更に、聖女キーブこそ自分の伴侶に相応しい、と思って行動してみたものの、新聞社が醜聞めいて報じたためにそれも立ち消えになってしまった。

大聖堂との良好な関係を欲していた父王からは酷く叱責され、その結果、ダクターは王都から離れた場所での仕事を任されるようになり、事実上、追放されたような状態となっていたのである。

……そして今、その『王家の中でも能無し』とされていた、その身分さえも失った。どうでもいい第七王子だったとしても、ダクターは王族だった。誰もが決して無下には扱えない存在だった。

だが……ダクターの身分を確固たるものにしていた王家自体が、滅びたという。こうなっては最早、ダクターはどのようにして生きていけばいいのか。

共に居る数名の召使い達が憐憫の目を向けてくるのが鬱陶しい。苛立ち紛れに彼らを睨みつけるが、気分は晴れない。

第七王子とはいえ王族であった自分が、没落したなんて信じられない。王家は滅び、そして今、他ならぬ元婚約者が新たな女王を名乗っているという。この理不尽を、どう受け止めればいいというのだろう。ダクター自身は何も変わっていないというのに。

……そこで、ふと、ダクターは気づいた。

そう。何も変わってなどいない。ダクターはれっきとした王族だ。

そして、父王も兄達も死んだ今……王位継承権は、今、自分にあるのだ。

今、王になるべき人物が居るとしたら、それは間違いなく、ダクターただ一人なのである。

「……分かったぞ」

ダクターは目の前に、光が差したような気分になった。ようやく、自分がどうすべきか分かったのだ。ダクターは自分がなすべきことに思い至り、そっと、懐の中に手を入れた。

そこに、希望がある。

幕間ですわ！

「ねえ、ヴァイオリア！」

　ある日。私が執務に励んでいたら、荒らげた声の割に大人しいドアの開き方で、キーブが入ってきましたわ。ノックはありませんでしたけれど、よくってよ。可愛い子限定で許しますわ。

「僕、いい加減に引退したいんだけど！」

　……けれど、続いた言葉には少々、困りますわねえ……。

「えっ、キーブ、もうちょっと粘りませんこと？　国民は皆、あなたを望んでいますわ」

「僕は望んでないんだよ！」

　ええ、それは分かってますわ。キーブが私の我儘に付き合ってくれて、それで聖女をやっている、っていうことは分かっていますの！　でも……でも、私が思っていた以上に、キーブって聖女向きでしたのよ！

　能力は申し分なく、民衆へ振りまく優しさも気遣いも完璧。強くて戦える聖女様。そして何より、そんじょそこらの美少女に負けない美少女っぷり。ええ。これ以上の人材、ほぼ居なくてよ！

「ねえ、ヴァイオリア！」

「わ、分かってはいますのよ。あなたの聖女姿は可愛くてとっても好きですけれど、私だって、あなたが望んでいないことをずっとやらせたいとは思っていませんわ」

　うう……キーブが聖女用のドレスを着てふわふわ歩いているところを見ると、私、疲れが吹き飛ぶくらい嬉しくなりますのよ。キーブの黒髪と瑠璃色の瞳に、白絹と金刺繍の聖女の衣装は本当によく似合いますの！　これ以上無いくらい似合いますのよ！

……でも、そうね。キーブのお願いを叶えてあげなくてはね。キーブに私のお願いを叶えてもらったんですもの。

「分かりましたわ。今月中になんとかしますわ！」

ですから私、頑張りますわっ！

「えっ……早くない？」

「あなたのお願いなら、私、頑張れますもの！」

キーブを笑顔にするために！　私、キーブを引退させることにしますわーッ！


「ということで、あなたには手頃な少女を攫ってきていただきたいの」

「無茶言うじゃないのお嬢さん」

さて。最初にジョヴァンを呼びつけましたわ。とりあえず困った時にはジョヴァンですわ。彼に頼んでおけば、必要なものが大体揃いますものね。

「人攫いならチェスタ辺りに頼んでくれる？　俺は商売が専門よ」

「あら、それもそうですわね。じゃあ適当に奴隷を見繕ってくださいな」

「ああ、人使いが荒い女王陛下だこと！　……と言いたいところだけれど、それならアテがあるぜ。クラリノ家の奴隷連中を売り捌くために、奴隷商人と連携を強化してるところだからね」

ほらね。ジョヴァンに言ってみると大体なんとかなりますわぁ。おほほほほ。

「ところで、なんで美少女が欲しいの？　侍女候補ってこと？」

「そうね。表向きはそういう理由を付けて頂戴な。『女王は慈善事業の一環として、奴隷の少女を教育して侍女にすることにした』とね。それで、上手くやれた子は本当に侍女にしてもよくってよ」

「ってことは、侍女は本命じゃないのね。……なら、聖女？」

「あなたって本当に話が早くて助かりますわぁ」

そう。今回、キーブを引退させるために必要なものは、『次の聖女』ですわ。

今はキーブが大聖堂を率いてくれていますから、女王である私と大聖堂が連携して強固な基盤を築けていますの。けれど、次の聖女が、例えば、元貴族共の残党だったりすると……大聖堂を起点にして国民を扇動し、反乱を起こすようなこともできちゃいますものね。

ですから、私が手ずから教育した少女を次の聖女に据えたいんですの。決して裏切らず、そして有能な少女をきちんと選ばなければなりませんわ。

「はいはい、そういうことなら探しときますよ。お時間はちょぃと頂くけれど」

「ええ。三日でお願い」

……ということで、聖女候補の少女を捕まえてくる手筈は整いましたわ！　ジョヴァンはまた『本当に、人使いの荒い女王陛下だこと！』とか言ってましたけど知りませんわ！　おほほほほほ！

さて。そうして本当に三日後、ジョヴァンが少女を十二名ほど連れてきてくれましたわ！　彼って本当に有能ですわねえ。

「あなた達、よくお聞きなさい」

そうして私は、十二人の少女の前に立ち、彼女らに微笑みかけますわ。……奴隷の少女達は、大いに緊張している様子ですけれど。まあ、その内慣れてもらえればよくってよ。

「あなた達にはこれから、教育を受けて頂きますわ。貴族の令嬢が受けるような教育を、一通り。教養、マナー、所作や多少の芸事も」

奴隷の少女達は、緊張しながらも私の言葉に驚いている様子でしたわね。まあ……奴隷に教育を施そうなどという酔狂は、今までいなかったでしょうから。

「そして、優秀な者については、奴隷身分から解放して、私の侍女として雇いますわ」

「ほ、本当ですか⁉」

更に、『奴隷身分からの解放』を提示してやれば、彼女らの目が輝きますわねえ。ええ、まあ、普通はありえないことですわね。……でも、私は優秀な者には相応の地位を与える主義ですの。元が奴隷だって優秀な魔法使いが居ることですし、元奴隷の侍女を雇うことだって、悪くありませんでしょ？

「ええ、私は嘘は吐きませんわ。あなた達が努力し、結果を出せたなら、その時は必ずやそれに応えましょう」

私がにっこり笑えば、少女達は先程よりずっと希望に満ち溢れた目で、私を見上げましたわ。

……ガラじゃないような気もしますけれど、私、希望に満ちた人の目って、好きよ。

その日は奴隷の少女達の身づくろいで終了ですわ。何せ、奴隷として扱われていた彼女達は、入浴だって満足にできていなかったようですもの。しっかりお湯につけてぬくぬくと温めて、垢を擦り落として綺麗にして、髪もすっかり綺麗にして、傷んでいる髪は切り揃えて、お肌に化粧水を含ませて、髪や爪を香油でお手入れして……それから、ちゃんとした食事を与えましたわ。体の材料は食事ですもの。しっかり美味しく食べさせて、そしてふかふかベッドでぐっすり就寝！　おやすみなさいましっ！　しっかり眠って、よいお肌と脳みそをお育てなさいな！


翌日からは彼女達の教育を始めましたわ。

教育係には丁度いいのが居ますから、彼らを先生にして、一通りの教養を与えますわよ。

「彼女達がヴァイオリア様の侍女になるなら、完璧な教養が必要ですよね！　僕、頑張ります！」

「くそ、何故、私がこのような……！」

ええ。先生になるのは、リタルとクリスですわ。リタルには座学を一通りお願いして、クリスにはダンスや絵画、音楽などの教養をお願いしますわ。

リタルはそれはもう張り切ってくれていますから、期待が持てますわね。クリスは不満タラタラなようですけど、つべこべ言ってるようならまたパンイチで庭の草むしりさせますわよ。


リタルとクリスに教育係をお願いする傍ら、私は当然のように大量にある公務に勤しみましたわ。

そして……公務の気晴らしと、奴隷少女達の育成を兼ねて、魔物狩りに出かけますの。

魔物の素材の中には、美味しくて栄養たっぷりな超高級食材がたくさんありますわ。それを存分に与えて、聖女候補達を育てていきますのよ！　……そのついでに、ドランとチェスタと一緒に魔物狩りを楽しむことにもしますわ。おほほほほ。


「チェスタ！　今の内に卵の回収をお願い！」

「ひゃはははは！　お前も踊ろうぜぇえええ！」

「あっダメでしたわね。分かりましたわ。卵は私が自分で拾いますわぁ……」

チェスタが元気に走り回って、サンダーバードと戦っていますわね。しょうがないから私がサンダーバードの巣に入って卵を空間鞄に入れていきますわ。

この卵、とっても良いお味なのは勿論のこと、とっても栄養が豊富なんですの。美容と健康にバツグンの効果があるものですから、美を求める貴族達だけでなく、健康や強壮を求める戦士達までもが渇望する超高級食材ですわ。

「ヴァイオリア。雄の鳥は仕留めたぞ」

「あら、流石ね」

「さっきのドラゴン狩りではお前に後れを取ったからな。その分は挽回させてもらおう」

にやり、と笑うドランを見ていると、私、ワクワクしてきますわ。狩りが好きな者同士、たっぷり楽しんでいきましょうね。

「ああ、ドラン。チェスタの方を手伝ってくださいまし。流石に彼一人じゃ厳しくってよ」

……ええ。私達にとっては、これ、楽しいばかりの狩りですわ。でも、普通に戦ったら軍が壊滅することだってありますのよ。『超高級食材』なのはそれが原因ですわねえ。まあ私達には関係ありませんけど。おほほほほ。

「ああ、分かった。それで、次はどうする？」

「そうねえ、今日中にもう一種類、狩っていきましょうか。キングマンドレイクの群生地がこの辺りにありますのよ」

「マンドレイクか。まあ、投石の訓練にはなるな。よし、乗った」

ドランは笑って、チェスタの方へ向かっていきましたわ。チェスタはゲラゲラ笑いながら雌のサンダーバードに引きずられていたところを無事、ドランに救出されてましたわ。よかったですわね。

「へへへへ……星が綺麗だなあ……へへへへへ」

「まだ昼ですわよ。ねえチェスタ。そろそろ正気に戻ってくださいませんこと？　あなた、いつまでドランに運ばれるつもりですの？」

「あっ、あの花、お前が好きなやつじゃねえの？　やるよ。取ってくる」

「急に正気に戻られても怖いですわッ！」

魔物狩りは楽しいのですけれど……魔物狩りと一緒に薬中の奇行も楽しめそうですわねッ！


「さあ、あなた達！　食事の時間ですわよ！」

帰ったら、少女達と一緒にお食事を楽しみますわ。これが最近の私の日課ですの。

一応、私も貴族令嬢としての教養を身につけた者ですもの。私と接する時間が多ければ多いほど、彼女達は『お手本』を見て学ぶことができますものね。

食事はマナーの勉強の場でもあるわけですけれど、やはり、食事は美味しく、そして楽しくなくてはならないと思いますの。ですからマナーについて注意をするときもやんわりとしつつ、そして何より、できていることを褒めて、彼女達が楽しく食事できるようにできる限り配慮しますわ。

「とても美味しいです、ヴァイオリア様！」

「このお野菜のソテー、初めて食べるお味です。これは何のお野菜ですか？」

「これはキングマンドレイクよ。私もこのホックリした食感、大好きなんですの」

食事中の会話も、最初と比べて随分、和やかになりましたわ。彼女達の固い緊張は解れて、生き生きとお話ししてくれますのよ。彼女達が今日学んだことについて聞いたり、私の魔物狩りの話をしたり。これも楽しい時間ですわねえ。

「ふふ、たくさん食べて健康になって頂戴な。あっ、でも、今日は食後にサンダーバードの卵のエッグタルトが出る予定ですのよ。それが入る分だけはお腹を空けておいて頂戴ね」

私が微笑みかければ、少女達は嬉しそうに頷いてくれましたわ。

……可愛いですわ。ええ。とっても可愛いんですの。そりゃ当然、美少女を集めてもらったんですから可愛いのですけれど……ああーッ！　可愛いですわ！　可愛いですわァーッ！　私、私……これをやりたかったんですのよーッ！　幸せ！　ですわァーッ！


……そうして。

ひとまず、侍女にするには申し分無い少女達が完成しましたわ。びっくりですわ。思っていたよりずっと早くってよ。なんというか……彼女達、とっても、やる気に満ちて頑張ってくれましたの。ええ。何故かしら……まあ、助かりましたけれど……。

「よくやったわ、リタル。おかげで私の侍女ができましたもの」

それに、今回はやっぱり、先生が良かったんだと思いますわ。リタルは良い先生だったみたい。少女達からそう聞いていますわ。

「お褒めに与り光栄です！　あ、でも、途中からマナーの講師としてジョヴァンさんにもお手伝い頂いたんです。ですから、お褒めの栄誉はジョヴァンさんにもお与えくださいね」

ああ、それも聞いていますわ。まあ、彼も元々貴族だった人ですものね。所作は綺麗ですし、何より『綺麗に見せるコツ』みたいなのは彼、よく理解しているはずですもの。適任でしたわねえ。

「クリスも。よくやったわね」

クリスは不本意そうでしたけれど、まあ、与えられた職務をきちんとこなす誠実さはありますものね。いい奴隷が居ると助かりますわぁ。おほほほほ。


「さて。あなた達、よくやりましたわね。皆、今や立派な淑女ですわ」

そうして、少女達の教育は無事終了、となりましたわ。勿論、まだまだ足りない部分はたくさんありますけれど、それは追々、覚えていけばよくってよ。だって彼女達はこれから私の侍女になるんですもの。……聖女になる一人を除いて、ですけれどね。

「約束通り、あなた達を奴隷身分から解放しますわ。そして、その上で希望するなら、私の侍女として仕えて頂戴な」

「勿論です！　私、ヴァイオリア様にお仕えするために頑張ってきました！　これからもたくさん学んで、ヴァイオリア様に相応しい侍女であれるように精進してまいります！」

「私の持ち得る能力全てを使って、ヴァイオリア様にお仕えします！」

少女達は皆、喜んでくれましたわ。感極まって泣き出す者も居るくらいでしたわ。でもその仕草ですら美しくて、私、思わずニッコリですわ。彼女達の努力が、彼女達の成長となって見られて、私、とても嬉しくってよ。

「ヴァイオリア様、私、いっそ奴隷のままでも構いません！　どうか、末永くお側に置いてくださいませ！」

「私も！　奴隷身分からの解放は希望しません！」

……ま、まあ、その、ちょいと想定外なことに、とても、とても……忠誠心の高い少女達になってしまいましたけれど。ええ。何故かしら。いいんですけれど、いいんですけれど……。


……さて。そうして彼女達を奴隷身分から解放して、それから、その内の一人に話しかけますわ。

「ねえ、キャロル。少し、いいかしら」

「はい、ヴァイオリア様。何でしょうか」

私が声を掛けた少女、キャロル、というのですけれど。彼女が聖女候補ですわ。

キャロルは教会の下働きをしていたことがあったらしくて、聖句を覚えていたり、大聖堂に憧れがあったりするらしい、という逸材なんですの。彼女とのこれまでの会話の中で、私は彼女に目星を付けていましたのよ。

「あなた、次の聖女になりませんこと？」

私がそう持ち掛けてみたら、キャロルは、きょとん、としてしまいましたわ。まあ、ちょいと無茶な話ですから心配だったのですけれど……。

「聖女……私には、とても恐れ多くて……でも、ヴァイオリア様が、私にお任せくださるなら……」

キャロルは、不安と戸惑いが滲む表情の中にも、覚悟と喜びが、ちゃんとありましたの。

「私、聖女になります！　ヴァイオリア様に恥じぬよう、精一杯頑張ります！」

……ふふ。キャロルの紅潮した頰やきらきら輝く瞳を見るに、心配は杞憂だったようですわね。

やっぱり、夢や希望に満ちた人の目って、悪くなくってよ。

＊

……ということで、無事、聖女候補が出来上がりましたの。長かったですわ。結構大変でしたわ。

でもおかげで信頼できる可愛い侍女達を得ることができましたし、キーブをやっと自由にしてあげられますのよ。

キーブの引退の流れは簡単ですわ。

まずはキャロルを大聖堂入りさせて、そこで働いてもらいますの。慈善活動なんかは彼女、手慣れたものですからそちらで頑張ってもらって、民衆からの覚えを良くして……そして、キーブとの繫がりを、あちこちでちらつかせてもらいましたのよ。

キーブは史上最多支持率の聖女ですわ。ですから、彼が引退するとなったら、国民達はきっと大いに嘆き、悲しみ……新たな聖女を受け入れられないと思いますの。

だからこそ、キャロルがキーブと仲良しであることを知らしめておくのですわ！　『聖女キーブは引退してしまうけれど、聖女キーブが補佐しながら、仲の良い神官が次の聖女をやっていくならまあ悪くない』と思わせることができれば、キャロルが受け入れられますもの！

なので、キャロルはキーブと一緒に行動して、キーブと仲良くしているところを国民に目撃される必要がありましたのよ。

慰問先や、神殿での休憩中などに二人が楽しく談笑しているところや助け合っているところを見せれば、次第に、『あの神官さんも可愛いですね！』と国民達はキャロルを微笑ましく見つめるようになっていったのですわ！

……と、まあ、こういう準備を徹底した上で、キーブはようやく、引退宣言しましたわ。ええ。長かったですわ。大変でしたわ……。

キーブの引退宣言に、案の定、国が揺れましたわ。国が揺れるくらい引退を惜しまれるなんて、やっぱりキーブはいい聖女様だったんだと思いますの。キーブの頑張りがここに現れているようで、私としては、ちょっぴり嬉しくってよ。キーブは複雑な気持ちなんでしょうけれどね。

その後、聖女選挙は一応開きましたけれど、案の定、キャロルの圧勝でしたわ。ついでに、『この機会に大聖堂を乗っ取って国家転覆を謀ってやる！』って活動していた連中があぶり出されてとっても助かりましたわ！

キャロルの即位式は、キーブの引退式と同日に行いましたの。キーブの引退の悲しみを少しでも和らげて、国民に希望を持たせるためですわね。ええ。

　ですから、キーブの引退は、引退というよりは『引き継ぎ』というような印象になりましたの。聖女の錫杖をキーブが自らキャロルに手渡してキャロルを激励した場面では、民衆は大いに盛り上がり、そして感涙に咽び泣いていましたわ。まあ、これだけキーブが人気だったっていうことですから、私は嬉しくってよ！

＊

「あー！　やっと終わった！」

　引退式が終わって、夜の宴も終わって……明け方になってようやく、キーブは休憩室へ戻ってきましたわ。

「お疲れ様、キーブ」

　そこで声を掛けたら、キーブったら、ものすごくびっくりしちゃいましたのよ。びっくりしているところも可愛いですわぁ……。

「えっ、ヴァイオリア、まだ居たの？　公務は？」

「あなたを待つ時間くらいは作れますわよ」

　早速、キーブの分の飲み物を用意していると、キーブはそっと私の横のソファに腰を下ろして、そして、なんだか迷うように、話しかけてきましたわ。

「……その、ヴァイオリア」

「どうしたの？」

「僕、聖女じゃなくなっちゃったわけなんだけどさ。その……これから、どうしようかな、って……」

……これから、ですの？　あらあら……。

「旅に出てみるとか？　ほら、僕、奴隷だったから、あんまりあちこち行ってないし。あとは、ひたすら図書館に籠もって勉強してみる、とか、学校に今からでも、行ってみる、とか……？」

ちら、とこちらを窺うような目を向けてきたキーブに、私、思わず笑っちゃいましたわ。心配性な子ですこと。

「そうねえ。でしたら、私直属の魔術師になるのはどうかしら？」

「旅に出たいなら、出張扱いであちこちを見物して知見を広げていらっしゃいな。図書館なら城に大きなのを用意しますわ。城仕えになってしまうから、学校に通うのは難しいかもしれないけれど」

どうかしら、という気持ちを込めて、キーブに淹れたてのお茶のカップを差し出しますわ。キーブはぽかん、としていましたけれど……やがて、ふにゅ、と柔らかい笑みを浮かべてくれましたの。

「……うん。まあ、悪くない、かも」

キーブは大事そうにカップを受け取って、両手で包むみたいにカップを持って、お茶の水面に視線を落として……じんわり、嬉しそうにしていますわ。

「……学校が難しいようならさ。ヴァイオリアが教えてよ。魔法のこととか、それ以外も」

「ええ、勿論！」

ほっとしたような様子のキーブが可愛らしくて、私、思わず笑顔になっちゃいますわ。聖女じゃなくなったって、私がキーブを手放すはず、ありませんのにね。

「あっ、いいこと思いつきましたわ！　確か、チェスタが前、学校に通ってみたかった、みたいなこと言ってましたわ！　チェスタも一緒に勉強しましょう！」

「えっ」

「ほら、そうしたら学友ができますでしょ？　チェスタじゃ不足かもしれませんけれど、でも、学友があれば、ちょっとは学校っぽくなりませんこと？」

キーブは『なんで？』みたいな顔をしていましたけれど、私が説明したら、きょとん、として、それから吹き出しちゃいましたわ。あらあら、そんなにチェスタが学友になるの、面白かったんですの？　……まあ面白いですわねえ。ええ……。

「学校のこと、僕はよく知らないけど、まあ、いいよ。チェスタが一緒でも」

「そう？　なら誘ってみましょうね。あっ、それから、先生も増やしましょう！　ほら、今回、リタルとクリス、あとジョヴァンも結構いい先生だったみたいなんですのよ。だから……」

「ジョヴァンはいいけど他は嫌」

あ、嫌ですの？　うーん、キーブはリタルに対して、あんまりいい印象が無いみたいなんですのよねえ。まあ、無理に仲良くしろとは言いませんわ。……ところで、ジョヴァンはいいんですのね？　えーと、ちょっぴり意外でしたわ。案外、キーブって奴らに懐いてますのね……？

「私が通っていた学園では武術大会がありましたから、それも開きますこと？　私は参加しますわ。あと、多分ドランも誘ったら嬉々として来ると思いますわ」

「……それはちょっと嫌なんだけど。なんでヴァイオリアと戦わなきゃいけないのさ」

あ、あら、そうですの？　うーん、ま、まあ、キーブはそこまで戦うのが好きじゃありませんものねえ。ええと、ええと、じゃあ、後は何ができるかしら。学校っぽく、っていうのも中々難しくってよ！

……と、まあ、そんな風に考えていたら。

「ねえ、まずはさ、ヴァイオリアの学校の話、聞かせてよ。僕、よく知らないから」

キーブがくすくす笑ってそう言うものですから、まあ、そのまま私達、しばらくお話ししていることにしましたわ。

……本当に、可愛い子ですこと！

＊

……と、まあ、こんな具合に、キーブの引退は大変でしたのよ。勿論、その分楽しくもありましたし、厭う気持ちは全くありませんでしたから、『大変』だったのは精々、国民感情くらいでしたけれど。おほほほほほ。

さて。

……聖女の引退のおまけ、なのですけれど。キーブは私と話していた通り、女王直属の魔術師として、城仕えになりましたわ。彼は先輩魔術師達に可愛がられて、楽しくやっているみたいですの。キーブが楽しそうで何よりですわ！

それから……キーブとの約束通り、学校の真似事も、してみましたのよ。

時々、私の公務室のお隣の部屋は、小さな教室になりましたわ。キーブとチェスタが並んでジョヴァンの『よく分かる経済』の授業を受けたり、ドランの『人狼狩りの歴史』の授業を受けたり。あと、私の『毒物学概論』を受けたり。

キーブは熱心に勉強して、きらきらした目で楽しそうにしていましたわ。チェスタは時々起きて授業を受けて『へー』なんて言って、そして結構な割合で寝てましたわ！　私の授業でチェスタが起きてたの、そういうお薬の話になった時ぐらいでしたわッ！

……それから、学園祭を開催するのは難しいものですから、もう、国で祭を開きましたわ。その企画や運営に携わることで、キーブやチェスタに学園祭気分を味わってもらうことにしましたの。これは案外二人にとって楽しかったみたいで、私も嬉しい限りですわ。

祭では、折角ですから武術大会も開きましたわ。でも『女王御前試合』という名目でしたから私は参加できませんでしたわ。遺憾の意ですわ。

……戦えないなんてあんまりですから、優勝のドランと私とでエキシビションマッチをやりましたわ！　楽しかったですわ！　楽しかったですわ！

私、折角女王になったんですもの！　大変なことも多い分、思いっきり楽しいことしてやりますのよ！　おほほほほほ！

十三話　私、恵まれた悪党ですわね

さて。私は国を治めつつ、ダクター探しを続けていましたの。

処刑前にダクターの情報を吐いてくれた王族が居ましたから、それをアテにして、ドラン達に探してもらっていますの。あ、ちなみに最初に情報を吐いてくれた奴については、ちゃんと公開処刑を免除してやりましたわよ。『非公開の処刑と奴隷落ちどちらがよろしくて？』って聞いたら涙を流して奴隷落ちを選んでくれましたから、ちゃんと奴隷にして、城建設予定地の草むしりをさせていますわ！　今、私は砲撃や放火の被害を免れた離宮を仮の住まいと仮の執務室にしていますけれど、ちゃんと城建設予定地には新しいお城を建てる予定ですのよ。まあ、奴らの草むしりが中々に面白いものですから、もう少し着手が遅くなってもいいとは思っていますけれど。おほほ。

まあ、王族の奴隷落ちはさておき、私は今、とっても多忙ですわ。国に革命が起きてひっくり返った直後だなんて、他国からしてみれば恰好の攻め時でしょう？　それを阻止するためにしっかり外交もしなきゃいけませんし、何より、『革命が起きてよかった！』と民衆に勘違いさせるためにも、しっかり国を立て直していかなきゃいけませんものね。今も、街道の整備を進めていて……はあ、忙しくっていけませんわぁ。お兄様が補佐官をしてくださっていますから何とかなっていますけれど、やっぱり、私よりお兄様の方が王に向いてらしたと思いますのよねえ！

ちなみにそのお兄様は今、隣国へ出張中ですわ。外交官として、ということですけれど、うーん、お兄様には多忙を強いてしまっていますわねえ……。ちょっぴり申し訳なくってよ。

そこで、ふと、ドアがノックされましたわ。あらかじめ決めてある通りのノックの仕方でしたから、誰が来たかすぐ分かりますわね。

「ドラン、いらっしゃい」

「ああ。ただいま帰還した」

入ってきたのは案の定、ドランでしたわ。ただ、その後ろにチェスタとジョヴァンもくっついてきてますけど。

「あら。この面子で来たということは、何か分かったのかしら？」

「まあね。俺の情報網を舐めてもらっちゃ困るぜ、女王様」

ジョヴァンがウインク飛ばしながらそう言う横で、ドランが半歩進み出て、私の前にじゃらり、とチェーンに繋がった綺麗な彫り物のネックレスを出してくれましたわ。

「ひとまず、注文の品だ。『正しき王の手に国を取り戻すのだ』とほざいていた例の活動家を始末してきた」

「ああ、ありがとう。ご苦労様」

ネックレスは、情報にあった貴族の家の紋章が刻まれたものですわね。ええ、貴族というか、『元貴族』と言うべきなのですけれど。

……そう。まあ、予想できたことなのですけれど、旧王家にすり寄って甘い汁を吸っていた無能な上級貴族共が、もう一度革命を起こして私を引きずり下ろそうとしているんですのよねえ。

ですから、そういう奴らはジョヴァンやお兄様、時にはキーブから貰った情報を元に、ドランとチェスタに頼んで始末してもらっていますのよ。

表向きの名目が必要な時には、リタルを出動させていますし、時にはクリス率いる奴隷兵団を動かすこともありますけれど、まあ、概ねはドランとチェスタだけで事足りることが多くってよ。何せ、地下で頑張っている連中なんて、早めに摘んでしまえばただの芽ですもの。大した人数も集まっていない中なら、人狼と薬中の二人で十分、というわけですわね。

「あなた、怪我は？」

「ああ、かすり傷程度だな。問題ない。これなら一晩月光に当たっていれば完治する」

ドランやチェスタを派遣する時は大抵荒事になりますから、彼らには怪我が絶えませんのよね。そこだけはちょいと、申し訳なくってよ。尤も、本人達はまるで気にしていないようですけれど。

「あ、これ、俺から土産な。ほら」

「あらぁ……中々いい腕輪ですわね。ありがとう。頂きますわ」

ついでに、チェスタは大抵こうやって何かお土産を持って帰ってきますわね。大抵は装身具の類か、お酒の類ですわね。妙にセンスがいいのがちょっと腹立ちますわぁ……。

「で、俺からのお土産はこちらね」

「ありがとう。……あらあら、これはこれは……」

そしてジョヴァンから受け取ったメモ数枚……何かの集会で配られていたビラのようなものから、ジョヴァンの走り書きまで色々なそれらを読んでみたら、そこには潰すべき連中の情報がいくつか書いてあって……そしてその中に、ダクターに関する情報が、あったのですわ。

『正しく王の血を引く者こそ、この国を治めるべきである』という主張はまあ、よくってよ。よくあるものですもの。でも問題はその後で……。

「……ダクターと私を結婚させようとしてますの？　これ、そういうことですの？」

その文書には、『第七王子ダクター・フィーラ・オーケスタ殿下は元々、今の女王の婚約者であった。彼こそ新たな女王と共にこの国を導く人物である！』と、ありましたのよ。

……これは新しいですわぁ。まさか、まさか……『新女王を殺せ！』じゃなくて、『新女王と共に国を治めよう！』になるとは、思ってませんでしたわぁ……！


「あ、ヴァイオリア。今、いいかな」

「あら、どうしましたの、キーブ。リタルまで揃って」

「僕はヴァイオリアとお茶しに来ただけ。で、ついでに、さっきここの周辺を妙な奴がうろうろしてたらしくて。その報告に来た」

「僕の見間違いかもしれませんが、どうも、ダクター第七王子殿下に似ていたものですから……」

……あら？　それって……ええと。

「……何か嫌な予感がするが」

「そうですわねえ。私もですわぁ……」

私達はそれぞれに顔を見合わせて、さて、どうしたものかしら、と思案しますわ。

……まあ、結局、『ここで逃がすのはあまりにも惜しい』という結論に至ったのですけれど。ええ。私、見つけた獲物を逃がすような、慎重かつ愚鈍な真似は致しませんのよ。いつだって大胆に鋭く、というのがフォルテシア家ですわ。おほほほほ。

「だから、僕には正当な権利があるのだと何度言えば分かる！　さあ、通してくれ！　ヴァイオリアに会いに行かなければ！」

「……何してますの、あなた」

ということで外に出てみたところ、そこに居たのは案の定、ダクター・フィーラ・オーケスタでしたわ。警護の兵士達がダクターに槍を向けているところでしたわ。

私が呆れながら声をかけると……彼ははっとして、私を見つめながら私の名を呼びましたのよ。

「ヴァイオリア……久しぶり、だな」

「ええ。お久しぶりですわねえ」

なんだか感慨深げですけど、滅びた国の王子が今更何のためにここへ来たのかしら。まあ、死に来てくれたなら私としては手間が省けて助かりましてよ。

「それであなた、ご用件は？　それ次第ではムショにぶち込むのを待って差し上げますわ」

まあ、さっさと捕らえてムショにぶち込むのが当然の流れなのですけれど、一応、少し待ってやりますわよ。もっと面白いことを提供してくれるならそっちを期待しますわ。

「……冷たいんだな」

「え？　寝ぼけたこと仰るなら今すぐムショ入りしていただきますわ。そして明日の朝に処刑ね」

早速なんか情緒に満ちたことを言ってきたダクターにちょいとばかり苛立ちつつお返ししたら、ダクターは青ざめつつ黙りましたわ。ええ、ご自分の立場くらいよく分かっておいてくださいな。

「もう一度伺いますわね。あなた、ご用件は？」

「……君にとって、悪くない話を持ってきた」

もう一度訪ねると、ようやくダクターはそう言って、緊張気味の顔を私に向けてきましたわ。

「悪くない話、ねえ……」

「その、場所を変えたい。ここで話すことでもないんだ」

ダクターは周囲をちらり、と見て、なんとも気まずげな顔をしていますわねえ……。どうやら、民衆と兵士達の目、ついでに兵士達が向けている槍の穂先が気になるようですけれど。

「……中に入れろ、ということかしら？」

中々に厚かましいですわねえ、こいつ……。自分が公開処刑の対象になるって分かってますの？

「仕方ありませんわね。公務室へ参りましょうか」

でもまあ、よくってよ。話とやらがあるのなら、ちゃんと聞いてやらなくてはなりませんもの。

さあ、この元婚約者は、私を楽しませる材料をどれくらい提供してくださるのかしらね？


「さあどうぞ、お掛けになってね」

ということで公務室まで戻ってきましたわ。部屋の中はそれなりに調度品が揃っていますから、仮ごしらえの公務室とはいえ、それなりに居心地は良くってよ。今、接客用に用意してあるソファは王城の待合室にあったものですし、座り心地は抜群ですわね。ええ。

「その……ヴァイオリア」

「何かしら？」

早速ソファに掛けたダクターは、まごまごしながら周囲を見回して……困惑していますわねえ。

「その、彼らは？」

……まあ、そうですわねえ。どう見てもヤバそうな野郎共が詰めてますものねえ、ここ。

「あなたが気にすることじゃなくってよ。お飲み物は？　紅茶でよかったかしら？」

「あ、ああ」

「お砂糖は一つで……ああ、ミルクでいいかしら。レモンは切らしていますの。あ、ミルクの時はお砂糖は二つでしたわね？」

「……覚えていてくれたのか」

「勘違いなさらないでね。私、一緒にお茶したことのある人の好みは全員分覚えていますの」

さて。私はお茶を淹れて、ダクターの前に出してやりましたわ。するとダクターは少々警戒しながらもそれを飲みましたわね。

……ということは、こちらに信頼を寄せている、というわけですわ。どういう目的なのやら。

「はい。あなた達もお茶よ。ジョヴァンはミルクでお砂糖抜き。キーブはレモンでお砂糖一つ。リタルはミルクでお砂糖三つね。ドランとチェスタは……そこらへんのワイン開けていいですわよ」

「女王様手ずから淹れてくださったお茶とは、贅沢だね」

「やった。僕、ヴァイオリアが淹れた紅茶、好きだよ」

「ありがたく頂戴します！」

「よし、なら……エリザバトリの二十年物を貰おう」

「じゃあ俺はこっち貰う！」

「あなた達、お酒は瓶ごと一本ずつ飲むモンだと思ってますの……？」

こちらがワイワイやっていると、ダクターは益々居心地が悪そうですわねえ。でも仕方なくってよ。私、場所を変えることには応じましたけれど、人払いをするなんて言ってませんもの！

さて、ダクターがまごまごしている間にレモンティーを楽しんでいたキーブが、じろり、とダクターを睨みましたわ。

「で、元・王子様が何の用？　ヴァイオリアだって忙しんだからさっさと済ませろよな」

ダクターがキーブのカップを見て『レモンあるじゃないか』みたいな顔してますけれど、ええ。ありますわよ。キーブに出す分くらいはね。でもダクターに出すレモンはありませんわ。ところでこいつ、自分がかつて粉かけてた聖女様が目の前でやさぐれてるってのに気づきませんのねえ……。目が節穴でしてよ！

「その……ヴァイオリア。できれば、人払いを」

「拒否致しますわ。あなた、自分の立場を弁えなさいね？」

ダクターは、私が滅ぼした国の王子。つまり、敵ですわ。オーケスタ家がずっと革命軍に反発していたことは明らかですし、その一族の生き残りがのこのこ現れて、警戒しないでほしいだなんて、流石に烏滸がましくってよ。

「それは……」

「言い訳は無用ですわ。あなたにはこの場でその用件とやらを言う以外の選択肢を与えられていませんのよ」

私が一睨みしてやれば、ダクターは少し怯みましたわね。ええ。私、本気ですわよ。こいつが何

を思ってやってきたのかは知りませんけれど、こいつを殺すことに躊躇いは無いのですわ。

「それであなた、ご用件は一体何ですの？　特にないなら今ここで殺して差し上げますわ」

そして、私がもう一度そう聞くと……ダクターは、しばらく迷っているようでしたわ。

でも。ダクターは、ようやく言いましたのよ。

「ヴァイオリア。僕はあなたに求婚しに来た！」

……えっ？


「……きゅうこん」

「ああ。求婚だ」

……マジなんですのね。マジにこいつ、コレを言ってますのね？　周りが勝手に持ち上げてるとかじゃなくて、こいつ自身の意志で、コレを言ってます、のね……？

「えーと、つまり、新たな国の女王たるこの私の夫になろうと？」

「そうだ」

「あの、あなた……婚約破棄しましたわよね？」

「ああ。だから改めてもう一度、求婚しに来たんだ」

……ちょいと、私、混乱してましてよ。だって、意味が分かりまして？　こいつ、今更、この関係、この状況で、求婚ですわよ？　まるで理解できませんわ！

隣に座っているキーブに『これ何ですの？』って視線を送ってみても、『知らないよ』って答えが返ってくるばかりですわ！　他の連中も『こいつ何言ってんのかね』とか『遂に頭がおかしくなったか』とか『なんと無礼な！』とか、そういう反応ですけれど、チェスタは只々遠慮なくゲタゲタ笑い転げてますわ。ううーん、チェスタの反応が正解だった気がしますわねえ……。

「君にとっても悪くない話のはずだ」

けれどダクター、めげませんわ。ヤバそうな野郎共に奇異の目を向けられてもまるでめげずに交渉に臨んできましたわ。この強気な交渉姿勢だけは見習いたいような……いえやっぱり見習いたくないですわ。

「僕は正統なる王の血筋だ。父も兄も死んだ今、僕が正統な、次期国王にあたる」

ダクターは熱のこもった様子で弁を振るいますわねえ。それ、革命を起こして新たな女王になった私に言うことじゃあないと思いますけど、こいつ大丈夫ですの……？

「だから、僕と結婚すれば君は、正統な王の妻としてこの国に君臨できる。どうかな、君の欠点は血筋だけだ。それを補えるわけだから、悪い話じゃないと思うけれど」

「正統な王、ねえ……」

なんというか、もうどこから何を言ったらいいのか分かりませんわ。いえ、確かにね？　フォルテシア家は元々は平民だった家が金で貴族になったものですけれど、それを引け目に思ったことは一度もありませんの。私は、大好きな家族のもとに生まれてこられたことを『欠点』だなんて、思いませんのよ。

「とんだ恥知らずだな！」

……と思っていたら、隣に座っていたキーブが、ぎゅ、と私の腕を抱きしめながら、ダクターを睨んで啖呵を切っていましたわ。

「ヴァイオリアを裏切っておいて、今更求婚⁉　頭おかしいんじゃないの⁉　ヴァイオリアはお前なんか居なくても立派な女王様だし！　お前は必要ないんだよ！」

キーブの剣幕に、ダクターはぽかんとしてますわねえ。ええ、まあ、彼、こういうこと言われた経験、無さそうですものねえ……。

「そもそも、旧王族の血は、絶やすべき血だ」

キーブがきゅうきゅう私の腕にくっついてくる横から、酒瓶片手にやってきたドランが、ダクターを見下ろしますわ。迫力満点ですわねえ。

「ま、そーね。民衆だって、旧王族を生かしておくべきだなんて考えてない。今や旧王族の血ってのは、利点じゃなくて欠点なんだけど、元王子サマはそこんとこお分かり？」

更にジョヴァンも私の後ろからひょっこり出てきて、にやつきつつそんな煽り方をしますわねえ。ええ、ダクターはもうすっかり、絶望に満ちた顔をしていますわぁ……。

「だ、大体！　旧王族はもう、負けたのです！　それを、自ら裏切ったヴァイオリア様に取り入って復権しようなどと考えるとは……あなたに恥は無いのですか！」

更に、真っ当そうな見た目をしたリタルにさえ言われてしまえば、いよいよダクターの立場はありませんわねえ。チェスタが後方で『この酒うめー』とにこにこしているのが程よく場の空気を和やかにしてくれていますけれど、これもダクターからしてみたら意味が分からないものが一つ余計に増えて混乱が増すばかりでしょうし……。

「……まあ、そういうわけですわね。私はあなたの助けなど必要ありませんわ。あなたのお話、何一つとして私に利がございませんのよ」

ま、結論は出ましたわね。お返事はもう、決まっていますわ。

「ですからあなたが私のためにできることは、後は死ぬことだけですわね」


「……君は、変わってしまったな」

　ダクターが絶望に満ちた顔をしていますけれど、それ、今降ってきた絶望じゃなくて、あなたが気づいていなかっただけでずっと傍にあった絶望ですわよ。

「そう？　私は何も変わっていませんわ。元々、こうですわよ。私が変わってしまったと感じたのならば、それはあなたが私のことを知らなすぎただけですわね。私はずっと、この調子ですもの」

　強いて言うなら、成長は、したと思いますわ。胸を張って言えることですけれど……でも、それってやっぱり、『変わってしまった』っていうのとは違いますものね。

「なら、城の庭で笑い合った君は一体何だったんだ？　あれは全部嘘だったのか？」

「嘘か本当かで言えば本当ですわよ。全部、一人の私ですわ。私、あなたとお城の庭園で薔薇の花を見て笑い合った翌日には魔物を狩って楽しんでいましたわ。今だってそうよ。何人も殺して、何人も陥れて、それでも私、美しい花を見れば美しいと思いますの。何も変わっていなくてよ」

　ダクターには理解できないのでしょうね。ええ。理解できないはずですわ。私達、まるで異なる生き物ですもの。

「私が変わったというのなら、あなたこそそうですわね。私と婚約して、笑い合っておきながら、自分の保身のために私を大罪人扱いして婚約破棄した。死刑にも反対しなかった。そして今、また恥知らずにも求婚してきている。ね？　まるで一貫性がありませんわ」

「そ……それは……」

「そういうことですわ。私の愛が変わってしまったのかと問うならば、まずはあなた自身が私を裏切った罪をあなた自身に問いなさい。そして本当に私に求婚する気なら、罪を清算する心意気くらいは見せてほしかったものですけれど、いかがかしら？」

私がそう言うと、ダクターは俯いてしまいましたわ。私の夫となって新たな国の王族になりたかったのでしょうけれど、タダでその身分が手に入るわけが無いのですわ。ましてや、目の前に居るアホがその身分を手に入れることは未来永劫ありませんのよ。


ダクターはしばらく、茫然自失としていましたけれど、やがてノロノロと動き出しましたわ。

「……そうか。なら……そうだ、指輪を……」

「指輪？　まさか婚約指輪ですの？　要りませんわよ、そんなもん」

ダクターは自分の懐に手を突っ込んで内側を探って、何かを取り出そうとしていますわね。当然、指輪なんて出されても態度を変えるつもりはありませんけれど。というか、何が出てきたって態度を変えるつもりはありませんけれど。

「持ってきたんだ……」

……ダクターはノロノロとした調子で……上着の内側で、何かを構えましたのよ。


ダン、と、大きな音。

それが銃声だと気づいたのは、ダクターの上着と私の脇腹とに穴が開いてから、でしたわね。

なんだか現実味がありませんわね。

この私が、撃たれるだなんて。

……抜かりましたわね。クリスが銃を所持していた以上、王族にだって銃が渡っていてしかるべきだと、考えておくべきでしたわ。

それにしてもまさか、私を撃ちに来るとは思いませんでしたわねえ。女王の夫の身分が手に入らないならば殺してしまえ、ということなのかしら？　随分と思い切ったことをしましたのねえ。

ああ、私、ダクターのことは単なる無能だと思っていますけれど、私を撃ったことについてはそれなりに評価してやってもよくってよ！

……それにしても、銃で撃たれるのって、こんな感覚なんですのね。痛みは熱さによく似ていて、なんだか余計に現実味がありませんわ。

でもその一方で開いた穴からは血がどくどくと流れ出していて、その分だけ、私が死に近づいていくのが分かりますのよ。ええ。それは分かっていますの。ただ……現実味が無いのですわ。

私が撃たれた直後から、すぐに皆が動き始めましたわ。

チェスタが真っ先に動いてダクターの横っ面を蹴り飛ばして吹っ飛ばして、それをドランが拘束。ジョヴァンはすぐに部屋の外へリタルを放り出して応援を呼ぶように命令して、リタルは部屋の外へ駆けていって、キーブは私に寄り縋ってきましたわ。

「ヴァイオリア！　しっかり！」

キーブは自分の上着を脱いで私の傷口に当てて、圧迫しながら止血しようとして……あっ。

「触るんじゃありませんわッ！　キーブ！　死にたいのッ⁉」

なんとか動いた片手でキーブを払いのけましたわ。ええ。私、今この状態で触られるわけにはいきませんわ！

「私の血がどういうものか、あなた、知っているでしょう！」

……だって私の傷からは、猛毒が溢れ出しているんですもの！　下手に触ったら、キーブの命にかかわりますのよ！

「はあ⁉　そんなの関係ないね！」

けれどキーブは言うことを聞いてくれませんわ。躊躇なく、私の傷口に上着を押し当てて、止血しにかかってきましたのよ。

「キーブ、おやめなさい！」

「黙ってろ！　何言われたって僕、やめないから！」

キーブは動転しているようですわ。しかも情けないことに私、もう、まともに体が動かせませんのよ。痛みに体が麻痺してしまって、キーブの手を払いのけることすらできませんわ。

「ドラン！　キーブを引きはがして！」

ですから私、ドランに助けを求めましたわ。恐らく、彼がこの中で一番冷静なはず。ですから正しい判断をしてくれるでしょう、と信じて。

「……だそうだ。キーブ。悪いがそこを退け」

「やだね！　ヴァイオリアが死ぬくらいなら僕も死んでやるよ！　どうせ死にっこないけど！」

「そうか。まあ俺もだが」

……私、信じてましたのに。信じてましたのに……ドランも冷静じゃなかったですわ！

「そういうことだ。悪いな、ヴァイオリア」

ドランはそう言うと、拘束し終えたダクターをほっぽり出して……血塗れの私を！　抱き上げや
がりましたのよーッ！

「イヤーッ!?　あなた！　死にたいんですのーッ!?」

キーブは駄目ですけれど、ドランも駄目ですわ！　なんなら、ドランの方が駄目ですわ！

だって彼、反女王勢力の始末を終えたばっかりですのよ！　当然、全身に傷があるはずで……そこに私の血が入り込みでもしたら！

「死にたくはないな。だが死ぬ気はない。まあ、安心しろ」

これが安心していられますの!?　いいえ、していられませんわ！　安心！　できませんわーッ！

「まあまあ、お嬢さん。今は落ち着いて。ね、大丈夫だから。大丈夫。だから……今はちょいと落ち着いててね。うん。ドランとキーブはさ、大丈夫だから。ね」

しかも明らかに落ち着いていない様子のジョヴァンが横から顔を出しつつ、そんなことを言ってきますわ。あ、駄目ですわ、考えようにも頭が回りませんわ。私、一体……？

「おい、ヴァイオリア！　大丈夫かよ？　一発キメとくか？」

や、薬のお世話には……なりませんわよォ……。というか、薬なんざ飲んでも効きませんものね
……。あら、どうしてかしら、なんだか眠くて……ぼーっとして……あらあらあら？　もしかして

これ、私、死ぬんですの……？

「あー、くそったれ、あのクソ王子絶対に許さねえ……おいチェスタ！　ちょいと俺も乗っけてドラゴン飛ばせ！　お嬢さん用の薬とか出してくる！」

「分かった！　……ヴァイオリア！　なあ、やっぱり薬、要るか？」

「要りませんわァーッ……げほ」

あ、咳き込んだらなんだか血が……血ですわァーッ⁉

ああーッ！　私ったら、猛毒吐き出してますわ！　これはヤバいやつですわ！　誰かの目だのなんだのに入り込んだらヤバいですわァーッ！

「い、いっそ殺してくださいまし！　私、色々撒き散らすくらいならここで死にますわーッ！」

「黙ってろって言ったよね⁉　ねえ、いいから黙ってて！　黙らないならキスするから！」

ひぇっ……キープに自殺宣言されましたわ！

この子、分かってますのかしら⁉　今の私にキスなんざしようもんならイッパツであの世行きですのよ⁉

「……まあ、意識は保ってくれていた方がいい。だが大声では喋るな。文句は後で聞く」

ドランも止めてくれればいいのに、全くキープを止めてくれませんのよ！　それどころか、ドランは私を抱えたまま、せかせか早足で歩き始めましたわ！

動かしたら！　私との接触が多くなりますでしょうに！　その分、命が危ないでしょうに！　なんてことしてくれやがりますのこいつはァーッ！

……それから私、何回か、意識を失いましたわね。そして、意識を取り戻す度に、状況は変わっていましたわ。

最初に意識を失ってもう一度目を覚ましたら、ドランに傷を縫われていましたわ。

「……ああ、目が覚めたか。意識があるのはいいことだが……まあ、少し耐えろよ？」

「へ？　……いだだだだだいっだい！　いっだいですわこれ！　何ですの⁉　コレ何ですの⁉」

「縫合だ。安心しろ。俺は自分の体で何回かやっているからな、腕は悪くないはずだ」

私、ちょっと目を覚ましたことを後悔しましてよ。だって私、麻痺毒の類も効かないんですもの。ふっつーに痛みはそのまんまですわ！

体を針が貫通していく感覚、分かりますこと⁉　死ぬかと思いましたわッ！　そしてまた気が遠くなりましたわッ！

次に起きた時、ジョヴァンの顔が、ぬっ、と出てきましたわ。ヒェッ……お迎えが来たかと思いましたわぁ……。

「ああ、お嬢さん。おはよ。痛み止め飲ませといたんだけど、どお？　多少はマシになった？」

「へ？　痛み止め……？　私、薬の類、効きませんけど……？　あら？」

なんか死神から妙なことを言われた気がして聞き返してますけれど、でも、よくよく考えてみると、この傷の痛み、さっきよりマシになっている、ような……？

「まあ、チョイと色々、ね。特別製をご用意したってわけですよ」

ジョヴァンはにんまり笑ってそう言いますけれど、えーと、何が起きているんですの、これ……。

「で、ドランの野郎は上手くやったの？　できるだけ傷が残らないようにした、って言ってたけど」

「知りませんわぁ……」

もう傷痕がどうとか言ってられる場合じゃーありまえせんのよこちとら！


で、そこでまた意識を失って、次に起きたらキーブが私を眺めてましたわ。

「……あ、ヴァイオリア、起きたの？」

「え、ええ……」

なんというか、この頃には私、すっかり消耗していて、声を出すのも億劫な状態でしたわ。多分、今までの元気は怪我に対する防衛反応として無理やり絞り出してた元気だったんですのね……。

「もう大丈夫だよ。一応、傷は塞がったみたいだって」

「私は……よくってよ。あなたは……私の血に触れて、大丈夫でしたの……？」

憎たらしいことに目も霞んでよく見えないのですけれど、それでも、キーブがにんまりと笑ったことだけは、分かりましたわ。

「僕も大丈夫。この通り。勿論、ドランも平気だよ」

そ、それはよかった、ですけれど……。でも、一体どうして？

「……じゃあ、ヴァイオリア。今はゆっくり寝て休んで。後のことはこっちに任せてよ」

キーブはそう言って、私の包帯を巻き終えると……なんだかもじもじそわそわして、それから、実に躊躇いがちに……ちゅ、と、私の頬にキスして、そして、ぱたぱた走って出ていきましたわ。

……今の可愛いの、何だったんですの？　なんだか元気になっちゃいそうですわぁ……。

それからまた意識を失って、起きたらチェスタが私を眺めてましたわ。

「お、起きた」

「……ごきげんよう」

「あー……まあ、俺はあんま機嫌よくねえけど。何撃たれてんだよお前さあー」

「私だって機嫌はよくなくってよ。最悪ですわ。傷は痛むし頭は回りませんわ。なんですの、これ。

……更に言いますとね、もっとヤバいことが起きてますのよ。

「で、チェスタ。あなた、何してますの……？」

「ん？　拭いてる」

ええ。チェスタは何故か、お湯で絞った布で私の体を拭いてくれていたわけなのですわ。……ねえこれって、ヤバいんじゃーありませんこと？

「ちょ、ちょっと。あなたどういうつもりですの？」

「え？　血まみれだと気持ち悪くねえ？」

……いやまあそれは分かりますけど、そうじゃありませんのよねえ！　もうデリカシーがとかどうとかそういう話ですら、ありませんのよねえ！　でも、私の血が猛毒だってことは、忘れてもらっちゃあ困りますのよーッ！

「あなた、モロに私の血に触ってませんこと？　分かってますの？　私の血、猛毒ですのよ？」

「あー、分かる分かる。お前の血、最高だよなぁ……へへへへへ……」

アッ駄目ですわ。こいつの目、カンペキにイッちゃってますわ。薬中のソレですわ！

「あ、そうじゃん！　よく考えたらこれ、お前の血、舐め放題じゃん！」

「おやめなさいーッ！　ちょっと誰かーッ！　誰か居ませんのーッ!?」

しかも目を輝かせて私を拭いてた布をちゅーちゅーやり始めましたのよこいつ！　ああああああ！

こいつ猛毒を！　ああああああ！　ああああああ！


……ということで。

「説明していただきましょうか。あなた達、一体何をどうやってこうなりましたの？」

チェスタの奇行を止めさせるついでに野郎共を招集して緊急会議ですわ。

私はベッドの上に寝たきりで、『点滴』とかいうらしいものを施されて動けない状態ですけれどね？　ええ、これ、すごいんですのよ。血の代わりになる薬液を血管の中に注ぎ込んでいるんですって。白薔薇館で攫っておいた研究者が開発した最新技術だそうですわ。やっぱり彼らを攫っておいて正解でしたわね……。

……で、私の点滴はいいんですのよ。問題は！　今！　私の目の前にいる野郎共ですわ！

「私の血に躊躇なく触った理由を各自述べなさいッ！」

どう考えてもおかしくってよ！　各自それぞれ、私の血に対して妙なんですのよ！　百万倍希釈しても人間がラリる私の血に原液でバンバン触れたりなんだりしてますものねえ！

「まず俺だが」

そして最初に手を挙げたのはドランですわ。良くってよ！　こいつが一番ヤバい触り方してくれましたものね！

「ドラン！　あなた、随分と躊躇なく触ってくれましたわねえ⁉　しかもあなた、傷がありましたわよねえ⁉　傷口から私の血が入ったら死ぬって分かりませんでしたの⁉」

「まあ、死なないからな。もうお前の血にはある程度耐性がついた」

……そしてしょっぱなからこれですわ！　もう意味が分かりませんわ！

「ど、どういうことですの？　耐性？　私の血に耐性なんて、つけられまして？」

「ああ。覚えているか？　お前の血を貰ったことがあっただろう」

ええ、ありましたわねえ。クリスを私が片付けちゃったことについての謝罪ということで、私の血、渡しましたけれど……。

「あれを適当に希釈して打っては月光で回復しながら慣れていった。……それなりに時間が掛かったが、今はもうお前の血が多少入り込んでも、手足が多少痺れる程度だな」

ゲェーッ⁉　この人狼、そんなことしてましたの⁉　私の血を⁉　打ったァ⁉　正気ですのッ⁉

た、確かに私の血だって毒ですから、ある程度は体の方で慣れることもできる、のかもしれませんけれど、そんなの考えたことありませんでしたわ……。それに、考え付いたって、普通、実践しませんわ……と、とんでもない野郎ですわぁ……。

「って、ああ！　もしかしてキーブも⁉　私、キーブにも血をあげましたけれど、キーブもそんなことしてましたの⁉」

「僕はそんな野蛮なやり方してない。もっと賢いやり方でやった」

心配になってキーブの方を見たら、キーブはちょっと自慢気に胸を張って答えてくれましたわ。

「ヴァイオリアの血って要は複雑な魔法毒ってことでしょ？　だからちゃんとヴァイオリアの毒を分析して、一部は魔法で対抗できるようにしながら一部は……まあ、何回か魔法毒を飲んで、耐性つけたけど。でも、おかげで直接血管に入ったりしなければ、触るくらいなら大丈夫になった」

「賢ければ何やってもいいってわけじゃーありませんのよ……？」

キーブが私の血を欲しがったのもコレでしたのね⁉　な、なんか裏切られた気分ですわァーッ！

「ち、ちなみにチェスタとジョヴァンは……？」

ま、まあ、ここまでは分かりますわ。ドランは人狼ですし、キーブは賢いですし……でも、チェスタはどう考えても人狼じゃないし賢くもありませんわねえ！　私の血をちゅーちゅーやっていいはずなくってよ！

「ん？　俺？　うん、なんか元々薬？　の類には割と耐性ついちまってたらしくってさ」

ああー、まあ、そうね。チェスタは腕を失って義手になった時から既に薬漬けの生活ですから、その手の耐性ができていてもおかしくありませんでしたわ。

私が毒人間になったのと同じように、チェスタも毒物への耐性ができていたのかしら。

「そのせいかミスティックルビーも二回目にはあんまり効かなくなっちまってさー、一度に十本ぐらいキメたりしてたんだけど」

……と思ってたら、やっぱりおかしいですわ。あ、怖いですわ。この先聞くのが怖いですわ。

「で、じゃあ試しに濃度上げるかー、って思って、百倍希釈？　かなんかのキメてみた」

「なななななにやってんですのーッ！　この薬中ーッ！」

意味が分かりませんわ！　一万倍ほど希釈が足りませんわよ！　それじゃあドラゴンだって死ぬ

濃度じゃありませんのーッ！

「でもまあジョヴァンが解毒剤ありったけぶち込んでくれたんでギリギリ生きてたし、そん時滅茶苦茶死にそうだったけど滅茶苦茶よかったからもう一回やってみっかな、またもう一回やってみっかな、ってやってたらまあ、原液じゃねえとラリれなくなってた」

「げんえき」

「うん。お前の血そのまんまのやつ。あ、でも大丈夫だぜ。ちゃんと原液ならトべるから！」

わ、私、意識が遠くなってきましたわ！　流石薬中はやることが違いますわねェ、びっくりですわよ！　ああもう、チェスタはやっぱりヤバい奴でしたわーッ！

「ちなみに俺は元々、多少は毒の類に耐性あったのよね」

意識が遠くなりかけたところでジョヴァンが出てきたので意識を保ちますわ。じゃないと死神に連れていかれそうな気がしますわ……。

まあ。ジョヴァンもまだ、多少、分かりますのよ。彼が毒物への耐性を持ってるっていうのは、知ってましたもの。

「そ。あとはキーブの研究手伝うフリして、ちょいとね」

と思ったら、あくどいことしてましたわ。あああ、キーブが『僕の努力を盗みやがって』ってむくれてますわ……。

「ま、そのおかげでお嬢さんにも使える痛み止めが出来上がったんだから。キーブこそ俺に感謝してくれていいんだぜ？」

あ、そういう経緯でそういう薬が生まれてましたのね？　いえ、簡単に言ってますけどそれ、作るの相当難しいんじゃーなくって？　え？　どうやったらそんなモンできますの……？

「……とりあえず分かりましたわ。あなた達、揃いも揃ってド阿呆揃いでしたのね？」

なんというか、私、すっかり忘れてましたけど、とりあえずこいつら全員悪党ですし、ヤバい奴らでしたわ。もうリタルぐらいですわ、真っ当な奴は……。

「ちなみにリタルも頑張ってるらしいよ。翌日が休みの日の夜とかに頑張って毒飲んでる」

「頑張らせるんじゃーありませんわッ！　あの子まで『こっち側』にしないで頂戴なッ！」

あーん！　本当に！　本当にリタルには悪いことしましたわーッ！

「……そもそも、どうしてあなた達、そんなアホなことする気になったんですの？」

さて。目の前の野郎共がぶっ飛んでる野郎共だってことは分かりましたけれど、そこに至った理由が分かりませんわね。

だって、わざわざ死へ近づく理由ってありまして？　チェスタはまあ別としても……。

「……今、既にその答えは出ていると思うがな」

「え？」

「お前が血を流した時、近づける者が一人も居ないというわけにはいかないだろう」

……え？

「ヴァイオリアが怪我することって滅多にないとは思うけど、そういう時ほど傍に居たいじゃん。なのに、怪我したら触っちゃいけないなんてさ、ちょっとどうかと思うよね」

「ま、女王陛下を救える手は多い方がいいでしょ。この国の安寧のためにもね」

……なんというか。

本当に、予想外、でしたわ。

別に頼んでもいませんし、むしろ頼むなら『馬鹿なことはおやめなさい』と頼みたかったところですけれど……でも、この御乱心な野郎共のおかげで私、今回は助かってますのよね……。

……変な気分ですわ。私、自分の血は最強だと思っていましたのに。こうも簡単に突破されてしまうなんてね。

今まで『希釈した血を延々と与え続けて耐性がつくかどうか確かめる』なんてことはしたことがなかったわけですし、『血に含まれる魔法を分析する』なんてこともやったことはありませんでしたし、私の血を使う時は一撃で殺すか、耐性ができないくらい薄めるかしてたわけですから、その辺り、気にもしませんでしたけれど……。

……本当に変な気分ですわ。自分の弱さが露呈したような気分で、まあ、言ってしまえばそれ、女王としては傷であるとも思うのですけれど……でも、嫌じゃあ、ありませんのよ。多分。

そうして、翌々日にはお兄様が飛んで帰ってらっしゃいましたわ。

「ヴァイオリアーッ！　無事かーッ！」

「ええ！　この通り、無事でしてよ！」

お兄様は私が凶弾に倒れたという報せを受けて、すぐさま隣国から戻ってらしたらしいんですのよ。申し訳ないことをしましたわぁ……。

「ふむ……まあ、一応は無事、ということか。ならよかった……」

「ご心配をおかけしましたわね」

「ああ。まったくだ」

お兄様は私のベッドの横の椅子に深く腰を下ろされて、それから、じっと私を見つめられましたのよ。

「……だが、よかった。お前が無事で。そして、お前を救う者が、ちゃんと居て」

ですから私、頷いてお答えしましたわ。

「ええ。私、こんな悪党ですけれど……悪党でも案外、仲間って、できるものなんですのね」

閑話　ダクター・フィーラ・オーケスタによる後奏

牢の中、ダクターはまだ、生きていた。そして、何故こんなことになったのか、と自分の行いを振り返る。何度も何度も、繰り返して、振り返っていた。

ダクターの行いは正しかったはずだ。正統な王の血を引いた自分は、次期国王として相応しい存在であったし、同時にヴァイオリアは、ダクターに相応しい存在であった。

そしてヴァイオリアにとっても、ダクターは伴侶に相応しい存在であるはずなのだ。彼女はどう足掻いても家柄が悪いことは確かであったし、ダクターとの結婚によってそれを解消できるのだから。そして何より……彼女はダクターを愛しているのだから。

……だが、再会したというのに、彼女の態度はつれなかった。ヴァイオリアはダクターに『死ね』とまで言ってきたのだ。

彼女は結局、ダクターの思い通りにはならなかった。ヴァイオリアはダクターを拒絶した。

……だから、仕方が無かった。

ヴァイオリア自身がそう望んだのだから、仕方がない。ダクターは女王の伴侶としてこの国を支えてもよいと思っていたし、自分が王になるならその隣に、今の地位を築き上げたヴァイオリアを立たせておいてもよいと考えていた。だが、ヴァイオリアはそれを拒絶したのだ。

だからダクターは、ヴァイオリアを撃った。

本来、正統な王は自分なのだ。それを暴力によって奪ったヴァイオリアを、寛大な心で許してやることはできる。だが、それを他ならぬヴァイオリア自身が拒絶するのなら、これ以上、ダクターが彼女を許してやる義理は無い。

ただ、ヴァイオリアを殺して、自分が正しく王になればよいだけのこと。


……だがその結果、今、ダクターは地下牢に居る。

捕まったのは、あっという間だった。銃で二発目を撃つ間も無く蹴られ、銃を取り落とし、周囲の兵士に捕らえられ……正統なる王であるダクターは、ありえないことに、牢へ放り込まれた。

……あそこでもう少し、粘るべきだったのだろうか。頑ななヴァイオリアを許し、彼女を懐柔するよう働きかけるべきだったか。あそこで銃を撃つべきではなかっただろうか。だが、人払いさえされていれば、十分に勝機はあった。ヴァイオリアの頑なな態度さえ無ければ、このようなことには……。


そして、堂々巡りの考えに陥るダクターのもとへ、足音が近づいてくる。

その足音は、徐々に、徐々に大きくなり……やがて、ダクターの牢の前で、止まった。そして、そこに現れた人物を見て……ダクターは、目を見開いた。

「ごきげんよう、ダクター様」

にっこりと優美に微笑むヴァイオリア・ニコ・フォルテシアが、そこに居たのだ。

「……ヴァイオリア……い、生きて、いたのか……」

「あら。死んでいた方がよかったかしら？」

「とんでもない！　ああ、本当によかった……」

冗談めかして笑うヴァイオリアを前に、ダクターは心から歓喜した。ヴァイオリアが生きているなら、まだ、ダクターの希望は消えていない。

ダクターはまたも作戦を変更する。女王を名乗る悪魔を殺して自分が王になるのではなく、彼女の伴侶としてこの国の頂点に立てばよい、と。

「ヴァイオリア、すまなかった。本当に、僕はなんてことを……」

「あら、気が動転してらっしゃたんでしょう。別に気にしておりませんわよ。この通り、私、すっかり回復しましたもの」

ヴァイオリアへ謝罪すると、それはあっさりと受け入れられた。それにダクターは、喜びを大きくする。

「それに、ダクター様。あなた、私を愛してくださっているのでしょう？」

更に、そう言ってヴァイオリアが微笑むのを見て、ダクターはいよいよ、深く歓喜する。理由は分からないし、最早そんなものはダクターには考えられない。だが、どうやら上手くいっている。そんな気がする。そして、高揚した気分はダクターを鼓舞した。

「さあ、ダクター様。こちらへいらして？　お食事をご用意しておりますのよ」

そして、ダクターは特に何も疑うことなく、差し伸べられた手を取るに至ったのであった。

ヴァイオリアに案内された先は、美しく飾られた部屋であった。

鮮やかな黄緑色の壁紙は優美なつる草模様。床は大理石ではないようだったが、白く塗られた石材でできていて中々洒落《しゃれ》ている。シャンデリアは王城に飾ってあったものとよく似ていて立派な造りであった。壁に張り巡らされた緞帳はまた色鮮やかな緑。活けられた花は甘く香り、用意されている卓には美しい細工のカトラリーが並ぶ。

そして、完璧に整えられた部屋の中で微笑むヴァイオリアもまた、完璧に整えられていた。

様々な赤色に染められた布を幾重にも使った豪奢なドレスを纏い、幾種類もの風変わりな宝石を飾った装飾品を身に着け。

……ヴァイオリアが身に着けているものは、それ単体では派手に見えるであろう代物であった。だが、それらがヴァイオリアに身に着けられ、全て揃うことによってしっくりと収まり、ヴァイオリア自身を一つの芸術へと昇華させていたのである。ダクターの伴侶となる女は、これほどまでに美しい。これにはダクターも大いに満足した。

「さあ、ダクター様。どうぞこちらへ」

ダクターを誘うヴァイオリアからは、何か甘やかな香りがした。ダクターの知らない香りであったが、不快ではない。これは一体何の花の香水だろうか。或いは、花ではない何かの香りかもしれない。ダクターはぼんやりする頭でそんなことを考えながら、誘われるがままに食卓へ着く。

ダクターとヴァイオリアが席に着くと、部屋の向こうから食事が運ばれてくる。

「あら、ご苦労様」

ヴァイオリアはにっこりと笑ってそれを流すが……驚くべきことに、食事を運んでいたのは、クリス・ベイ・クラリノであった。

クリスが奴隷落ちしたという話は、聞いていた。だが、それを目の当たりにすると、なんとも言い難い気分になる。だが、クリスは敗北した身だが、ダクターはこれから女王の伴侶となる身だ。最早両者の身分は天と地ほどに分かれる。今更クリスを気遣う必要は無いだろう。

クリスは気まずげにダクターから目を逸らすと、黙って二人分のグラスを置き、ワインを注いだ。ワインを注ぐ手が微かに震えているのが、妙に気になった。

「それでは乾杯といきましょう」

だが、クリスの震えなどどうでもいい。微笑みながらグラスを掲げるヴァイオリアに倣ってダクターもグラスを掲げ、そして、中に満たされたワインを飲む。

……それは、不思議な味わいであった。上等なワインの味わいの中に、不思議な甘みがある。やや舌に残る不思議な甘みは、高級な貴腐ワインの甘味であろうが、しかし、どこか異なる気もする。

「ああ、前菜が来ましたわね。さあ、どうぞ。召し上がってくださいな」

ワインはさておき、ダクターはヴァイオリアに勧められ、早速前菜へと手を付ける。

前菜は茸と貝のマリネだった。海のものと山のものを贅沢に取り揃えたそれは、見目にも美しく作られている。

口に運ぶと、キノコの豊潤な旨味と貝の濃厚な甘みが口内に広がった。王城を追い出されてから碌なものを口にしておらず、ここで地下牢に閉じ込められている間も粗末な食事を与えられていただけであったダクターにとって、それは強い歓喜を呼び起こすほどの味わいであった。食べ進める内に興奮によってか体が熱くなり、動悸が微かに早まる。

「如何かしら。これ、私が調理したものなんですの。お口に合えばいいのですけれど」

恥じらうようにそう言うヴァイオリアに、ダクターは笑顔で『実に美味しいよ』と返す。料理など平民のするものではあるが、貴族の中にも道楽として料理を嗜む者はいる。咎めるようなことではないし、何より、これから伴侶となる女性が作ったものにケチをつけるべきではない。

ヴァイオリアは『それはよかった』と優美に微笑んだ。ダクターはその笑みを見て、満足感すら覚えた。今、自分は世界一幸福な人間なのではないかとすら、錯覚していた。


次に運ばれてきたのはスープであった。

スープは白く、とろりとして滑らかだ。盛り付けも上品で、如何にも貴族の食事に相応しい。ダクターはそれをスプーンですくい、口にした。

……ふと、舌に痺れのようなものを感じたが、それもすぐに忘れる。後からふわりとやってきたハーブの香りと、まったりとした芋の甘みが違和感などすぐ消していった。

「異国の芋を使っておりますの。それに、上等なクリームを合わせて、それにハーブを少々。いかがかしら？」

「成程、異国の味だったか。少し慣れない味だが、僕も気に入ったよ。これは中々面白い」

「あら、嬉しい。そう言って頂けると、作った甲斐がありましたわね」

ヴァイオリアがまた上機嫌そうに微笑むのを見ながら、ダクターはまた一匙、スープを口へ運ぶ。

その次に運ばれてきた肉料理は、贅沢に赤身の一枚肉を焼きあげたものだった。

一口、口にしてみれば、それが極上のドラゴン肉だということが分かる。噛みしめる程に溢れ出る旨味。重厚な風味。脂の一滴に至るまでが全て美味い。赤い果実のソースは甘酸っぱく、これが濃厚なドラゴン肉の旨味によく合う。完璧な晩餐に相応しいメインディッシュであった。

……だが。

「あら、ダクター様。どうされましたの？　お加減がすぐれないようですけれど」

「そんなことはない。大丈夫だ」

大丈夫だ、と言いながらも、ダクターは体に違和感を覚えていた。微かな震え。気づけば指先は冷え、それでいながら妙に体が熱い。冷たい汗が出る。そして、胃が微かに痙攣しているかのように思え、そして、微かな眩暈がダクターの体を揺らし始める。

「そうですの？　……私、不安ですの。ダクター様はもしかしたら、嫌々にお食事をなさっておられるんじゃないかと……」

「嫌々だって？　とんでもない！　君との食事を心から楽しんでいるよ」

だが、ダクターはそれらを、今までの過酷な生活と、緊張の糸が切れたことによるものだと信じた。希望を掴んだ今、更にその希望を疑ってかかることなど、ダクターにはできなかったのである。

そして食事は進み、最後の皿が運ばれてきた。

最後の皿は美しく瑞々しいデザートだ。艶々と宝石のようなベリー類がたっぷりと盛られたタルトである。芸術品さながらの美しい一皿を前に、ダクターは銀のフォークでタルトを切り分け……。

そこで、フォークが黒く濁ったように変色したのを見て、凍り付いた。

「あら、どうなさったの？　ダクター様」

そんなダクターを見て、ヴァイオリアは微笑む。

「どうぞ召し上がってくださいな。今までの皿と、同じように」

ダクターは動けずにいた。

銀の食器が変色するのは、そこに毒がある証。よくよく見てみれば、タルトの上に盛られたベリーの中には、かつて植物図鑑で見た有毒植物によく似た実が紛れている。

「ねえ、ダクター様？　今日のお食事、美味しく召し上がっていただけましたわね？　毒貝と紅天茸のマリネも、鬼芋のスープも、それに、毒で仕留めたドラゴンのステーキも、ね。ああ、あのステーキのソース、良いお味だったでしょう？　あれはイチイの実とインクベリーを合わせたものでしたのよ」

……この食卓の正体が、ヴァイオリアの真意が分かってしまった瞬間、ダクターの背筋を冷たい汗が伝う。胃のむかつきは確かな違和感として自覚される。

体が震える。寒い。歯の根が合わない。息が詰まる。吐き気がする。心臓が壊れそうなほど脈打っている。

希望が、ダクターの手の中で、脆くも砕けて消えていく。後に残るのは……冷たく確かな、死神の刃。

死と絶望のみである。

ガチャン、と、フォークが落ちる。

自分がフォークを取り落としたと気づくこともなく、ダクターは既に恐怖に囚われていた。見ていた希望は幻覚だった。そう分かってしまったことはダクターにとって不幸以外の何物でもなかっただろう。気づかなければ、幸福な夢を見て死ぬこともできたかもしれないのに。

……そう。『死』。

それは確実に、容赦なく、ダクターを捕らえに来ているのだ。

「あら、お気に召さなかったのかしら？　美味しいですわよ？　毒ウツギの実のタルト。砒素のクリームが良い具合ね」

ヴァイオリアは優雅にフォークを動かすと、タルトを切り分けて口に運んだ。口元を綻ばせているが……彼女の持つフォークもまた、黒く変色してしまっている。

それを見て、ダクターはぞっとした。目の前に居る女は、本当に人間なのか、と。……彼女は、悪魔か、はたまた、死神か。

「そうね。砒素といえば、この部屋の壁紙、綺麗でしょう？　この緑は砒素によるものですのよ」

「な……」

更に、花びらのような唇から紡がれた言葉を聞いて、ダクターはぞっとした。

ただ美しいとしか思っていなかった部屋は、見渡せば全てが毒である。美しい緑の壁紙は砒素。同じく緑色に染められた緞帳も砒素。白い床は鉛だろうか。活けられた花もきっと毒花に違いない。

……嗚呼、この部屋は確かに完璧であった。完璧に優雅な、処刑場であったのだ！

「それから、ほら、ご覧になって？　このドレスのこの部分は辰砂《しんしゃ》で染めたものなんですの。こっちはバジリスクの血ね。……それに、このネックレス、素敵でしょう？　毒の結晶を使った特別性

ですのよ」

ヴァイオリアが席を立って近づいてくる。翻るドレスの裾は、まるで死を招く死神の衣。飾られた宝石の数々は悍ましい毒物であり、きっと、彼女から香る甘い香りもまた、毒の香りなのだろう。

「く……来るな！　来るな！」

ダクターもまた、席を立っていた。そして、少しでもヴァイオリアから逃れようと後ずさる。

だが、震える体、萎えた脚では碌に動けもしない。そうこうしている間に、体はどんどん動かなくなっていく。それは果たして、恐怖によるものか、はたまた毒によるものか。

「ぼ、僕を殺す気か⁉　殺す気なのか⁉　こ、こんなことをして、どうして！　どうして！」

ダクターは錯乱気味にそう言い募る。すると……ヴァイオリアは、ふとため息を吐きながら、言うのだ。

「そうねえ、ダクター様。じゃあ、折角ですから今一度、あなたにお伺いしましょう」

だが、恐怖に震え、死に震え、足元すら覚束ないような状態になったダクターにも、ヴァイオリアの瞳は容赦なく向けられた。

その、鮮烈すぎる赤色の目が、ダクターを見据えて……嗤っていた。

「あなた、この毒の女王に求婚する気概がおありかしら？」

そうしてダクターは、知るのだ。

「できますわね？　裏切った相手に求婚し、そして撃ち殺そうとしておきながらまだ何かを諦めていないというのなら……さあ、毒という毒を纏った私を、どうぞ抱きしめてごらんなさいな」

自分がどうしようもなく、間違えた、ということを。

十四話　賛歌は全ての悪党の為にね

ごきげんよう！　ヴァイオリア・ニコ・フォルテシアよ！

私は今、錯乱したダクターをゆったり追い掛け回して楽しんでいるところですのよ！

「来るな、来るなぁー！」

「あら。酷いですわね、ダクター様。私と結婚してこの国の王になるんじゃありませんでしたの？

私、愛の無い結婚は嫌ですわよ？」

部屋の中を追いかけ回してやりつつ、ダクターが怯える様子を存分に楽しませてもらいますわ。

確かにね、彼、ちょこっとは既に毒に中《あた》ってますのよ。出したワインには鉛が入っていますし、マリネの貝と茸は有毒なやつですわ。スープも有毒なお芋を使ったものですし、ごくごく少量、ハーブやスパイスに混ぜて毒草の類を入れさせてもらいましたわ。メインのドラゴン肉は私の血で仕留めたやつですわね。まあ、食べても多少、動悸が増すくらいだと思いますけれど……後は、最後のデザートで、ダクターは一気に疑心暗鬼になってしまいましたものねえ。

ええ。実際に食べた毒はごく少量。多少の体調不良はあれども、すぐさま死ぬようなことはありませんわ。案外、人間って頑丈なんですのよ。

でも、その体調不良に不安や疑念が纏わりついたら……たった一滴の毒が、死神の鎌にだって、なりますのね。

「く、来るな」

「あらあら、滑稽ですこと」

ダクターったら、カトラリーのナイフを一生懸命に両手で握りしめて構えていましたの。なんとも憐憫を誘う姿ですわぁ……。でも容赦しませんわよ。ナイフを弾き飛ばしてやれば、ダクターはいよいよ縮み上がってしまいましたわねえ。おほほほほ。

「ねえ、ダクター様？　あなた、王になりたいんですのよね？　そのためなら裏切った相手に求婚するなんていう、恥の上塗りだってできるお方なんですのよね？」

「あ、あ……」

「ほら、ダクター様。私と結婚したいというのなら、抱擁の一つくらい、くださいな。女王の夫となるお方がこれでは示しがつきませんもの。それとも、この程度の覚悟も無く、女王の夫になろうとしていたのかしら？」

部屋の隅に追い詰められて縮こまるダクターを見下ろして、私、とっても楽しませてもらっていますわ！　言葉を投げかければ投げかける程、ダクター様は恐怖と後悔に支配されていきますのよ。

あの時あんなことを言わなければ、とか思ってるんでしょうし、希望を掴んだような気がしていたけれどそれは地獄への招待状だった、とか気づいているんでしょうし。まあ、そうですわね。私が望む限りのことは思ってもらいますし、気づいてもらいたいところですけれどね。

「……ねえ？　ダクター様。あなた、一度婚約を破棄したのですもの。その埋め合わせは必要だと思いませんこと？」

「え、あ、ご、ごめんなさい、ごめんなさい、ぼ、僕は」

「あなた、あそこで婚約破棄せずに私についてきていたら、今頃は何の障害も無く、女王の夫でしたのにねえ。でももう遅くってよ」

もしかしたらあったかもしれない未来、ですわね。

あそこで、ダクターが国王を説き伏せて、私への愛を貫いたのなら、その時は……まあ、順当に彼が私の夫になっていたのでしょうね。今となっては考えられないことですけれど。

「繰り返しますけれど、私、愛も無いのに結婚なんてしたくありませんわ。ですから、さあ、証明してくださいな。あなたが私を愛しているというのなら、その証明を」

さあ。あったかもしれない未来に明るい幻想を見ながら、幻想と現実の落差に絶望するといいですわ。

「自分の命程度、惜しくないと。証明して頂戴な」

「くそっ！」

ダクター様は残された力を振り絞って、私の前から逃げて部屋の出口へ向かいましたわ。

……でも、開きませんわよ。ドアは。ダクターがいよいよ必死にドアをガチャガチャやってますけれど、残念ながらそのドア、開きませんの。

「あらあら、駄目よ」

ダクター様がとりついた扉には、外から鍵が掛けてありますの。ですからもう、彼はここから出られなくってよ。

「あなたが選ぶのは二つに一つ。この部屋で残り少ない一生を過ごすか、私を抱きしめて愛を証明してくださるか。ね？　簡単なことですわね？」

「い、嫌だ。出してくれ。出して」

「愛を証明してくだされば直ぐにでも出して差し上げますわ。或いは、あなたが死んだ後で出して差し上げてもよくってよ」

ダクターは私が近づくとどんどん後ずさっていきますわ。……まあ、つまり、私を抱きしめて嘘を貫き通す度胸すら無い、ということですのね。

うふふ。私、彼がここで私を抱きしめて愛を囁くくらいのことをしてくれるなら、本当に彼をここから出してもいいと思いましたのよ。それだけの度胸があるのなら、まあ、何かの役には立つかもしれませんし、クリスと同じように奴隷にして使ってやってもいいかと思いましたのよね。

……でも。駄目でしたわね。

ダクターはもうすっかり怯えて、只々恐怖と後悔、そして深い絶望に震えるばかり。ああ、彼って、本当にただの小物でしたわねえ。ええ。王の器じゃ、ありませんわ。

「……さあ、ダクター様。私を愛する覚悟はできましたかしら？」

一歩、また、距離を縮めますわ。

「或いは、嘘を貫き通して、地位と名誉を得る覚悟は……できましたの？」

更にもう一歩、ダクターへの距離を縮めて……彼に腕を伸ばしましたわ。

＊

……そして。

「死んでますわぁ……」

なんというか、人間の不思議を目の当たりにしましたわ。

「え、あ、本当に死んでます、わねえ……あららら……まー」

ええ。ダクターは死にましたのよ。ここで死にましたわ。びっくりですわ。

私が抱きしめて、ドレスやアクセサリーの毒をじわじわ与えてやりつつ、ついでに猛毒でもぶっ刺してやろうかしら、それとも剣で刺し貫いて、見るも無残な姿にしてやろうかしら……なんて、思っていたのですけれど。

……ええ。ダクターったら、追い詰めて私が手を伸ばしたその瞬間……絶叫して死にましたわ！

「人間って、恐怖だけでも死ねちゃうもんなのですわねえ……」

どうやらダクターったら、恐怖と絶望によって死んでしまったらしいんですのよ。ええ。『死ぬ』と思ったら『死んだ』といったところかしら……。

下手な毒よりよっぽど苦しい死に方だったと思いますわ。死に顔が全くもって安らかの対極にありましてよ。まあ……彼の脳みその中で考えられる限りの猛毒とその効果、痛み、苦しみ、その他諸々を想像して、その想像で死んでしまったのですから……『考え得る限り最悪の死に方』とも言えるでしょうね。ええ。


さて。

「ホント美味しいですわぁ、このタルト」

そんな最期を迎えたダクターを眺めながら、私は食べ残したデザートとワインを頂きますわ！

まずは一人でささやかに勝利をお祝いしますわよ！

……そうして一人で、今までのことを振り返りますわ。何せ、色々なことがありましたもの。

屋敷が燃えていたあの時からもう、一年と少しが経ちましたわ。

そしてその間に私、色んなことをやって……遂に、殺したい奴は全員殺したのですわ。あ、クリスは殺してませんわね。でもいいですわ、あれはあれで。

過去を振り返ると、少ししんみりしてしまいますわね。長かった復讐物語も、これでおしまい。なんだか感慨深いですけれど、胸にぽっかりと穴が開いたようで……まあよくってよ。今はこの虚無感を肴に、ワインを嗜ませてもらうことにしますから。

全身毒塗れの女王の半生を振り返るなら、このくらいのささやかさで丁度いいですわね。


……と、思ったんですのよ。ええ。思いましたわ。

でも実現しませんでしたわ！　一人静かな反省会は、実現しませんでしたのよ！

「よお。飲んでる？」

「あら、チェスタ。あなた、ここに入ってはいけませんわよ？　この部屋、魔法毒どころじゃない毒の塊だって説明したじゃありませんの」

「ん？　長居しなけりゃ大した害じゃねえんだろ？　ならいいじゃん」

……ささやかに一人でお祝いしようとしていたら、ずかずかと。チェスタが入り込んできましたわ。飲みかけの酒瓶片手に。

「寿命、縮みますわよ？」

「いいよ。寿命の一年二年っくらい、お前のお祝いにくれてやるって」

あらあら。本当に命知らずですこと。

「終わったか」

「ドラン。あなたも来ましたの？　チェスタを止めてくれなきゃ困りますわ」

「悪いな。俺も今日は飲みたい気分だ」

チェスタの後からドランも来ましたわ。

「ま、いいよね。折角だし。ほら、ヴァイオリアの全快祝いってことでさ」

「私の全快祝いであなた達が死にかけるっていうのはナシですわよ……って、あらあら、駄目よ、キーブ」

キーブはにんまり笑ってやってくると、私にぎゅっと抱き着きましたわ。可愛いですわ！　でもごめんあそばせ、私が今着てるドレス、毒ですのよ！

「ドレス舐めたりするわけじゃないんだからいいだろ、別に」

「そりゃそうなんですけれどぉ……」

……まあ、普通に考えりゃ、そうですのよね。ドレスに毒が染み込んでいたって、その毒が肌から浸透するようなもんでもない限り、ちょいと触るぐらいならなんてことないのですわ。肌から浸透する毒にしたって、長時間触れていない限りはそうそう問題は起きませんしね。

「おめでとうございます、ヴァイオリア様！　晴れて、復讐を遂げられましたね！」

「明るく言われるもんでもない気がしますわぁ……」

更に、リタルも遠慮がちに私にくっついてきましたわ。……理性で分かっていても、毒塗れのドレスにくっつくなんて中々に嫌なもんだと思いますけれど。彼ら、度胸がありますのねえ。

「おーい、お嬢さん。盛り上がってるとこ悪いけど、会場変えない？　上の部屋にちょいとばかりご用意させて頂いてますぜ」

「あら」

「俺達はここでも構わないけど、お嬢さんが気にするでしょ？　で、折角だからお嬢さんの復讐にちょいとばかりご一緒させていただいたモンとして、お祝いの御相伴に与らせてもらえませんか、ってことで。ねえ、女王陛下？」

部屋に入ってすぐのところでジョヴァンがウインク飛ばして見せてきたのは……銀の盆に載った、可愛らしい小さなケーキの数々。あら、素敵。

「そういうことだ。ダクターの片付けはクリスにでも任せればいいだろう」

「何故私が……！」

「あら、嫌なの？　でしたら死体はしばらくこのままにしておくとして、クリスも参加しましょう」

「断る！　何が悲しくて、自らが仕えた王家の滅びを祝わねばならないのだ！」

「あらそう。なら命令よ。私の快気祝いに付き合いなさい」

クリスの嫌がる顔は私のご褒美ですわよ。ええ。いい加減理解してもよさそうなもんですけれど。ま、よくってよ。クリスには私の快気祝いと復讐完遂祝いのためにたくさん嫌がる顔をしてもらいましょう。おほほほ。

「そういうことなら早速参りましょうか、お嬢さん。美味しいお菓子といいワイン、そして何より、素敵なゲストがお待ちかねよ」

……あら？　素敵なゲスト？

というと、もしかして……？


私が皆に連れられて行った先には……ジョヴァンが言った通り、美味しそうなお菓子と軽食、そしてワインがたっぷりと並び……そして！

「ヴァイオリア！　お誕生日おめでとう！」

「遅れてしまったけれど、お祝いさせて頂戴な！」

そこにいらしたのは、お父様とお母様、でしたのよ！


「……え？　お父様？　お母様……？」

思わず、ぽかん、として目の前の光景を見つめてしまいましたわ。だって、あんまりにも……夢でも見ているようで。

お兄様が居て、お父様とお母様が居て。ずっと、ずっと、見たかった光景ですわ。この光景のために私、頑張ってきたのですもの。

「おや。私の可愛い妹は、まだ実感が湧かないのかな？」

お兄様が面白そうに笑ってらっしゃいますけれど、だって、だって、あんまりにも幸せで、咄嗟に頭も体も、動かなくて……。

ああ、でも、驚きが過ぎ去って、頭も体も動くようになったなら、すぐに……私、お父様とお母様に駆け寄って飛びついてしまいましたわ！　だって、あんまりにも嬉しくって！

「今までどちらへ行っていらしたの？　私、寂しかったのですわ！」

「うむ、すまん。そう思ってお兄ちゃんをお前のもとへ行かせていたんだが……」

「お兄様はお兄様で、お父様とお母様とはまた別でしてよ！」

お兄様がいらっしゃらなかったらもっと辛かったでしょうけれど、お父様とお母様がいらっしゃらないのも辛かったのですわ！　ああ、我儘だなんて仰らないでね？　私の親愛なる家族ですもの。誰か一人だって離れ離れになったら辛いのは当然のことでしてよ！

「そうよね。ええ、ヴァイオリア。ずっとあなた一人で、辛かったでしょう。ごめんなさいね」

「いいえ……今こうしてお会いできただけで、もう十分でしてよ」

私は今一度、お母様に強く抱き着かせていただきましたわ。それだけで胸がいっぱいになりますの。

……ああ、本当に今日はなんて素敵な日かしら！

「ヴァイオリア！　さあ、こちらへ！　お前は本日の主役なのだからな！」

それからは少人数ながら、世界一楽しいパーティーが始まりましたわ。

私、今までにあったこと、たくさんお話ししましたわ。ええ。ずっとずっと、お父様とお母様にお話ししたかったこと、山のようにあったのですもの。話は尽きませんわね！

脱獄して、ドラゴンを狩って、エルゼマリンの地下水道のアジトに到着して、それから幾らかの犯罪に走りながら国内のお薬事情を掌握するまで駆け抜けて。そして白薔薇館を爆破したり、聖女に男の子を当選させたり、処刑台で演説したり、貴族院を崩壊させたり、そして何より、城を燃やしたり……ダクターを殺したり。

私の話を一通り聞いてくださった後、お父様がふと、仰いましたの。

「……はじめはね。お前一人で国を落としきることはできないだろうと考えていたんだよ。だから、途中で我々も国へ戻る予定だった。……だが、国内情勢を見て、途中で考えを変えた。どうやらお前は十分にやっていけそうだ、とね。だからお兄ちゃんだけが国へ帰ることにしたのさ」

私が驚いていたら、お母様も優しく笑って、私の手を握ってくださいましたわ。

「あなたは立派でしたね、ヴァイオリア。私達の助けなんてなくても、あなた一人で、こんなに立派にやり遂げて……」

私、思わず嬉し涙がこぼれてしまいそうですわ。

私が成長したこと。それを認められること。とっても、幸せなことでしてよ。

「……一人じゃ、ありませんでしたのよ」

でも私、訂正させていただきますわ。

私が成長したことは本当のことでしょう。やり遂げたことだって、本当のことですわ。でも……一人で、では、ありませんでしたわね。

「私、いろんな人に助けられましたわ。とりわけ、ここに居る皆には、本当に助けられましたの」

今思えば、私がムショから脱獄する時からして既にドランの助けを借りていたのですわね。お薬業者との戦いではチェスタやジョヴァンの助けを借りて、それからはキーブも加わって、キーブなんて、聖女様にまでしてしまいましたし。それに、お兄様だって、私が処刑台に上ったところを助けてくださって……その後こうしてリタルまで来たのは想定外でしたけれど。

……そう。ずっとずっと、私、一人ぼっちになることなくやってこられましたのね。私が明るく楽しくぶっ飛びつつも犯罪に手を染めてこられたのは、きっと、一人じゃなかったからですわ。

もし私が一人だったなら、楽しむ余裕なんて無かったでしょう。そして、国を滅ぼして、人々を殺しに殺して……私もきっと、死んでいましたわ。そういう破滅への道を突き進んでいたのですわ。

私が楽しくやってこられたこと。私が今もこうして生きていること。私がこれからも楽しくやっていこうと思えること。……それら全てに。それら全てをもたらしてくれた皆に。感謝しますわ。

「私への賛歌は、皆に。ここに居る悪党共全員へ、贈ってくださいまし」

そうしてパーティーがそろそろお開き、というところで。

「……改めて。遅れてしまったが、誕生日おめでとう、ヴァイオリア。お前がこれからも周囲の人に恵まれ、楽しく生きていけることを願って、これを贈ろう」

お父様とお母様はそう言って笑って……私に、書状を渡してくださいましたわ。

「父からの誕生日プレゼントはウィンドリィ王国だ」

「母からはアサンブラ王国を。うふふ、あなたが国を落としているのを見て、私達もやりたくなったの。それぞれに落としてきた国をあなたにプレゼントしますね」

……ええ。
お誕生日プレゼントに、国が来ましたわ。しかも、二つも来ましたわ。
成程ですわ。つまりこれから私が治める国は、三つになりますのね。
……三つも要りませんわッ！

最終話　カーテンコールですわ！

……その後。

ダクター様の死体は適当に晒して処分しましたわ。そして、『ダクター・フィーラ・オーケスタを処刑した』という旨と、ダクター様が行ってきた所業……私に求婚してきたですとか、そういう身の程知らずなところを含めて、そこら辺全部発表してやりましたのよ。

要は、旧王家の生き残りがどうしようもない馬鹿で、そいつは自らの馬鹿の埋め合わせとして死にましたのよ、と。あっさりさっくり色々差っ引いて発表してやりましたから、まあ、国民は大喜びでしたわ。こういう話、平民は大好きなんですのよねえ。

逆に、反乱分子……旧王家派のアホ共には、これが見事に効いたようですわ。王家最後の生き残りとして期待されていたダクター様が死んだということも、私がダクター様の死についてあっさりした発表しかしなかった……つまり、彼を大物扱いなどせず、いつものようにゴミを一つ処理しただけ、という風に振る舞ったことも、旧王家派に衝撃を与えたようですわね。

おかげでドランとチェスタの仕事がちょっぴり減りそうですわ。よかったですわ！


……ということで、私の治世も恙なく、安定して進んでいきましたの。

私は貴族院をガンガン解体して、古く凝り固まったゴミの掃除を行いましたわ。

その途中、貴族主導政治の廃止に反対していたものは『何故か』消えましたから捗りましたわね。

それから、国内の悪党が大分整理されましたわ。そりゃそうですわ。女王が国一番の悪党なんですもの。競合相手が女王だったら分が悪すぎましてよ。ですからこの国では、『下手に悪いことするより真っ当に生きた方がいい暮らしができる』というよい塩梅《あんばい》になっておりますの。

この世に悪い奴はたくさんいますけれど、国で一番悪いことするのは私ですわ。おほほほほ。


……それから、お誕生日に頂いてしまった国ですけれど。

旧ウィンドリィはお父様とお母様に、旧アサンブラはお兄様に、それぞれ治めて頂くことになりましたわ。そりゃそうですわ！　流石に私、国三つも治めてられませんわッ！

でもおかげでフォルテシア連合国が誕生しましたのよ。ここ三国が仲良くなったおかげで、世界最大規模の軍事力と経済力を持つ一団になれましたわねえ。

勿論、そんなフォルテシア連合を排除しようとする国や、すり寄ってくる国なんかもありますし、中々手を煩わされていますけれど……これくらいで丁度いいのでしょうね。おかげで毎日、楽しくて仕方ありませんわ！

＊

私、悪党でよかったですわ。

悪党だったおかげで毎日ご飯は美味しいですし、ドラゴン食べ放題ですし、薬の売り上げは上々ですし、無礼な他国には『滅ぼしますわよ』と躊躇いなく脅しをかけることができますし。

それに、今まで復讐を胸に抱いていたおかげで折れることもありませんでしたし。

そして何より、良き仲間を……猛毒である私の血に打ち克ってしまうような、とんでもない仲間達を、得ることができましたわ。

……だから私、悪党でよかった。

人の心を踏み躙り、食いものにし、作り上げられてきたものを笑いながら燃やし、あっさりと命を奪っていく。そしていつかきっと滅ぼされる。同時に、滅ぼされるその瞬間まで、最高に愉快な毎日を送ることができる。そんな悪党でいられることを、心より嬉しく思いますわ。


「今日も平和ですわねえ」

私は今日も玉座の間で、舐めた条件出してきた遠方の国の使者をしばき上げて、そいつらの上に腰かけながら窓の外を見やりますわ。

今日も、王城の前の広場では子供達が無邪気に歌を歌っていますわ。……それはこの国の国歌。この国を治める女王、つまり私を讃える賛歌。

悪党を讃える歌は明るく響いて、今日もこの国を包んでいますの。

きっとそれは今日だけじゃなくて、明日も、明後日も……いつか私達が滅ぼされるその日まで、ずっと続くことでしょう。

そう！　いつかきっと迎える滅びの日まで！　私はずっと、悪党で居続けますわよ！

いつか地獄でお会いしましょうね！　それでは皆様、ごきげんよう！

巻末資料

ダクター・フィーラ・オーケスタ
リタル・ピア・クラリノ

クリス・シェンド・
クラリノ

コントラウス・ジーニ・
フォルテシア

セラ・ゴーシュ・
フォルテシア
ヴィオレッタ・パルガ・
フォルテシア

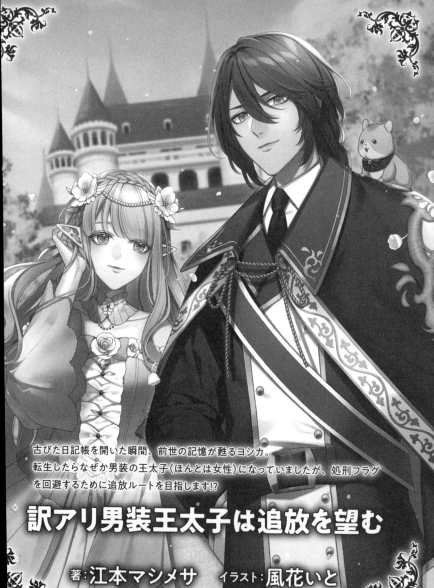

没落令嬢の悪党賛歌　下

＊本作は「小説家になろう」（https://syosetu.com/）に掲載されていた作品を、大幅に加筆修正したものとなります。
＊この作品はフィクションです。実在の人物・団体・事件・地名・名称等とは一切関係ありません。

2023年11月20日　第一刷発行

著者 ……………… もちもち物質
©MOCHIMOCHIMATTER/Frontier Works Inc.
イラスト ……………… ぺペロン
発行者 ……………… 辻 政英
発行所 ……………… 株式会社フロンティアワークス
〒170-0013　東京都豊島区東池袋3-22-17
東池袋セントラルプレイス5F
営業　TEL 03-5957-1030　FAX 03-5957-1533
アリアンローズ公式サイト　https://arianrose.jp/
フォーマットデザイン ……………… ウエダデザイン室
装丁デザイン ……………… 株式会社 TRAP
印刷所 ……………… シナノ書籍印刷株式会社